大 學 用 書 · 考 試 適 用

公文表解與案例解析

商鼎數位出版有限公司 印行

目 次

序 言

　　本書是用表格方式將公文關鍵用語用字逐一陳列，使初學者能一窺公文寫作之核心領域，是一般坊間公文用書所不足之處。再者本書具有上述列表之特色外，另將每類案例作詳盡說明與分析並附加評分要點與公文寫作關鍵技巧，使讀者對公文製作之內涵能更臻圓融與清晰。

　　本著作使讀者能藉由圖解分析而快速的增進撰寫能力外，再配合案例與歷屆試題的演練更能明瞭其中之奧秘。

　　茲為提昇文書處理之品質，擺脫坊間許多傳統寫作方式之編排特以圖示、解說、範例三階段之方式陳列，此對於讀者當有莫大之助益，茲值修正之際，略綴數語，以為之序。

張甫任、楊安城 謹誌

西元 2019 年 11 月

本書特色

一、　本書解說力求清晰、簡明、扼要。

二、　資料以具有實用性，常用性為主，並提供範例參考。

三、　每一單元儘量以圖示、說明、範例的方式編排。

四、　對於初學者可隨時查考，按圖索驥，以收無師自通之效。

五、　本書博引範例，以糾正公文寫作瑕疵，深入淺出，可收公文撰作之實力提昇。

參考書目

一、　應用文精論──公文製作與公務文書，張甫任、范祥偉、吳聰成等編著，修訂三版，鼎茂圖書出版，102年5月

二、　公文寫作技巧，張甫任、楊安城合編，修訂二版，一品文化出版社，100年1月

三、　公文製作及習作，國家文官學院編著，修訂九版，105年11月

四、　文書處理手冊，行政院秘書處編印，104年4月修正

五、　公文程式條例，96年3月

六、　公文製作與流程管理講義資料，桃園縣政府研考會，邱貴秋，91年1月

參考網站

1. 行政院　　　　2. 立法院　　　　3. 司法院　　　　4. 考試院
5. 內政部　　　　6. 教育部　　　　7. 法務部　　　　8. 財政部
9. 中央銀行　　　10. 金管會　　　　11. 農委會　　　　12. 陸委會
13. 考選部　　　　14. 銓敘部　　　　15. 各級政府公報　16. 夏進興部落格

作者簡介

張甫任

現職 中華科技大學企業管理學系副教授。

學歷 中華大學科技管理研究所博士、國立中興大學研究所農學碩士、國立中興大學公共行政研究所研究。

經歷 高考典試委員、行政院農業委員會林務局人事室主任、考試院銓敘部專員、國立中興大學人事室薦任第九職等組長、國立勤益技術學院人事室主任、中興大學副教授、朝陽科技大學副教授、助理教授、中國文化大學企管系兼任副教授、國立臺北商業技術學院企管系兼任副教授、中華民國工業安全協會講座、桃園縣政府公文品質檢核委員及訓練講座、南投縣政府教育訓練講座、臺南縣政府教育訓練講座、臺東縣政府教育訓練講座、經濟部特考閱卷委員、經濟部中小企業協會講座、中國生產力中心講座、國家文官培訓所講座、行政院人事行政局地方行政研習中心講座、經濟部專業人員中心講座、經濟部中小企業處講座。

國家考試 民國 71 年基層特考乙等及格、民國 74 年高考及格。

楊安城

現職 考試院所屬國家文官學院及其委託訓練機關（構）或各機關學校「公文製作與習作」課程或議題特約講座。

學歷 國立臺灣大學國家發展研究所法學碩士、國立政治大學法制 40 學分班結業、國立中興（台北）大學公共行政系法學士、國立台北教育大學前五專部畢業。

經歷
一、公務人員考試公文試題閱卷委員、國家文官學院訓練課程公文習作試題評閱委員。

二、學校教學課程：國立空中大學、崑山科技大學、黎明技術學院、中信金融（興國）管理學院等校兼任講師。

三、「公文製作與習作」課程或議題講授：國家文官學院及其委託訓練機關（構）、臺北市政府、新北市政府、臺中市政府、臺南市政府、桃園市政府、宜蘭縣政府、新竹市政府、花蓮縣議會、新竹市議會、經濟部專業研習中心、行政院主計人員訓練中心、臺灣鐵路局訓練中心、自來水公司員工訓練所、臺灣電力公司員工訓練所、中華電信板橋電信學院、教育部國家教育研究院、教育部中等學校教師研習中心、臺北市教師研習中心、台灣省訓練團、臺北市立圖書館及分館、行政院農業委員會林務局及南投屏東管理處、交通部觀光局及管理處、交通部鐵路改建工程局所屬區辦事處、內政部土地重劃工程處、勞動部勞動力發展署及各分署暨技能檢定中心、國立臺灣大學、國立彰化師範大學、國立蘭陽女中、國立新竹高中、國立苑裡高中、國立卓蘭實驗中學、財團法人中衛中心、中華民國工商總會……等，共一百八十二個機關學校。

四、行政機關：國小教師、基層機關課（科）員、中央機關科員、專員、科長、專門委員、主任、組長、主任秘書、研究委員兼執行祕書、參事兼執行祕書。

五、獲頒一等、二等、三等人事專業獎章；特等服務獎章（45 年又 45 天）；模範公務人員。

國家考試 59 年司法官高等檢定考試及格；62 年普通考試及格；67 年基層乙等特考及格；69 年高等考試及格；80 年簡任升等考試及格。

著作 楊安城、張甫任，公文製作與習作精論，前程，2010.02；國家文官學院，公文製作與習作（主編），2016.11，修訂 9 版；楊安城、張甫任，公文表解與案例解析，商鼎，2017.05。

第一章

精進公文寫作技巧之基本認知

 第一節　公文定義

一、圖示

最廣義	文書處理手冊壹、總述一（文書＝處理公務或與公務有關＋不論其形式或性質如何的一切資料）
廣義	公文程式條例第1條（公文＝處理公務＋文書）
狹義	刑法第10條（公文書＝公務員＋職務上＋製作之文書）

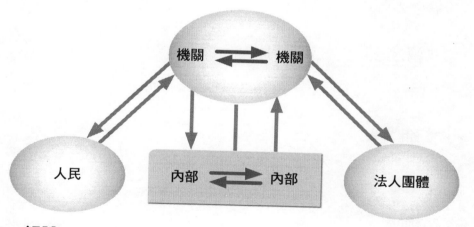

二、解說

(一)刑法第10條：「（第3項）稱公文書者，謂公務員職務上製作之文書。（第2項）稱公務員者，謂下列人員：「(1)依法令服務於國家、地方自治團體所屬機關而具有法定職務權限，以及其他依法令從事於公共事務，而具有法定職務權限者。(2)受國家、地方自治團體所屬機關依法委

託，從事與委託機關權限有關之公共事務者。」是以，凡屬上述刑法所稱之公務員，基於其職務上之需要所製作之文書皆稱為「公文書」，其所為之行為皆依刑法規定來科刑論處。

(二)公文程式條例第1條：「稱公文者，謂處理公務之文書；其程式，除法律別有規定外，依本條例之規定辦理。」；第2條：「公文程式之類別：令、呈、咨、函、公告、其他公文。」故公文為一般機關「處理公務之文書」，須具有一定之名稱與程式，而其名稱、程式須依據法律或本條例之規範為之，共有6類。

(三)文書處理手冊規定（行政院104年4月28日修正）壹、總述一：「本手冊所稱文書，指處理公務或與公務有關，不論其形式或性質如何之一切資料。凡機關與機關或機關與人民往來之公文書、機關內部通行之文書，以及公文以外之文書而與公務有關者，均包括在內。」準此，只要是處理公務或與公務有關之全部文書外，尚包括不論其形式如何（包括文件、書籍、圖說、磁片、光碟、錄音帶、錄影帶）或其性質如何，例如：一般機關公文書（6類）或適用特定業務性質之文書（如司法裁判、行政答辯書、訴願決定書、外交文書、軍事文書、會議文書或其他等）均包括在內。

 第二節　公文類別

一、圖示

1 依據適用之法律而分 ➤ 1.一般公文　　2.特種公文

2 依行文系統而分 ➤ 1.上行文　　2.下行文　　3.平行文　　4.申請與答復文

3 依主被動而分 ➤ 1.主動公文又稱為創文　2.被動公文又稱為「復文或轉文」

4 依公文處理時限而分 ➤ 1.最速件公文　2.速件公文　3.普通件公文
4.限期公文　5.專案管制公文

5 依意思表示之內外性而分 ➤ 1.對內意思表示之公文　2.對外意思表示之公文

6 依公文性質而分 ➤ 1.稿本　2.正本　3.副本　4.抄本　5.影本　6.譯本

7 依交換機制而分 ➤ 1.紙本公文　2.電子交換公文

8 電子交換公文 ➤ 1.第一類電子公文　2.第二類電子公文　3.第三類電子公文

9 依文書機密等級而分 ➤ 1.機密公文 ➤ (1)國家機密保護法：絕對機密、極機密、機密。
2.非機密公文
(2)一般機關之公務機密：密

10 依保存期限而分 ➤ 1.永久保存　2.定期保存

11 依簽與稿之關係而分 ➤ 1.只簽不稿　2.先簽後稿　3.簽稿併陳　4.以稿代簽

12 依公文程式條例、行政院頒布之文書處理手冊及各機關自行訂頒之文書處理作業規範而予綜合分類，屬一般公文範疇，區分為6大類：令、呈、咨、函、公告、其他公文。

二、解說

(一)依據適用之法律而分：

一般公文	▶	為各機關或人民共通使用的公文，依公文程式條例規定辦理分為令、呈、咨、函、公告、其他公文等6種。
特種公文	▶	各機關或人民遇有特定事項，須依特種法律（令）辦理時，例如：行政救濟事件使用請願文書（請願法）、訴願文書（訴願法）；司法事件使用訴訟文書（民事訴訟法、刑事訴訟法、行政訴訟法）；爭議處理事件使用仲裁書（仲裁法）、調解書（調解條例）；外交機關使用外交文書；法制作業使用法制文書；會議時使用會議文書（議事規範）。

(二)依行文系統而分：

上行文	▶	有組織法上隸屬關係之下級機關對其上級機關所使用之公文書。如對直屬上級機關使用「函」。
下行文	▶	有隸屬關係之上級機關對其下級機關所使用之公文書。如公布法律、發布命令、人事任免、獎懲之「令」；上級機關對下級機關使用之「函」均屬之。
平行文	▶	無隸屬關係之同級機關及不相隸屬機關相互往來之公文書。如總統和立法院或總統和監察院相互使用「咨」；同級機關及不相隸屬機關相互往來使用「函」及「書函」。
申請與答復文	▶	人民、社團、民間機構或團體對政府機關之「申請函」，政府機關給人民、社團、民間機構或團體之「函」、「書函」。

(三)依主被動而分：

主動公文又稱為「創文」	▶	指政府機關或團體基於本身權責，主動對他機關或團體或人民、社團、民間機構所發出之公文。
被動公文又稱為「復文或轉文」	▶	指政府機關或團體接到他機關或團體或人民、社團、民間機構來文後，採取對策而被動回應之公文。

(四)依公文處理時限而分：

最速件	指特別緊急，限1日（或半日）內辦畢之公文，使用紅色卷宗。
速件	指須從速處理，限3日內辦畢之公文，使用藍色卷宗。
普通	指一般例行案件，限6日內辦畢之公文，使用白色卷宗。
限期公文	指依對方來文主旨段或依其他法規規定，訂有期限或在期限內辦結之公文，依文書處理手冊規定為限期公文，限期公文依104年4月文書手冊規定不必書寫速別（即速別欄留空）
專案管制公文	指涉及政策、法令或需多方會辦、分辦，且需30日以上方可辦結之複雜案件，經申請同意後列為專案管制之公文。

(五)依意思表示之內外性而分：

對內意思表示之公文	指公文經機關首長決定後，不必對外發文，而直接予以歸檔。或首長所下之手令、手諭或對首長所為之簽、報告或內部單位相互溝通所使用之便簽等。
對外意思表示之公文	指須以機關名義對外行文至其他機關或團體所使用之公文，可分為：令、呈、咨、函、公告或其他公文；而其他公文包括書函、開會通知單、會勘通知單、公示送達、公務電話紀錄、其他定型化之文書及其他。

(六)依公文性質而分：

稿本	就是草本、草稿或草底，為機關團體對外發文前所撰擬並依各機關核判程序發出所留下之公文草稿。
正本	指收受文件之主體機關或團體或個人，其相對名詞為「副本」。
副本	針對「正本」而言，即將公文之同一內容，送給本案有間接性之機關或人民，或者必需瞭解本案情況之機關或人民。副本雖無拘束力，但機關在收到副本時，應視副本之內容作適當處理。
抄本	公文正本發給受文者，其他相關機關或承辦單位如擬作為參考或留作查考時，可加發抄本，由於抄本不需用印處理，較為便捷，機關內部最好加發抄本，可節省用印手續。

影本	公文承辦單位或其他相關機關除正、副本單位外，如需留作查考時，可將正、副本影印，以資便捷。
譯本	外文之文件或報告、古代文件（如文言文），內容不易為一般人瞭解，得以本國現代通用文字予以翻譯，供作參閱之文件謂之，譯本不加蓋印信或章戳。

(七)依交換機制而分：

紙本公文	使用A4紙張予以列印方式處理之公文，其使用比例逐年下降中。
電子交換公文	經由電子交換機制予以傳遞之公文，其使用比例逐年上升，目前已達90%以上。

(八)電子交換公文之分類：

第一類電子公文	屬經由第三者（公文電子交換服務中心）集中處理，具有電子認證、收方自動回復、加密（電子數位信封）等功能，並提供交換紀錄儲存、正副本分送及怠慢處理等加值服務者。
第二類電子公文	屬點對點直接電子交換，並具有電子認證、收方自動回復、加密（電子數位信封）等功能者。
第三類電子公文	屬發文方登載於電子公布欄，並得輔以電子郵遞告之，不另行文者。各機關得視安全控管之需要自行選用。

(九)依文書機密等級而分：

1. **機密公文**：共4級：絕對機密、極機密、機密、密。

   (1) 國家機密保護法：分為三級「絕對機密、極機密、機密。」

絕對機密	凡具保密價值之文書於其洩漏後，足以使國家安全或利益遭受非常重大損害者。
極機密	凡具保密價值之文書於其洩漏後，足以使國家安全或利益遭受重大損害者。
機密	凡具保密價值之文書於其洩漏後，足以使國家安全或利益遭受損害者。

   (2) 一般機關之公務機密：「密」，指本機關持有或保管之資訊，除國家機密外，依法令或契約有保密義務者。一般公務機密文書列為「密」等級。等級如發生競合時，以高等級吸收低等級為原則。

2.**非機密公文**：除上述4種機密公文以外，其餘皆屬非機密公文，如其為紙本行文時，則該欄位留空。

(十)**依保存期限而分：**

1.**永久保存**：屬下列性質者為永久保存：

　(1) 涉及國家或本機關重要制度、決策及計畫者。

　(2) 涉及國家或本機關重要法規之制（訂）定、修正及解釋者。

　(3) 涉及本機關組織沿革及主要業務運作者。

　(4) 對國家建設或機關施政具有重要利用價值者。

　(5) 具有國家或機關重要行政稽憑價值者。

　(6) 具有國家、機關、團體或個人重要財產稽憑價值者。

　(7) 對國家、機關、社會大眾或個人權益之維護具有重大影響者。

　(8) 具有重要科技價值者。

　(9) 具有重要歷史或社會文化保存價值者。

　(10) 屬重大輿情之特殊個案者。

　(11) 法令規定應永久保存者。

　(12) 其他有關重要事項而具有永久保存價值者。

2.**定期保存**：分為30年、25年、20年、15年、10年、5年、3年、1年。

　(1) 保存30年至20年者：本機關主要職掌業務推動及執行之檔案；本機關主要職掌業務成效評量或稽憑之檔案；機關共通性檔案保存年限基準列為保存年限30年至20年之檔案。

　(2) 保存15年至10年者：本機關主要職掌業務例行辦理之相關檔案；本機關收受他機關法律、法規命令、行政規則及解釋令（函）等相關檔案；機關共通性檔案保存年限基準列為保存年限15年至10年之檔案。

　(3) 保存5年至1年者：本機關一般事務性及一般例行性業務之相關檔案；本機關收受他機關周知性或與本機關職掌業務無關之存查性質之檔案；機關共通性檔案保存年限基準列為保存年限5年至1年之檔案。

(十一) **依簽與稿之關係而分：**

只簽不稿	來文屬於簡單性、例行性、告知性、或副知性或存查性之案件，承辦人員辦理後，經機關首長批示，就可移送檔案單位去歸檔並于結案銷號，不必以機關名義對外行文者。
先簽後稿	於重大政策與興革、重要人事、其他須先行簽請核示之案件、牽涉較廣會商未獲結論案件，或擬提決策會議討論等案件，應先簽報首長核准後，再行辦理公文稿後發文，於公文稿面上加註「先簽後稿」。其置放順序為：對方來文置於最下面，經首長核准之簽置於中間，上面再置放「公文稿」。

簽稿併陳	文稿內容須另作說明或析述、依法准駁而案情特殊、限期辦理不及先行請示之案件。此時將「簽與文稿」同時陳閱,方便長官瞭解案情,據以判發,以提昇公文處理效率,稱為「簽稿併陳」。故須於稿面加註「簽稿併陳」。其置放順序為:對方來文置於最下面,所辦之公文稿置於中間,最上面置放「簽」。
以稿代簽	案情簡單,文稿內容毋須另作說明,或例行承轉之案件。此時直接辦稿陳核判後繕發,不需另行上簽者,稱為「以稿代簽」,應在稿面註明「以稿代簽」字樣。其置放順序為:對方來文置於最下面,最上面置放所辦之「公文稿」。

(十二) **依公文程式條例、行政院秘書處頒布之文書處理手冊及各機關自行訂頒之文書處理作業規範而予綜合分類**:屬一般公文範疇,區分為6大類:令、呈、咨、函、公告、其他公文。

1. **令**:為下行文,上級對下級有所要求、規定,通常避免用「令」,而多用「函」;目前「令」僅用在(公布法律、發布法規命令、解釋性規定及裁量基準之行政規則、地方自治法規)及「人事令」(任免、調遷、獎懲、考績等)。

2. **呈**:為上行文,僅對國家元首「總統」使用,即行政院、司法院、考試院對總統有所報告或呈請時使用。

3. **咨**:為平行文,為總統與立法院、總統與監察院間,公文往來時使用。一般機關及人民團體都不用「咨」。

4. **函**:政府各級機關、社會團體、個人,凡有「印信」者皆可發函。由於其應用最為廣泛,故各機關、團體於處理公務時有下列情形之一使用之:
   (1) 上級機關對所屬下級機關有所指示、交辦、批復時(即下行文)。
   (2) 下級機關對上級機關有所請求或報告時(即上行文)。
   (3) 同級機關或不相隸屬機關間行文時(即平行文)。
   (4) 民眾與機關間之申請及答復時。

5. **公告**:為政府各級機關、團體,就所主管業務,向公眾或特定對象,宣告某要求、規定、期望,使其周知時使用。得張貼於機關的布告欄,或電子佈告欄或利用新聞媒體、報章,廣為宣布,其方式為:
   (1) 得張貼於機關之公布欄、電子公布欄、刊登於政府公報。
   (2) 利用報刊等大眾傳播工具廣為宣布。
   (3) 如需他機關處理者,得另行檢送。

6.其他公文：

(1) 書函：於公務未決階段需要磋商、徵詢意見或通報時使用。其適用範圍較函為廣泛，舉凡答復內容無涉准駁、解釋之簡單案情，寄送普通文件、書刊，或為一般聯繫、查詢等事項行文時均可使用，其性質不如函之正式性。

(2) 簽：承辦人員就職掌事項，或其幕僚性質之機關首長對上級機關有所陳述、請示、請求、建議時使用。

(3) 報告：公務用報告如調查報告、研究報告、評估報告等；或機關所屬人員就個人事務有所陳請時使用。

(4) 箋函：以機關首長個人名義於洽商或回復公務時使用

(5) 便簽或便條：以單位名義於洽商或回復公務時使用。

(6) 手令或手諭：機關長官對所屬有所指示或交辦時使用。

(7) 開會通知單或會勘通知單：召集會議或辦理會勘時使用。

(8) 提案：對會議提出報告或討論事項時使用。

(9) 紀錄：記錄會議經過、決議或結論時使用。

(10) 公務電話紀錄：凡公務上聯繫、洽詢、通知等可以電話簡單正確說明之事項，經通話後，發話人如認有必要，可將通話紀錄作成兩份並經發話人簽章，以1份送達受話人簽收，雙方附卷，以供查考。

(11) 聘書：聘用人員時使用。

(12) 證明書：對人、事、物之證明時使用。

(13) 證書或執照：對個人或團體依法令規定取得特定資格時使用。

(14) 契約書：當事人雙方意思表示一致，成立契約關係時使用。

(15) 節略：對上級人員略述事情之大要，亦稱綱要。起首用「敬陳者」，文末署「職稱、姓名」。

(16) 說帖：詳述機關掌理業務辦理情形，請相關機關或部門予以支持使用。

(17) 定型化處理之公文（如移文單、交（催）辦案件通知單、機密文書機密等級變換（或註銷）建議單等）。

(18) 其他因公務需要之文書：如E-mail（電子郵遞）；新聞稿、聲明稿、澄清稿；業務報告。

(十三) 本書將依政府機關意思表示之內外性介紹公文製作之內容：

1. **對內意思表示之公文**：指公文經機關首長決定後，不必對外發文，而直接予以歸檔或存查；或首長所下之手令、手諭或對首長所為之簽、報告或內部單位相互間溝通所使用之便簽等。

2.**對外意思表示之公文**：指須以機關名義對外行文至其他機關或團體所使用之公文，可分爲：令、呈、咨、函、公告或其他公文；至於其他公文包括書函、開會通知單、會勘通知單、公示送達、公務電話紀錄、其他定型化之文書及其他。

 ## 第三節　公文之要件

　　「公文」是公務部門（機關相互間）或公務、私務部門間或公務部門與人民間或公務部門內部單位間爲處理公務，而相互溝通所使用或紀錄事實之一切文字資料。故舉凡處理與公務有關之文書均可稱爲「公文」。因此不問其是否具有公務員或非公務員之身分，只要其所爲之行爲「與處理公務有關者」所涉及之文書，皆可稱爲「公文書」。從而「公文」應具備下列充分必要條件：

(一)**實質要件**：指公文之實質內容而言，包括：

1.須與處理公務有關。

2.須正確認定事實適用法令。

3.須受文者或發文者至少有一方為政府機關或團體。

4.須有具體主張與明確目的，使對方瞭解，收到預期效果。

5.使用合宜之公文「名稱與用語」，以達「簡、淺、明、確」效果。

(二)**形式要件**：指公文外表形式上所應依循之項目與格式，包括：

1.須合於現行法定格式。（用紙、格式、細項）

2.須有時間之表示。（如製作及發文時間，並加註文號）

3.須有負責之表示。（如簽署、副署、蓋印或蓋章戳）

4.本文除令可不分段外，其餘類型均須分段敘述，即為一定之作為或特定事務之告知。

5.其表達方式為由左而右之橫行格式，且欄位或段名須對左靠齊。

(三)**程序要件**：指公文須循行政院函頒之「文書處理程序」所列之法定程序爲之，包括：

1.須依權限、權責製作處理。

2.須循規定程序傳遞。

3.須依規定程序存查或對外發文。

第四節　公文撰寫之基本認識、態度、要求、原則

一、圖示

公文撰寫之基本認識、態度、要求、原則

基本認識
1.行文之原因　　2.行文之依據　　3.行文之目的
4.行文之立場　　5.行文之布局

基本態度
1.公正和平　　2.立場穩妥

基本要求
1.簡　　2.淺　　3.明　　4.確
同時達到8大要求：正確、清晰、簡明、迅速、整潔、一致、完整、周詳

基本原則
1.嚴謹之依據　　　　　　2.會辦決定之案件不得變更原決定
3.應力求簡、淺、明、確　4.須注意雙方之身分
5.要把握時限處理　　　　6.段落要條理分明
7.儘量使用語體文　　　　8.正確使用標點符號
9.承轉公文不可層層套敘來文
10.其他應注意之原則

(1)應以1文1事為原則。
(2)相同或同類，可先撰擬定型稿或稱「例稿」。
(3)書明「代判」字樣或加蓋「代為決行」章。
(4)需各單位提供資料或意見時，可先影送簽復，或製作統一格式及用紙。
(5)儘量利用副本。
(6)送判時公文夾應標明承辦單位及送往單位，加速公文傳遞。
(7)下列公務可不必行文：
　　A.例行准予備查事項或表報。
　　B.可於會議、會報中商討決定，或已在機關公報、報刊發布。
　　C.非必要之公文副本。
　　D.屬於聯繫、協調、商洽等事項，可使用電話代替行文者。

二、解說

(一)**基本認識**：公文為處理公務溝通意見之重要工具，因係處理公務溝通意見，故須注重效率，因此要讓對方迅速且容易看懂就行，同時其製作屬要式行為，故應有其具備之要件包括行文之原因、依據、目的與立場。現之公文，已不再重視文采，祇要合乎程式，內容合法、合理、合情，能讓大家會用且方便使用，脫俗雅潔即可，但仍應有下列基本認識，以求完備。

行文之原因	撰擬公文是要告訴對方「人、事、時、地、物」的問題，因此不論是主動或被動行文，均應就全案加以審察，澈底洞悉全案之真相或原因，才能確定行文之對象，及如何處理有關情節與事實，然後下筆為文，方能言之有物，動合機宜。
行文之依據	行文要依據來文、或事實、或法令、或前案、或理論，且所持之依據必須真實有效，絕不可虛構事實、或杜撰理論、或引據過時失效之法令，致使公文失其效用，甚至構成違法失職之行為。
行文之目的	此為行文主旨所在。公文是處理公務之行為，必須在文中有明確之意思表示，使對方能有明確之認識，始能發生公文之效力。
行文之立場	撰擬公文時，必須斟酌本機關或本身所處之地位關係和職責權限之範圍，然後就事論事、依法、依理下筆。寫作時不亢不卑、不越權、不推諉、不卸責，保持本身應有之立場，使對上能得信任採納，對下能收預期之效果。
行文之布局	撰擬公文，猶如撰寫文章，須層次清楚，段落分明，使人易於瞭解和接受。如有必要，應就綱目分別冠以數字，以清眉目。

(二)**基本態度**：製作公文，旨在處理事情、解決問題、完成任務。所面對者，可能是長官、同事、部屬或人民，可能是上級、同級、下級機關或其他團體，在民主、平等的今天，於撰擬公文過程中，如何持事公正、認事客觀、用事謹嚴，並且設身處地，禮貌得體，才不失行文之旨。

公正和平	過去撰擬公文，常以模稜兩可、敷衍塞責、節外生枝為能事，此為公文之大忌，必須澈底革除。因此，在寫作公文時，態度要公正，心情要平和，正直負責，誠懇堅定，不作情緒化反應，不流於意氣用事，本諸「對事不對人」之原則，處處為雙方立場著想，才能免於偏激或武斷。
立場穩妥	寫作公文，必須認清彼此關係，然後語氣乃不致於發生錯誤。上行文，語氣宜謙遜恭謹；平行文，語氣宜不卑不亢；下行文，語氣宜不驕不縱。不論身為官員抑或人民，均應站在本身立場，為對方設想，相互尊重，使公文書中充滿愉悅溫馨之氣氛，斯為良好公文之表現。

(三)**基本要求：**公文是對某一公務案件之陳述、分析及建議，應以「簡單」、「明瞭」、「達意」為主，不宜長篇大論，重複累贅，亦不必過分講求辭藻之修飾，以免形成官樣文章。因此公文製作基本要求為公文程式條例第8條規定：「公文文字應簡淺明確，並加具標點符號。」：

簡	就是簡單明瞭、化繁為簡、整齊劃一其文字、用詞、句型、結構及程式，以求撰擬者及閱讀者均可節省時間及精力。
淺	就是淺近易懂、用語通達、詞句曉暢，專門用語、艱澀文詞、累贅字詞和重複資料愈少愈好。
明	就是明白清晰、文義清楚、條理分明，使收文者一看就知道發生何事？要如何去做？故儘量用主動句，不用無關的假設語。
確	就是明確肯定、主旨明確、語氣肯定，故多使用直接句、肯定語氣，避免模稜兩可或偏差歪曲。

公文製作除上述法定基本要求外，文書處理手冊第16點之(一)文字使用應儘量明白曉暢，詞意清晰，以達到公文程式條例第8條所規定「簡、淺、明、確」之要求，其作業要求為：

正確	文字敘述和重要事項記述，應避免錯誤和遺漏，內容主題應避免偏差歪曲，切忌主觀、偏見。
清晰	文義清楚、肯定。
簡明	用語簡練、詞句曉暢，分段確實，主題鮮明。
迅速	自蒐集資料，整理分析，至提出結論，應在一定時間內完成。
整潔	文稿均應保持整潔，字體力求端正。
一致	機關內部各單位撰擬簽稿，文字用語、結構格式應力求一致，同一案情的處理方法不可前後矛盾。
完整	對於每一文件，應作深入廣泛之研究，從各種角度、立場考慮問題，並與相關單位溝通協調聯繫。所提意見或辦法，應力求周詳具體、適切可行，並備齊各種必需之文件，構成完整之幕僚作業，以供上級採擇。

(四)**基本原則**：公文製作可分為簽辦、會辦、撰稿及會銜。簽辦是指在撰稿之前，先就如何處理該案公文之擬議，簽請長官核示；會辦是會同其他機關或單位辦理該案公文，請其他機關或單位提供該案意見；撰稿是為寫作該案之實體文稿，經主管長官審核判行後據以繕發；會銜是指公文之辦理機關可能不只一個，因此，把所有辦理機關列為發文機關，以同一案件來發文。

會辦與簽辦何者在先，視公文案情內容而定。處理某件公文，要不要與其他機關或單位會辦或會簽，究竟應會那些機關或單位辦理，事關機關或單位之權責劃分，承辦人員有時並不能完全瞭解，須由主管長官決定。

一般而言，公文製作並不一定要先簽辦然後撰稿（即所謂「先簽後稿」）。但對於政策性或重大事項或重要人事或須經長官同意案件，須先簽辦，簽核准後才能撰稿；有時如案情特殊，文稿內容須另為說明；或須限時辦發不及先行請示之案件，則以「簽稿併陳」方式陳判。其餘一般案情簡單，或例行承轉之案件則以「以稿代簽」方式陳判。如屬不須簽復之普通文件，則可簽請首長或經授權之各級主管核閱後存查，但如有必要，應先送會有關機關或單位後，再陳閱後存查。故公文製作，應把握下列基本原則：

1. **嚴謹之依據**：對於該案之發生經過、原有文卷、演變及現況，必須審查詳盡，然後將有關文卷或資料檢附或摘錄主要內容，把握問題重心，依據有關法規、原理、原則、成例、習慣或主管之意旨，決定該案之處理辦法與措辭。如屬創舉，或事屬必行而無法規可資依據，或與現行法規牴觸時，須衡量事實，根據法理或主管意旨，簽擬具體意見或辦法，必要時亦可簽擬兩案以上，剖析其利弊，陳請主管長官核裁。

2. **會辦決定之案件不得變更原決定**：公文經送有關機關或單位會簽或經商討決定之案件，簽擬時不得變更或遺漏原決定，或隱蔽原有意見。

3. **應力求簡、淺、明、確**：公文製作應力求撰字端正清楚、語意肯定、內容清晰、完整、簡潔、具體，不可使用模稜空泛、游移不定之語句，或陳腐虛套、晦澀不明之文字；至地方俗語與公務無關者，均應避免。更不可僅簽擬「陳核」或「請示」等不負責任之字樣。簽復簡單案件，或行使普通公文、寄發書刊、或一般聯繫查詢事項，宜儘量使用書函。

4. **須注意雙方之身分**：應依行文系統，使用適當體裁。上行文應注意謙謹有度；平行文應注意卑亢合宜；下行文應注意詞婉義正。

5. **要把握時限處理**：承辦人員擬辦案件，應視事情之輕重緩急，急要案件提前簽擬，普通案件亦應依照時限辦理，不得積壓。急要案件，如需調卷或徵求其他機關意見或會商決定，而不能立即簽辦者，可將原因先行函復。

6. **段落要條理分明**：公文製作應採三段活用式之結構，即正文內容各段意見，應截然劃分清楚，不得前後夾雜敘述。例如已在「說明」段中說明者，在「擬辦」段中，只須提出具體辦法或方案即可，不可再行重複說明。

7. **儘量使用語體文**：製作公文要留意所用文字應合乎時宜，儘量使用國人日常習用之語體文字，使一般人都能迅速正確理解。

8. **正確使用標點符號**：公文使用標點符號，能使句讀清楚，便於閱讀，免除誤解。公文程式條例第8條已有明定，惟有加具標點符號，才能使公文更臻明確易解。

9. **承轉公文不可層層套敘來文**：引敘來文或法令條文，以扼要摘述足供參證為度，不宜僅以「云云照敘」，更不可於稿內層層套敘，或寫「照敘原文」，或寫「照錄原文，敘至某處」，而自圖省事；如必須提供全文，應以電子文件、抄件或影印附送。

10. **其他應注意之原則**

   (1) 寫作公文應以1文1事為原則，來文如係1文數事者，得分為數文答覆。如果1文之受文者有數個機關而內容相同時，可僅辦1稿。但內容大同小異，則可以同稿併敘，將不同之文字分別列出，加註某處文字係對某機關所用。

   (2) 相同或同類案件，需經常答覆者，可先撰擬定型稿或稱「例稿」備用。以後每次簽復此類案件時，只要填寫幾個字，即可送判，充分簡化作業，並方便核判。

   (3) 依分層負責或授權判行之公文，應書明何人「代判」字樣，或加蓋「代為決行」章。

   (4) 彙總之公文需要各單位提供資料或意見時，可先影印分送各單位簽復，並事先製作統一格式及用紙，以免事後重新整理，耽擱時間及浪費人力、物力。

(5) 儘量利用副本代替已辦核轉案件之簽復，承辦人員也可視需要在稿上加列抄發承辦單位副本或抄件，以便查考，或免除以後調卷之煩。

(6) 公文送判時，公文夾應標明承辦單位及送往單位，以加速公文傳遞。如屬最速件或限期案件，應在稿面上旁註：「請於某日某時以前發出」，以促請有關人員加速處理，並把握時限。

(7) 下列公務可不必行文：

A. 例行准予備查事項。但法定必須報備者例外。

B. 於會議、會報中商討決定，或已在機關公報、報刊發布，以及遞送例行表報等事項。

C. 非必要之公文副本。

D. 屬於聯繫、協調、商洽等事項，可使用電話代替行文者。

第五節　文書處理手冊最新重大改革或修正或函釋

▶文書處理手冊最近之重大改革或修正或函釋

一、為使各機關挪抬（空1格）書寫。處理公文有一致遵循標準，自即日起有關公文之期望、目的及稱謂用語，均無須挪抬（空1格）（行政院104年3月25日院臺綜字第1040127907號函）

二、中央政府與地方政府皆屬國家事務的共同管理者，並無上下隸屬關係，而是共同協力的夥伴關係。因此，直轄市、縣（市）或其所屬教育局與教育部或其所屬國民及學前教育署間既無上下隸屬關係，各該機關之間行文即屬平行文（函）。（行政院104年4月2日）

三、書函用於舉凡答復簡單案情時使用，為避免實務上各機關使用書函答復民眾過於浮濫，改為僅限於舉凡答復內容無涉准駁、解釋之簡單案情時使用。（修正之文書處理手冊十五、(一)6(1)乙）。

四、實務上會勘通知單為各機關普遍使用，增列會勘通知單，於辦理會勘時使用（併同修正手冊附件1開會通知單格式）。（修正之文書處理手冊十五、(一)6(2)）。

五、實務上公示送達為各機關普遍使用，增列公示送達，於辦理公示送達時使用（併同修正手冊附錄6公告作法舉例新增公示送達範例）。（修正之文書處理手冊十五、(一)5）

六、原說明段段名規定，可因公文內容改用「經過」、「原因」等名稱定予以刪除。（修正之文書處理手冊十六、(三)1）

七、原辦法段之段名可因公文內容改用「建議」、「請求」、「擬辦」、「核示事項」等名，增列「公告事項」。（修正之文書處理手冊十六、(三)3(1)）

八、公文用語規定增列准駁用語－「應予照准」、「未便照准」。（修正之文書處理手冊十八、(一)）。

九、「速別」：係指希望受文機關辦理之速別。應確實考量案件性質，填列「最速件」、「速件」或「普通件」。增列：「如為限期公文則不必填列」。（修正之文書處理手冊三十一、(二)）。【限期公文係指來文指定（於來文主旨段述明）或依法規規定訂有期限之公文，應依其規定期限辦理】。

十、查「文書處理手冊」就公文期望及目的用語，僅規定得視需要酌用「請」、「希」、「查照」等。至所詢「惠請」一詞之用法，該手冊並未規定，惟查教育部國語推行委員會編纂之重編國語辭典（修訂本）對於該二字之釋義，「惠」與「請」均可作為「對人有所請求的敬詞」之意，毋須同時使用。（101.10.29）

十一、查「洽悉」一詞為文書之用語，一般係使用於會議紀錄報告事項，例如針對「○○○○計畫推動情形報告」或「本會委員人事異動報告」，紀錄文字載明：「決定：洽悉」，意指會議全體成員已瞭解、知悉報告內容。（104.5.15院臺綜字第1040025441號）

十二、依「文書處理手冊」第15點(一)6、(13)規定，紀錄為其他公文之一種，為記錄會議經過、決議或結論時使用。另查62年3月13日立法院第1屆第51會期第5次會議及第78會期第17會議認可之法律統一用字表略以，名詞用「紀錄」，而動詞用「記錄」。復查內政部54年7月20日訂定公布之會議規範第11條規定，開會應備置議事紀錄，其主要項目之第7項、第8項分別為主席姓名及紀錄姓名。同條第2項復規定，議事紀錄應由主席及紀錄分別簽署。另「立法院議事規則」第53條規定，其議事錄應記載事項之第8項為記錄者姓名，而其實務上該院會議議事錄係載明：「紀錄：職稱加姓名」（可參閱立法院議暨公報系統）。綜上，依前開規定及參考立法院實務運作情形，會議紀錄應記載事項之「紀錄」（亦即會議規範所稱「紀錄」及立法院議事規則所稱「記錄者」）與「主席」同屬名詞（會議中職司專責之角色），宜使用「紀錄」之用字為妥。（104.9.25會議紀錄中「紀錄」欄位一詞，應用「記錄」或「紀錄」疑義一案）

十三、　請釋「文書處手冊」有關公文正副本之填列規定一案，查「文書處手冊」第31點(五)規定，「正本」或「副本」分別逐一書明全銜，或以明確之總稱概括表示。所謂總稱概括表示，即例如本院行文所屬各機關、各地方政府及內部各單位，可使用「各部會行總處署」、「各縣市政府」及「本院各單位」等總稱概括表示。是以，有關所提以勞動部行文勞動力發展署及其所屬分署、就業中心為例之受文者及正副本寫法一節，受文者應依個別行文對象，書明其全銜辦理；「正本」或「副本」欄位除可採逐一列出並書明全銜，亦可使用「本部勞動力發展署及其所屬分署、就業中心」等類似文字做為總稱概括表示，惟以總稱概括表示時，應輔以使用行文對象之清單附於文稿之後，俾利文書單位照單繕發，避免錯漏。（104.11.12院臺綜字第1040061283號函）

十四、　依「文書處理手冊」第31點(五)規定略以，「正本」或「副本」：分別逐一書明全銜，或以明確之總稱概括表示；機關內部得以加發「抄本（件）」之方式處理。是該款規定係規範承辦人員辦稿之注意事項。至所提手冊第31點（十一）5，其係規定承辦人員於辦稿處理附件時，如需以電子文件、抄本或影印本發出，應於稿面註明相關字樣之注意事項，與第31點(五)規定機關內部得以加發「抄本（件）」之方式處理並無扞格。（105.1.25）

十五、　按「公文書橫式書寫數字使用原則」（以下簡稱數字使用原則）之訂定，旨在供各機關公文書橫式書寫之數字使用時有一致之規範可循，其重點在於區分數字用語具一般數字意義、統計意義或以阿拉伯數字表示較清楚者（如發文字號、日期、代碼、序號），使用阿拉伯數字；屬描述性用語、專有名詞、慣用語或以中文數字表示較妥適者（如地名、人名、頭銜），使用中文數字。有關所提「一案」一詞，因其性質屬描述性用語，為求簡淺明確，應依數字使用原則第3點規定使用中文數字（即「一案」）。（105.4.11）

十六、　公文簽稿併陳時，會辦單位之簽章問題，依「文書處手冊」第29點(二)規定，以簽稿送會有關單位，其送會單位較多者，宜採用簽稿會核單。另手冊附件4、簽稿會核單之說明略以，各單位送請會核文件，除依照向例在簽、稿上註明「會○○單位」外，送會單位較多時，請填列簽稿會核單置於簽稿之上隨同附送；送會文件經受會單位會核後，請有關承辦人員及主管人員在單內填列意見並簽名或蓋章。是以，目前實務上各單位之會核案件，係由主辦單位視案件性質，審酌使用簽

稿會核單，或於簽、稿註記「會○○單位」（如屬未附簽稿會核單之簽稿併陳案件，則於簽上註明即可，以簡化文稿核會程序），受會單位即逕行於簽稿會核單上之「會核意見及簽章」欄位，或簽、稿註記「會○○單位」處填列意見並簽名或蓋章。（105.4.12）

十七、　一般存參或案情簡單之文件，得於原件文中空白處簽擬，可於文件中選擇適宜之空白處簽擬，並確遵由上而下、由左而右之簽署原則，且注意預留適當空間，作為會辦其他單位及長官批示時使用。（105.5.26）

十八、　詢問「文書處理手冊」第78點(五)有關「行政院及所屬各機關處理人民陳情案件要點」之引號於99年1月22日修正時被刪除一案，基於法規名稱毋須使用引號，上開要點係屬行政規則，本院將於下次修正文書處理手冊時予以標註引號，以臻明確。（105.9.8）

十九、　便簽是否可蓋用條戳疑義一案，依「文書處理手冊」第84點(一)規定，條戳係於書函、開會通知單、會勘通知單、移文單、建議單、通知單、催辦單等對外行文時使用之。便簽係機關內部單位須以書面洽辦公務時使用之文書，並不對外行文，依上開規定毋須蓋用條戳。（105.5.26）

二十、　按公文係以機關名義所為之公法上意思表示，其法律效果歸屬於機關，而機關之代表人為即為機關首長。依「公文程式條例」第3條及第4條規定，以機關名義行文，如有署名之需要，除機關首長出缺係由代理首長職務者署名外，縱機關首長有不能視事事由，仍署首長姓名並由代行人附署，以資辨明，亦即機關行文有署名需要，應由機關首長或出缺時之代理人署名，為公文對外生效之形式要件，其與公文係由首長或代理人核決無關，仍應以發文當日首長在勤與否為依據。惟為避免產生機關首長因故不能視事期間公文實際核決人與公文署名不一致之情事，有關首長請假前已核決之公文，以及代理人於首長請假期間代行核決之公文，均應依「文書處理手冊」第38點(四)規定，於核決當日即分配繕印竣事，以求周延。（105.6.14）

二一、　基於法規名稱毋須使用引號，上開要點係屬行政規則，本院將於下次修正文書處理手冊時予以標註引號，以臻明確。（105.9.8）

二二、　依「文書處理手冊」第1點規定，本手冊所稱文書，指處理公務或與公務有關，不論其形式或性質如何之一切資料。凡機關與機關或機關與人民往來之公文書，機關內部通行之文書，以及公文以外之文書而

與公務有關者，均包括在內。是以，先生所指公務往來之傳真及電子郵件等，係屬與公務有關之資料，為「文書處理手冊」之「文書」規範範疇。（105.11.21）

二三、依「公文程式條例」第6條規定：「公文應記明國曆年、月、日。機關公文，應記明發文字號。」另「文書處理手冊」第31點（10）7規定：「為提升公務溝通效率，承辦人員得於稿面適當位置述明聯絡方式。」爰該手冊附錄6、「公文作法舉例」所列舉各類公文格式範例，均依上開規定載明發文日期、字號及聯絡方式（承辦人、電話、傳真、e-mail）等，俾利各機關遵循（地方政府之文書處理得參照「文書處理手冊」或另訂相關規範）。（105.11.23）

二四、依「文書處理手冊」第18點(三)5規定：機關對人民稱「先生」、「女士」或通稱「君」、「臺端」。先生所詢應使用臺端或台端之疑義，依上開規定，各機關應使用「臺端」。（105.12.27）

二五、有關公文編號、登錄應注意事項，依「文書處理手冊」第41點三）、(四)規定略以，總發文字號每年更易1次；文號11碼，前3碼為年度。是以，各機關新年度之公文文號應依上開規定重新編號，不得使用舊年度文號。（106.1.18）

二六、按一般文書於核擬過程中有採取保密措施之必要時，爰於公文稿面適當位置標註「發文後解密」或「奉核後解密」等相關文字。該類公文經核定後，由承辦人員將原標註保密相關文字以雙線劃去後即可以普通案件歸檔，毋需填寫「機密文書機密等級變更或註銷紀錄單」。（106.1.25）

二七、依「文書處理手冊」第1點規定，本手冊所稱文書，指處理公務或與公務有關，不論其形式或性質如何之一切資料。凡機關與機關或機關與人民往來之公文書，機關內部通行之文書，以及公文以外之文書而與公務有關者，均包括在內。是以，行政機關依「行政院及所屬各機關處理人民陳情案件要點」規定，逐級陳核後以首長電子信箱回復民眾陳情及公務相關問題，係屬上開手冊規範之文書，其為機關對外之公法上意思表示，即對外產生法律。至所提行政機關首長回復電子信箱法律上可否成為證據一節，應由司法機關視個案本於權責認定。（106.2.2）

第二章

公文流程與架構知能

第一節 公文處理流程與簽辦方式

一、圖示

(一)文書處理流程圖

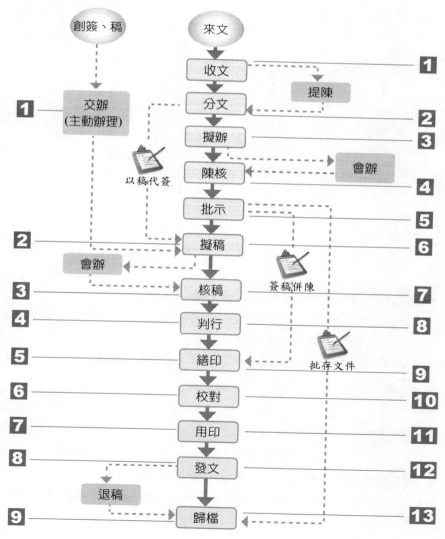

(二)簽辦方式

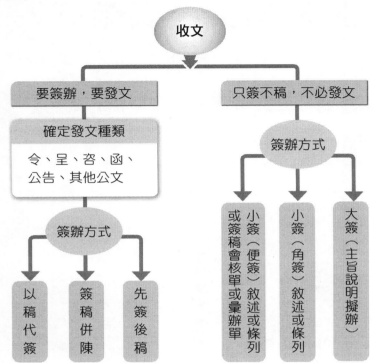

二、解說

紙本公文自收文或交辦起至發文、歸檔之全部流程細分為：

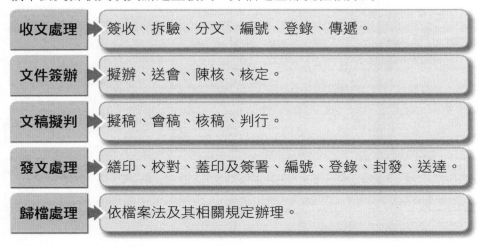

收文處理	簽收、拆驗、分文、編號、登錄、傳遞。
文件簽辦	擬辦、送會、陳核、核定。
文稿擬判	擬稿、會稿、核稿、判行。
發文處理	繕印、校對、蓋印及簽署、編號、登錄、封發、送達。
歸檔處理	依檔案法及其相關規定辦理。

第二節　公文結構

一、圖示

公文結構

整體結構

> 整體結構亦稱為「行款」，「行款」指公文行文款式，即一篇完整公文所應記載之各細項。完整公文所應記載的各細項，依由上而下，由左而右，對左靠齊的排列方式，其欄位分為：本別（稿本時改為先簽後稿、簽稿並陳、以稿代簽）、檔號、保存年限、機關全銜（文別）、聯絡欄位（包括機關地址、承辦人、電話、傳真、電子信箱等5個）、基本欄位必需填寫，包括（郵遞區號、地址、受文者、發文日期、發文字號、速別、密等及解密條件或保密期限、附件）、本文、正本、副本、署名或蓋章戳、頁碼。

本體結構

> 本體結構亦稱為「本文」，「本文」指公文主要內容，而本文包括「內容結構」及「形式結構」。
> 1. 「內容結構」指公文主要實質內容，並以「引據、申述、歸結」等方式來說明與表達。
> 2. 「形式結構」指公文主要內容表達之方式。
>   (1)「令」不分段。但人事命令可例外。
>   (2)「函或書函」分為「主旨、說明、辦法」三段式。
>   (3)「公告或公示送達」分為「主旨、依據、公告事項（說明）」三段式。
>   (4)「簽或報告」分為「主旨、說明、擬辦」三段式或敘述式或條列式。

二、解說

(一)整體結構就是公文「行款」，94年1月1日起（橫式公文）之標準規格如下：

本別（正本、副本、抄本、影本、譯本；如為稿本時改為　　　檔　號：`12號字`
先簽後稿、簽稿並陳、以稿代簽）　　　　　　　　　　　保存年限：`12號字`

機關全銜（文別）`20號字，置中`

（會銜公文機關排序：主辦機關、會辦機關）`12號字`

機關地址：○○○○○`12號字`（會銜時列主辦機關，令、公告不須此項）

承 辦 人：○○○ `12號字`
電　　話：(02)○○○○－○○○○ `12號字`
傳　　真：`12號字`
電子信箱：`12號字`

郵遞區號□□□□□（數字依郵局規定）

地址：`12號字`

受文者：（令、公告不須此項）`16號字`

發文日期：`12號字`

發文字號：`12號字`（會銜機關排序：主辦機關、會辦機關）

速別：`12號字`（令、公告不須此項）

密等及解密條件或保密期限：`12號字`（令、公告不須此項）

附件：`12號字`（令不須此項）

本文：`16號字`（令：不分段。但人事命令可例外。公告：主旨、依據、公告事項三段式。函、書函等：主旨、說明、辦法三段式。）

正本：`12號字`（令、公告不須此項）

副本：`12號字`（如有含附件者，方要註明：含附件或含○○附件）

署名或蓋章戳 `不限號字`

會銜公文：按機關排序蓋用機關首長簽字章
令：蓋用機關印信、機關首長簽字章
公告：蓋用機關印信、機關首長簽字章
函：上行文—署機關首長職銜姓名蓋職章
　　平行文—機關首長職銜簽字章或職章
　　下行文—機關首長職銜簽字章
書函、一般事務性之通知等：蓋機關（單位）條戳

頁碼 `10號字`

上述公文行款或標準規格各欄位書寫方式如下：

1. **本別**：用章戳蓋上「正本、副本、抄本、影本、譯本」等字樣）；如為稿本時改為先簽後稿、簽稿並陳、以稿代簽等簽辦方式；並於機關全銜、文別之後填寫（如○○○函稿）。

2. **檔號、保存年限**：如為正本、副本時則空白留給對方來填寫；如為稿本時填承辦機關之檔號、保存年限。

3. **機關全銜（文別）**：填機關之全稱，不可寫簡銜，二個以上之機關會銜者，主辦機關在前或在上，會辦機關在後或在下，依序排列，字體要放大；文別視公文類別而填寫，分為「令、呈、咨、函、公告、其他公文」。

4. 聯絡欄位（右邊）包括發文機關郵遞區號、地址、承辦人、電話、傳真、電子信箱等5個欄位。該5個欄位僅主辦機關須填寫，會銜機關不必填寫。（令或公告可除外，不必填寫。）

5. 基本欄位（左邊）必需填寫，包括郵遞區號、地址、受文者、發文日期、發文字號、速別、密等及解密條件或保密期限、附件）。

   (1) 郵遞區號、地址：開窗式公文封，郵遞區號5碼（數字依郵局規定）；地址包括縣市、鄉鎮市區、路街、段巷弄、號、樓、室（用阿拉伯數字）。

   (2) 受文者：逐一填寫全銜或如行文單位（人員），亦可概括（如○○市政府各機關學校）；受文者如為人民於其姓名之後加「先生」、「女士」、「君」；有職銜者應書「姓+職銜+名字」。（令或公告如無受文者得不列此項）。

   (3) 發文日期：填寫中華民國（年月日）（阿拉伯數字）。

   (4) 發文字號：填寫發文代字號及文號【收發文同號，共有10位（收發同號），前3位為年度碼、中間7位為流水號、發文時如為11號則為10號之後加1分支號（一文多稿時使用）】；二個以上之機關會銜者，主辦機關在上或在前，會辦機關在下或在後。

   (5) 速別：最速件公文填「最速件」；速件公文填「速件」，普通件公文則填「普通件」；如為限期公文（指定限期貨法定限期）依104年4月28日修正之文書處理手冊規定，速別欄位留空。（令或公告不須此項）。

　　　(6) 密等及解密條件或保密期限：機密公文時視公文密等分填「絕對機密」、「極機密」、「機密」、「密」等四級，該四級有競合時，則低等級被高等級吸收，並應於其後註記「公布後解密」、「○年○月○日解密」、「附件抽存後解密」等字，以表示本件公文解密條件或保密期限；如為非機密公文則不填，讓其空白。（令或公告如無受文者得不列此項）。

　　　(7) 附件：有附件時填寫附件名稱及數量或於何處（如說明二）；無則空白；如為媒體則寫其代號。

6. **本文**：依公文類別，使用適當之本文形式結構，如函或書函之形式結構為主旨、說明、辦法等三段式；公告或公示送達之形式結構為主旨、依據、公告事項（說明）等三段式；令原則上不分段，但人事命令可例外。（即分段為主旨說明二段）

7. **正本**：逐一列舉公文受理主體之機關全銜（單位）或人員（先中央機關後地方機關；或先機關後人民）或概括表達（如詳發文清單）。

8. **副本**：逐一列舉公文副知機關全銜（單位）或人員，其中含附件者應特別註明；如要求副本收受者作為時，應在說明段內敘明或於本欄位用（）加以註明。

9. **署名或蓋章戳**：副本之署名或蓋章格式，應與正本一致。

　　　(1) 會銜公文：按機關排序蓋用機關首長簽字章

　　　(2) 令：蓋用機關印信、機關首長簽字章

　　　(3) 公告或公示送達：蓋用機關印信、機關首長簽字章

　　　(4) 函：

　　　　　A. 上行文―署機關首長職銜姓名蓋職章

　　　　　B. 平行文―機關首長職銜簽字章或職章

　　　　　C. 下行文―機關首長職銜簽字章

　　　　　D. 書函、一般事務性之通知等：蓋機關（單位）條戳

10. **頁碼**：每頁之最後一列，書寫方式為「第○頁共○頁」

(二)「本體結構」亦稱為「本文」，「本文」指公文主要內容，而本文包括「內容結構」及「形式結構」。「內容結構」指公文主要內容並以「引據、申述及歸結」等方式說明。至於「形式結構」即指公文主要內容表達方式。如「令」之形式結構不分段；「函或書函」之形式結構分為「主旨、說明、辦法」等三段式；「公告或公示送達」之形式結構分為「主旨、依據、公告事項」等三段式；「簽或報告」之形式結構，包括「主旨、說明、擬辦」等三段式之形式。

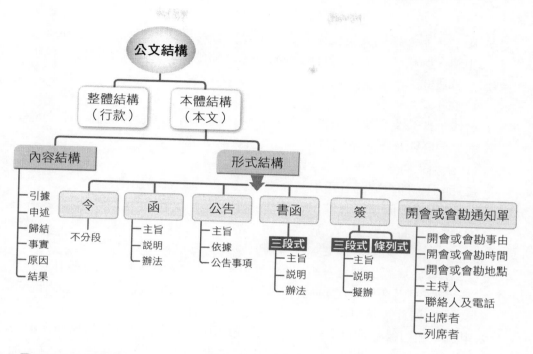

》》 本文內容結構

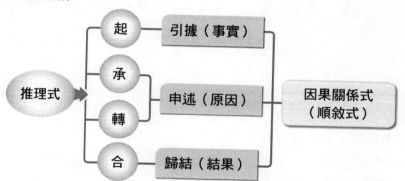

》》 主旨段＝起首語＋本案主要意旨（一案）＋期望語（何人、何時、何地、何事4W＋期望語）。

》》 說明段＝（推理式公文）引據＋申述＋歸結（一般情形或實務上使用）；（順敘式公文：特殊情形或考試時使用）事實＋原因＋結果－因果關係式）。

》》 辦法段＝提出具體可行方案（計畫－組織、方案、程序；執行－實施、訓練、計畫；考核－監督、管考、獎懲）。

　　總之，本體結構就是公文「本文」之內容及形式，本文之內容分為「引據、申述、歸結」或「事實+原因+結果」三部分；形式則採「主旨、說明、辦法」分段式。

　　公文本文之內容：

1. 引據：即公文行文之依據，主要有法令、案例、事實、理論、來文等；引據要詳明正確，不能草率。而其引據之方式有：

 (1) 全引：將全部抄引。

 (2) 節引：即重要部分用引號原文照錄，不重要文字用刪節號表達，因此不得刪改原文。

 (3) 撮引：將撮要簡述，於文首加「略開」、「略云」、「略稱」、「略以」、「略謂」等文字。可刪改原文，但不能變更原意。

 　　引據時應視案情狀況採用(A)單引：一文只引敘一件；(B)複引：一文輾轉連引多件；(C)簡引：僅指引敘來文日期、發文字號、文別、案由或附件，不引正文。

2. 申述：依引據而加以詳細申述意見或理由，使下文得以歸結。簡單的公文，在引據後，即可寫歸結，提出辦法或具體意見，亦可略作申述，加強歸結力量。宜就事論事，據理說理，措辭精當，層次分明，前後連串，論斷謹嚴。約有下列3種方式：

 (1) 綜述：依己意綜述要旨。

 (2) 併述：將同性質之數案件，併述於1文中。

 (3) 列述：用橫列法分段或分列敘述其理由。

3. 歸結：即提出處理辦法或要求，亦是本文之結束。

　　綜上說明可知公文本文之內容結構，其表達方式為「引據、申述、歸結」可轉化為文章作法中之「引論、申論、結論」。公文之製作如採用「引據、申述、歸結」之方式表達稱為「推理式公文」，其中如以「引據、申述、歸結」之順序表達者稱為「終括式」（即歸結在後者），大部分公文採行；若採用「歸結、引據、申述或歸結、申述、引據」之順序表達者稱為「始括式」（即歸結在前者），如新聞稿、澄清稿、聲明稿或訴願決定書或法院裁判書等採行；若公文無法使用「引據、申述、歸結」之方式表達時，則只能依事實+原因+結果之順序表達者稱為「順敘式公文」。

第三節　公文製作之關鍵知能

一、圖示

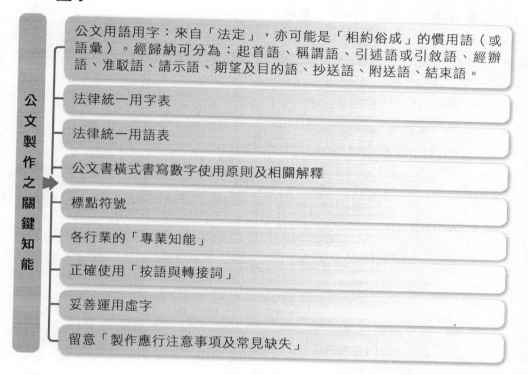

公文製作之關鍵知能

- 公文用語用字：來自「法定」，亦可能是「相約俗成」的慣用語（或語彙）。經歸納可分為：起首語、稱謂語、引述語或引敘語、經辦語、准駁語、請示語、期望及目的語、抄送語、附送語、結束語。
- 法律統一用字表
- 法律統一用語表
- 公文書橫式書寫數字使用原則及相關解釋
- 標點符號
- 各行業的「專業知能」
- 正確使用「按語與轉接詞」
- 妥善運用虛字
- 留意「製作應行注意事項及常見缺失」

二、解說

　　公文製作之前必須了解公文用語用字、法律統一用字表、法律統一用語表、公文書橫式書寫數字使用原則、標點符號之用法（或語彙）等規範，該等規範是公文製作及文書作業之準據，由於這些規範內容，均為公文製作者必備的基本素養，對增進公文製作能力甚有助益。此外公文「本文」所使用的文字為各行業的「專業知能」，而於「專業知能」文字之敘述或表達時，應該正確使用「按語與轉接詞」，妥善運用虛字（有、才、的、了、於），並且要留意「製作應行注意事項及常見缺失」，以免重蹈前人覆轍。上述規範及專業知能之運用方式，被統稱之為公文製作的關鍵知能。

(一)**公文用語用字**：來自「法定」，亦可能是「相約俗成」的慣用語（或語彙），經歸納後可分為：起首語、稱謂語、引述語或引敘語、經辦語、准駁語、請示語、期望及目的語、抄送語、附送語、結束語。

1.起首語（正文或主旨開頭慣用之發語詞）：關於、有關、所詢、函詢、檢陳、檢送、檢附、檢發、簽陳、奉、奉交下；制定（法律）、訂定（法規命令、行政規則）、修正、廢止、核釋；特任、特派、任命、派、茲派、茲聘、僱。

2.稱謂語（彼此禮貌上之代稱詞）：

鈞、鈞長、鈞座	有隸屬關係的下級機關對上級機關用，如財政部北區國稅局對財政部稱「鈞部」、台北市文山區公所對台北市政府稱「鈞府」；屬員對長官，或有隸屬關係之下級機關首長對上級機關首長用「鈞長、鈞座」。
大	無隸屬關係的較低級機關對較高級機關用，如財政部對考試院稱「大院」、財政部北區國稅局對內政部稱「大部」。
貴	有隸屬關係及無隸屬關係之上級機關對下級機關、或無隸屬關係之平行機關，或上級機關首長對下級機關首長，或機關與社團間用，如「貴部」、「貴府」、「貴縣」、「貴科」、「貴會」、「貴社」。
臺端、先生、女士、君	機關或首長對屬員，或機關對人民用。
本、本人	機關學校社團或首長自稱，如「本部」、「本縣」、「本校」、「本縣長」；人民對機關自稱時用「本人」。不必側書（偏小偏側）。

職、生

屬員對長官，或有隸屬關係的下級機關首長對上級機關首長自稱時用「職」；學生對老師書寫「生」，「職、生」字體不必側書（偏小偏側）。

全銜（簡銜）、職稱、該

間接稱謂時用，機關全銜如一再提，必要時得稱「該」，對職員則稱「職稱」。

3.引述語或引敘語：引據來文之起敘語—發文時對其來龍去脈作一交代。
  (1) 簽：其寫法為：
    A.依○○機關年月日○號函辦理。
    B.依鈞長年月日手諭或口頭指示辦理。
    C.依○○日報年月日第○版刊載辦理。
    D.依憲法或法律第○條規定辦理。
  (2) 文或稿：其寫法可歸納為復文、轉文、創文等3類：
    A.復文：復來文機關○年○月○日字號及文別。
    B.轉文：依（依據、根據）來文機關○年○月○日字號及文別辦理。
    C.轉文與復文兼有：依（依據、根據）來文機關○年○月○日字號及文別辦理；並兼復來文機關○年○月○日字號及文別。
    D.創文：依憲法或○○法第○條規定辦理。
    E.創文：本部○年○月○日字號及文別鑒察或鈞察。（第2次行文–上行函）
    F.創文：本部○年○月○日字號及文別諒達或計達。（第2次行文–平下行函）
    G.創文：本府○年○月○日字號及文別（續辦）。
    H.復文：奉交研議或奉鈞院○年○月○日○函辦理。
    I. 復文：准貴會○年○月○日○函申請設立案辦理。
    J. 復文：據台端○年○月○日申請列入低收入戶案辦理。
    K.復文：鈞長○月○日手諭奉悉或鈞院○年○月○日○函奉悉。
    L. 復文：貴委員○年○月○日華翰敬悉。

　　　M.復文：台端○年○月○日陳請書已（收）悉。
　　　　(A)復文：台端○年○月○日申請書或致本部部長電子信箱接悉。
　　　　(B)轉文：依本府○○處案陳○○（機關或內部單位）○年○月○
　　　　　　　日○函或便箋辦理或依交通部案陳○○部（機關）○年○月○
　　　　　　　日○函辦理。
4.經辦語：（處理案件之聯繫詞）
　　(1)對上級機關或首長用「遵經、遵查、遵即」。
　　(2)通用「業經、經已、現經、即經、均經、迭經、旋經、茲經、當經、
　　　　爰經、前經、嗣經、並經、歷經、續經、又經、復經」。
5.准駁語（決定可否之衡量詞）：
　　(1)上級機關對下級機關或首長用：
　　　A.同意：應予照准、准予照辦、准予備查。
　　　B.不同意：未便照准、礙難照准、應毋庸議、應從緩議、應予不准、
　　　　應予駁回。
　　(2)對平行機關用：敬表同意、同意辦理、不能同意辦理、歉難同意、無
　　　　法同意。
　　(3)機關首長對屬員或其下屬機關首長用於「簽」或「報告」時：如擬、
　　　　如擬辦理、可、照准、准如所請。
6.請示語（請問之衡量詞）：下級機關對上級機關或首長於「簽」或「報告」
　　的請示時用「是否可行、是否有當、是否允當、可否之處、如何之處？」。
7.期望或目的語（要求對方之祈使詞暨表示行文主旨之希求詞）：
　　(1)對上級機關或首長用：「請鑒核、請核示、請釋示、請鑒察、請核轉、
　　　　請核備、請核准施行、請核准辦理、復請鑒核、請鈞參、請核閱」。
　　(2)對平行機關用：「請查照、請詧照（「詧」係對平行機關地位較高者
　　　　用）、請查照辦理、請查核辦理、請查照見復、請查照辦理見復、請
　　　　同意見復、請惠允見復、請查照轉告、請查照備案、請查照見復、如
　　　　擬辦理、復請查照」。
　　(3)對下級機關用：「希查照、希照辦、希辦理見復、希轉行照辦、希切
　　　　實辦理、希查照轉告、希查照轉行照辦、希照辦並轉行所屬照辦、希
　　　　依規定辦理、希轉告所屬切實照辦」。
8.抄送語（致送抄件或抄本之用語）：
　　(1)對上級機關或首長用「抄陳」。
　　(2)對平行機關、單位或人員用「抄送」。
　　(3)對下級機關或人員用「抄發」。

9.附送語（致送資料或文件或附件時之用語）：
　　(1)對上級機關或首長用：「附陳、檢陳」。
　　(2)對平行或下級機關用：「附送、檢附、檢送、附」。

10.結束語（全文之總結詞）：
　　(1)對總統所呈之簽用「謹呈」。
　　(2)於簽末對長官使用「敬陳、謹陳」。
　　(3)單位間於便箋用「此致、此上、此請」。

(二)法律統一用字表（按經立法院第1屆第51會期第5次會議及第78會期第17次會議認可；中華民國104年12月16日立法院第8屆第8會期第14次會議通過新增一則）。

用字舉例	統一用字	曾見用字	說明
公布、分布、頒布	布	佈	
徵兵、徵稅、稽徵	徵	征	
部分、身分	分	份	
帳、帳目、帳戶	帳	賬	
韭菜	韭	韮	
礦、礦物、礦藏	礦	鑛	
釐訂、釐定	釐	厘	
使館、領館、圖書館	館	舘	
穀、穀物	穀	谷	
行蹤、失蹤	蹤	踪	
妨礙、障礙、阻礙	礙	碍	
賸餘	賸	剩	
占、占有、獨占	占	佔	
牴觸	牴	抵	
雇員、雇主、雇工	雇	僱	名詞用「雇」。
僱、僱用、聘僱	僱	雇	動詞用「僱」。
贓物	贓	臟	
黏貼	黏	粘	
計畫	畫	劃	名詞用「畫」。

用字舉例	統一用字	曾見用字	說明
策劃、規劃、擘劃	劃	畫	動詞用「劃」。
並	並	并	連接詞。
聲請	聲	申	對法院用「聲請」。
申請	申	聲	對行政機關用「申請」。
關於、對於	於	于	
給與	與	予	給與實物。
給予、授予	予	與	給予名位、榮譽等抽象事項。
紀錄	紀	記	名詞用「紀錄」。
記錄	記	紀	動詞用「記錄」。
事蹟、史蹟、遺蹟	蹟	跡	
蹤跡	跡	蹟	
糧食	糧	粮	
蒐集	蒐	搜	
菸葉、菸酒	菸	煙	
儘先、儘量	儘	盡	
麻類、亞麻	麻	蔴	
電表、水表	表	錶	
擦刮	刮	括	
拆除	拆	撤	
磷、硫化磷	磷	燐	
貫徹	徹	澈	
澈底	澈	徹	
祇	祇	只	副詞。
覆核	覆	複	
復查	復	複	
複驗	複	復	
取消	消	銷	

(三)法律統一用語表（按經立法院第1屆第51會期第5次會議認可）。

統一用語	說明
「設」機關	如：「教育部組織法」第四條：「教育部設左列各司、處、室：……」。
「置」人員	如：「司法院組織法」第九條：「司法院置秘書長一人，特任；……」。
「第九十八條」	不寫為：「第九八條」。
「第一百條」	不寫為：「第一○○條」。
「第一百十八條」	不寫為：「第一百『一』十八條」。
「自公布日施行」	不寫為：「自公『佈』『之』日施行」。
「處」五年以下有期徒刑	自由刑之處分，用「處」，不用「科」。
「科」五千元以下罰金	罰金用「科」不用「處」。且不寫為：「科五千元以下『之』罰金」。
「處」五千元以下罰鍰	罰鍰用「處」不用「科」。且不寫為：「處五千元以下『之』罰鍰」。
準用「第○條」之規定	法律條文中，引用本法其他條文時，不寫「『本法』第○條」，而逕書「第○條」。又如：「違反第二十條規定者，科五千元以下罰金」。
「第二項」之未遂犯罰之	法律條文中，引用本條其他各項規定時，不寫「『本條』第○項」，而逕書「第○項」。如刑法第三十七條第五項「依第二項宣告褫奪公權者，其期間自主刑執行完畢或赦免之日起算。但同時宣告緩刑者，其期間自裁判確定時起算之。」
「制定」與「訂定」	法律之創制，用「制定」；行政命令之制作，用「訂定」。
「製定」、「製作」	書、表、證照、冊、據等，公文書之製成用「製定」或「製作」，即用「製」不用「制」。
「一、二、三、四、五、六、七、八、九、十、百、千」	法律條文中之序數不用大寫，即不寫為：「壹、貳、參、肆、伍、陸、柒、捌、玖、拾、佰、仟」。
「零、萬」	法律條文中之數字「零、萬」不寫為：「○、万」。

(四)公文書橫式書寫數字使用原則及相關解釋

1. 一般公文以使用「中文數字」和「阿拉伯數字」為原則。依行政院93年9月
   17日以院臺秘字第0930089122號函之「公文書橫式書寫數字使用原則」：

   (1) 數字用語具一般數字意義（如代碼、國民身分證統一編號、編號、
      發文字號、日期、時間、序數、電話、傳真、郵遞區號、門牌號碼
      等）、統計意義（如計量單位、統計數據等）者，或以阿拉伯數字表
      示較清楚者，使用阿拉伯數字。

   (2) 數字用語屬描述性用語、專有名詞（如地名、書名、人名、店名、頭銜
      等）、慣用語者，或以中文數字表示較妥適者，使用中文數字。

   (3) 數字用語屬法規條項款目、編章節款目之統計數據者，以及引　或摘
      述法規條文內容時，使用阿拉伯數字。

   (4) 屬法規制定、修正及廢止案之法制作業者，應依「中央法規標準
      法」、「法律統一用語表」等相關規定辦理（即使用中文數字）。

數字用法舉例一覽表（文書處理手冊之附錄）

阿拉伯數字／中文數字	用語類別	用法舉例
阿拉伯數字	代號（碼）、國民身分證統一編號、編號、發文字號	ISBN 988-133-005-1、M234567890、附表（件）1、院臺秘字第0930086517號、臺79內字第095512號
	序數	第4屆第6會期、第1階段、第1優先、第2次、第3名、第4季、第5會議室、第6次會議紀錄、第7組
	日期、時間	民國93年7月8日、93年度、21世紀、公元2000年、7時50分、挑戰2008：國家發展重點計畫、520就職典禮、72水災、921大地震、911恐怖事件、228事件、38婦女節、延後3週辦理
	電話、傳真	（02）3356-6500
	郵遞區號、門牌號碼	100台北市中正區忠孝東路1段2號3樓304室
	計量單位	150公分、35公斤、30度、2萬元、5角、35立方公尺、7.36公頃、土地1.5筆
	統計數據（如百分比、金額、人數、比數等）	80%、3.59%、6億3,944萬2,789元、639,442,789人、1：3

阿拉伯數字／中文數字	用語類別	用法舉例
中文數字	描述性用語	一律、一致性、再一次、一再強調、一流大學、前一年、一分子、三大面向、四大施政主軸、一次補助、一個多元族群的社會、每一位同仁、一支部隊、一套規範、不二法門、三生有幸、新十大建設、國土三法、組織四法、零歲教育、核四廠、第一線上、第二專長、第三部門、公正第三人、第一夫人、三級制政府、國小三年級
	專有名詞（如地名、書名、人名、店名、頭銜等）	九九峰、三國演義、李四、五南書局、恩史瓦第三世
	慣用語（如星期、比例、概數、約數）	星期一、週一、正月初五、十分之一、三讀、三軍部隊、約三、四天、二三百架次、幾十萬分之一、七千餘人、二百多人
阿拉伯數字	法規條項款目、編章節款目之統計數據	事務管理規則共分15編、415條條文
	法規內容之引敘或摘述	依兒童及少年福利法第59條規定：違反第31條第2項規定者，處新臺幣1萬元以上5萬元以下罰鍰。
		胎兒出生後7日內，接生人如未將其出生之相關資料通報戶政及衛生主管機關備查，依兒童及少年福利法第54條規定，由衛生主管機關處新臺幣6千元以上3萬元以下罰鍰。
中文數字	法規制訂、修正及廢止案之法制作業公文書（如令、函、法規草案總說明、條文對照表等）	1.行政院令：修正「事務管理規則」第一百十一條條文。 2.行政院函：修正「事務管理手冊」財產管理第五十點、第五十一點、第五十二點，並自中華民國九十三年二月十六日生效……。 3.「○○法」草案總說明：……爰擬具「○○法」草案，計五十一條。 4.關稅法施行細則部分條文修正草案條文對照表之「說明」欄－修正條文第十六條之說明：一、關稅法第十二條第一項計算關稅完稅價格附加比例已減低為百分之五，本條第一項爰予配合修正。

2.相關解釋：法制作業公文書橫式書寫數字使用相關規定，依行政院秘書處95年8月25日院臺規字第0950039158號函規定為：「行政院93年8月17日院臺秘字第0930089122號函分行之公文書橫式書寫數字使用原則四規定，數字用語屬法規制（訂）定、修正、廢止案之法制作業者，應依「中央法規標準法」、「法律統一用語表」等相關規定辦理，其所附數字用法舉例一覽表亦　明法規制（訂）定、修正、廢止案之法制作業公文書係採中文數字。因此，除下列情形外，有關授權命令（包括法規命令）、職權命令及行政規則各函之條次、點次或日期，均以阿拉伯數字表達：

(1) 授權命令（包括法規命令）及職權命令：發布令之條次、時間（如施行日期之指定），應使用中文數字。

(2) 行政程序法第159條第2項第2款之行政規則：發布令之點次及生效日期，應使用中文數字。

(3) 行政程序法第159條第2項第1款之行政規則：分行函所列行政規則之點次及生效日期，應使用中文數字。

(五)標點符號

公文程式條例第8條規定：「公文文字應簡淺明確，並加具標點符號。」公文之所以規定加具標點符號，其目的乃在使受文者能迅速且正確地瞭解公文之內容，而達到行文之效率與效力。標點符號標得清楚，使用正確，能使句讀明確，便於閱讀與瞭解，更可避免產生誤解與困擾。

現行公文之標點符號種類及用法如下：

符號	名稱	用法	舉例
。	句號	用在一個意義完整文句的後面。	公告○○商店負責人張三營業地址變更。
，	逗號	用在文句中要讀斷的地方。	本工程起點為仁愛路，終點為……
、	頓號	用在連用的單字、詞語、短句的中間。	1.建、什、田、旱等地目…… 2.河川地、耕地、特種林地等…… 3.不求報償、沒有保留、不計任何代價……

符號	名稱	用法	舉例
；	分號	用在下列文句的中間： 一、並列的短句。 二、聯立的複句。	1.知照改為查照；遵辦改為照辦；遵照具報改為辦理見復。 2.出國人員於返國後一個月內撰寫報告，向○○部報備；否則限制申請出國。
：	冒號	用在有下列情形的文句後面： 一、下文有列舉的人、事、物、時。 二、下文是引語時。 三、標題。 四、稱呼。	1.使用電話範圍如次：(1)……(2)…… 2.接行政院函： 3.主旨： 4.○○部長：
？	問號	用在發問或懷疑文句的後面。	1.本要點何時開始正式實施為宜？ 2.此項計畫的可行性如何？
！	驚歎號	用在表示感歎、命令、請求、勸勉等文句的後面。	1.……又怎能達成這一為民造福的要求！ 2.來努力創造我們共同的事業、共同的榮譽！
「」、『』	引號	用在下列文句的後面，（先用單引，後用雙引）： 一、引用他人的詞句。 二、特別著重的詞句。	1.總統說：「天下只有能負責的人，才能有擔當」。 2.所謂『效率觀念』已經為我們所接納。
—	破折號	表示下文語意有轉折或下文對上文的註釋。	1.各級人員一律停止休假—即使已奉准有案的，也一律撤銷。 2.政府就好比是一部機器——一部為民服務的機器。
……	刪節號	用在文句有省略或表示文意未完的地方。	憲法第58條規定，應將提出立法院的法律案、預算案……提出於行政院會議。
（）	夾註號	在文句內要補充意思或註釋時用的。	1.公文結構，採用「主旨」、「說明」、「辦法」（簽為「擬辦」）三段式。 2.臺灣光復節(10月25日)應舉行慶祝儀式。

(六)相約俗成實務上常用的公文之語彙

文言語彙	白話解釋	實務例句
俾	以便	請貴部切實如期完成該法修正草案，俾提報行政院院會審議。
併	合在一起	併＝兩者合在一起，如：簽稿併陳、併予敘明、併科罰金。 並＝位置相等，如：並無不當、並行不悖、並駕齊驅。
甫	剛剛	貴府甫升格為直轄市，請迅將附屬機關組織規程報院核備。
復	1. 答覆 2. 再次	1. 復臺端○年○月○日陳情書。 2. 有關人身自由權，憲法第8條定有明文；復依大法官會議……。
迭	經常、屢次	民眾迭有反應，警察取締交通不力，致車禍肇事逃匿頻仍。
得	可有可無	1. 得＝任意規定，可有可無，如沒有這樣做，亦不違反規定。 　如：公文得分段敘述，冠以數字，採由左而右之橫行格式。 2. 應＝強制規定，一定要這樣做，如沒有這樣做就違反規定。 　如：公文應記明國曆年、月、日。機關公文應記明發文字號。
殆	幾乎、恐怕	公務員收受賄賂，刑法已定有處罰明文，有關免予處分一案，殆無可議之處。
亟	急切	本案因事涉跨縣市共管事項，亟需貴府鼎力襄助。
遽	突然、立即	遽於我國與菲律賓關係遽然變動，所請引進外勞，礙難照准。
逕	直接	本案屬貴管業務，請查明後逕復陳情人。
迄	到、至今	本府○年○月○日○○字第0000000000號函諒蒙鈞察，惟迄未見復。
頃	不久、剛剛	本案頃獲行政院同意，本府刻已積極規劃中。
悉	1. 知曉 2. 全部	1. ○月○日大函敬悉，承囑關於……案，刻已積極辦理中。 2. 各機關至12月底未執行完成之工程剩餘款，應悉數繳回國庫。

文言語彙	白話解釋	實務例句
咸	皆、都	邇來竊盜案頻傳，民眾咸認與失業率遽增、治安敗壞有關。
旋	隨即、頃刻	本案經本縣都市計畫委員會審議通過後，本府旋即報院備查。
之	的	臺端所提之建議，本府已轉稅務局研議並逕復之。
臻	達到	貴府所提興建小巨蛋計畫未臻完備，俟環境影響評估報告通過後再議。
殊	極其、非常	貴屬劉員公爾忘私，英勇救人，殊堪嘉許，特頒發獎金新臺幣1萬元整，用茲嘉勉。
滋	發生、生出	中輟生流連網咖，易滋事端，各校宜加強中輟生調查與輔導。
嗣	往後、從此	有關公文橫式書寫資訊作業，嗣經行政院函頒「公文書橫式書寫推動方案」，可供參考。
俟	等到	本案因年度預算已用罄，俟辦理追加減預算通過後再予執行。
抑	或	貴屬員工上班遲到抑有早退者，人事單位應加強不定期查勤。
尤	更加	該所人事管理鬆散，員工除上班遲到早退外，尤有甚者既不上班亦未請假。
安	豈可	法官職司審判，安能置法令規定於不顧？
爰	於是	為建構學校營養午餐之管理制度，爰訂定「國中、小學校營養午餐品質暨經費管控辦法」1份。
係	是	主管人員是否實際負領導責任，係由機關依個案實際情況予以審認。
蓋	大概	公務員請假，職務代理人都流於形式，蓋未實際負代理之責。
裨益	有所利益、幫助、補益	實施十二年國教，除解決學生升學壓力外，對減輕家長教育經費負擔亦有所裨益。
短絀	經費不足	本項重劃案，因年度經費短絀，俟明年度預算通過後再議。
略以	大概是	法務部101年10月23日法律字第10103108190號書函略以，違法行政處分之撤銷，應自原處分機關或其上級機關知有撤銷之原因時起2年內為之。

文言語彙	白話解釋	實務例句
臚列	逐一陳列或逐一表列	有關貴縣各鄉（鎮、市）公所為民服務電話禮貌抽測結果，茲臚列如下：
賡續	持續不斷	各國小運用社會資源補助低收入戶學生免費使用早餐案，對低收入戶經濟改善裨益甚鉅，本年度請賡續辦理。
更迭	經常變動	貴府一級主管人事更迭頻仍，恐影響行政效率，應檢討改進。
剋日	立即、馬上	臺南大學七股分校籌建案，業延宕多年，為免一再辦理預算保留，排擠教育預算經費，請貴府剋日查明見復。
或謂	另一說法	或謂為趕上班時間致闖紅燈，惟此皆企圖減輕罰則搪塞之詞。
惠允	懇求同意	為辦理本校50週年校慶暨運動會，請貴府惠允借用體育場。
函囑	來函吩咐	鈞部函囑查復有關本校〇教師〇〇性侵害案，經查該案已繫屬地方法院審理中，俟法院判決確定後，旋即奉復。
拮据	經費很不足	經費原本拮据，不肖廠商又藉由得標辦理學童營養午餐之機會，擷取不法暴利。
擷取	選擇採用	不肖廠商藉由得標辦理學童營養午餐之機會，擷取不法暴利。
前揭（或上揭）	前面（或上面）所提過	前揭（或上揭）「不法暴利」，如全班有30名學生，報銷30支雞腿，卻只有供應20支雞腿。
闕漏	欠缺	臺端申請營利事業登記一案，獨闕漏商店圖記，請剋日補正。
闕如	欠缺	本件性騷擾案，申訴人一再聲稱事發時不在場，惟相關不在場證明闕如，尚難證明非其所為。
盱衡	檢視情況	盱衡我國與菲律賓之緊張關係，本項合作計畫暫緩簽定為宜。
卓見	高明的見解	有關提高勞工最低標準工資案，請惠賜卓見，俾為修正參考。
旨揭	主旨所提過	旨揭「性騷擾」係指性侵害犯罪以外，對他人實施違反其意願而與性或性別有關之行為。

文言語彙	白話解釋	實務例句
贅述	冗長的說明	滿20歲為成年，民法第12條規定甚明，至於其身心發展正常與否？並不影響其已為成年之法律事實，本案應毋庸贅述。
轉圜	挽救	臺端駕駛違規超速，有照片可稽，且已逾15日陳述意見之不變期間，所請免予處罰，尚無轉圜空間。
縝密	周詳細密	國家考試評分標準影響考生權益甚鉅，考選部於訂定試評規則時應力求公平縝密。
庶幾	幾乎	有關由員工上班前打掃辦公廳環境一案，本府員工庶幾無人反對，故明年請賡續辦理。
熟稔	澈底明瞭	為期考試週延合法公正，各監試人員務請熟稔考試規則。
甚鉅	非常重大	校園霸凌事件影響受害學生身心甚鉅，各校應嚴加防治。
挹注	注入	茲因教育預算逐年縮減中，有關各校充實圖書、材料及設備等經費，請發動校友樂捐予以挹注。
囿於	受限於	本案囿於本鄉財源窘困，謹請鈞府寬列預算惠予全額補助。
誤植	繕入錯字	有關小巨蛋興建經費，原函誤植為「新臺幣16億39,44萬2,789元」，請更正為「新臺幣6億39,44萬2,789元」。
毋庸	不用、不必	有關國民身分證遺失申請補發，毋庸本人親自到場辦理。
無訛	沒有錯誤	公文發文前應由校對或監印人員校對無訛後，始得用印發文。
罔顧	不予理會	澱粉業者罔顧消費者飲食安全，竟於澱粉中違法滲入「順丁烯二酸」，各縣（市）衛生局應嚴加查緝，並予以加重處分。
邇來	最近、近來	邇來詐騙集團猖狂，嚴重影響社會秩序，各檢調機關應積極查緝，掃蕩不法，有效維護民眾身心、財產之安全。
合先敘明	概括的先以說明	有關公務人員請求權益救濟，查依公務人員保障法第3條規定，本法所稱公務人員係指法定機關依法任用之有給專任人員及公立學校編制內依法任用之職員，合先敘明。

文言語彙	白話解釋	實務例句
未敢擅專	不敢擅自定奪	本案擬逕送調查局偵辦，惟恐影響員工士氣及機關聲譽，未敢擅專，特簽請鈞長裁示。
應毋庸議	不必再討論	本案既經行政院審查核定，照案執行應毋庸議。
併予澄明	同時澄清說明	性侵害與性騷擾尚有不同，兩者之處罰尚無參照援用之問題，併予澄明。
昭然若揭	事情真相已大白	本案案情已昭然若揭，請本於職權妥適自處，並將處分結果報府備查。
諒蒙鈞察	指針對前文上級機關大概已收悉了	本所〇年〇月〇日〇〇字第0000000000號函諒蒙鈞察。
諒達	指針對前文平行機關應已收悉了	本府〇年〇月〇日〇〇字第0000000000號函諒達。
計達	指針對前文下級機關應已收悉了	本院〇年〇月〇日〇〇字第0000000000號函計達。
礙難照辦歉難照辦	抱歉無法遵照辦理	依大學法第23條規定，入學修讀碩士學位，需取得學士學位或具有同等學力。吳君僅係國中畢業，申請就讀EMBA一案，礙難（歉難）照辦。
窒礙難行	困難重重，無法執行	貴所所提興建公園化公墓經費補助案，尚未通過環境影響評估，恐窒礙難行，請俟環境影響評估通過後再議。
刻不容緩	不容許拖延	汛期將屆，各縣（市）防洪物資之準備與演練已是刻不容緩。
究其原因	考量其原由	貴縣競爭力評比殿後，究其原因乃一級主管調動頻仍所致。
綜上所述	總結上所言	綜上所述，主管人員是否實際負領導責任，由各機關依個案實際情況予以審認。
莫衷一是	無法決斷	實際負領導責任之主管人員得支領主管職務加給，惟主管人員是否實際負領導責任莫衷一是，由各機關依個案實際情況予以審認。

文言語彙	白話解釋	實務例句
莫此為甚	以此最嚴重	該員上班時間收受賄賂又上酒家，公務員違法亂紀莫此為甚。
彰明較著	非常明確	該員違反公務懲戒法員已彰明較著，實不宜寬恕之。
惠示卓見	給予高見	有關12年國教計畫案，請貴協會惠示卓見，俾為實施參考。
俾憑辦理	辦理依據	請貴所將該案計畫書及經費收支概算表送府，俾憑辦理。
為資周妥	為求得周詳妥善	有關H7N9禽流感之防治，為資周妥，應從境外阻絕開始，凡進入本國之旅客，於機場應接受嚴格檢測，始准予入關。
本於權責 本於職權	本於應有的職權與責任	有關貴校擬辦理戶外教學一案，涉及教學教法、經費、交通及飲食安全等問題，請本於權責（職權）自行核處。
自行核處	自行決定及處理	有關88水災受災戶住宅積水認定及補助額度，請貴所結合各村里辦公處村里長本於權責（職權）自行核處。
尚無不同	完全相同	鄉（鎮、市）公所與區公所之組織及職能尚無不同，僅區公所係市政府之派出機關，區長官派，屬非法人團體。
前案可稽	以前面的案例作為憑據	有關國中小學因縮編，原擔任組長者，現因縮編致已無擔任主管，可否續領主管加給案？與精省縮編無異，有前案可稽。
兩案併陳	兩個方案文案一同陳閱	核四續建與否？眾說紛紜，意見分歧，茲就續建與停建之利弊兩案併陳，謹陳鈞長核示。
簽稿併陳	將簽與函稿同時陳閱	本項促各縣（市）衛生局檢測澱粉含順丁烯二酸案，因事涉全民飲食安全，須限時辦發不及先行請示之案件，特簽稿併陳。

第三章

對內意思表示之公文

 課前提醒

一、承辦人員給長官的簽或報告（上行溝通）但如公部門向民意（立法）機
關或人民提出業務等各種報告時，非屬對內意思表示之公文。

二、內部單位間相互溝通之便箋或簽稿會核單（平行溝通）

第一節　簽（簽陳、簽擬、簽案）

一、圖示

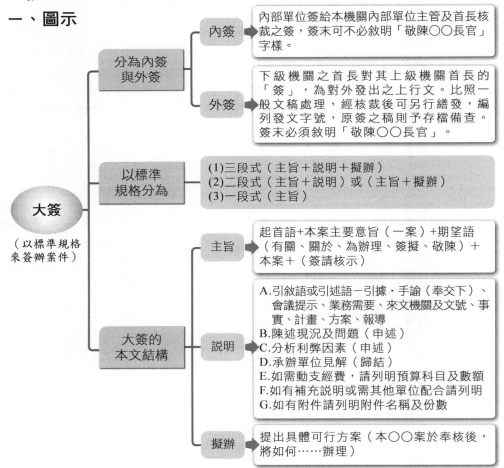

| | 內簽 ▶ | 內部單位簽給本機關內部單位主管及首長核裁之簽，簽末可不必敘明「敬陳○○長官」字樣。 |

分為內簽與外簽

外簽 ▶ 下級機關之首長對其上級機關首長的「簽」，為對外發出之上行文。比照一般文稿處理，經核裁後可另行繕發，編列發文字號，原簽之稿則予存檔備查。簽末必須敘明「敬陳○○長官」。

大簽
（以標準規格來簽辦案件）

以標準規格分為
(1)三段式（主旨＋說明＋擬辦）
(2)二段式（主旨＋說明）或（主旨＋擬辦）
(3)一段式（主旨）

大簽的本文結構

主旨 ▶ 起首語+本案主要意旨（一案）+期望語（有關、關於、為辦理、簽擬、敬陳）＋本案＋（簽請核示）

說明 ▶
A.引敘語或引述語－引據‧手諭（奉交下）、會議提示、業務需要、來文機關及文號、事實、計畫、方案、報導
B.陳述現況及問題（申述）
C.分析利弊因素（申述）
D.承辦單位見解（歸結）
E.如需動支經費，請列明預算科目及數額
F.如有補充說明或需其他單位配合請列明
G.如有附件請列明附件名稱及份數

擬辦 ▶ 提出具體可行方案（本○○案於奉核後，將如何……辦理）

	角簽	在對方來文第1頁或最後頁下半段空白角落處，以「條列式或敘述式」來簽註擬辦意見。
小簽	便簽	無空白角落可供簽辦時，以A4空白紙用「條列式或敘述式」來簽註擬辦意見，並將該意見裝定在對方來文第1頁之上，或最後1頁之下。

二、解說

(一)對內意思表示之公文，指公文處理時，經過流程(二)－文件簽辦（見第壹章第五節），即公文經由承辦人員擬辦後（寫簽或綜簽或報告）、送會相關單位、陳請各級長官核閱、並經各機關長官或依各機關分層負責表規定之授權長官核定之後即可結案歸檔者，此種流程之公文稱為「對內意思表示之公文」。包括機關內部溝通時所使用之文書，如陳報給長官核決之簽或報告（上行溝通）；各單位相互間溝通或表示意見所使用之便簽（平行溝通）等2類。

(二)「簽」屬於「給長官之上行文」，又分為「大簽與小簽」2種：

1. 大簽：採標準規格來簽辦即三段式（主旨＋說明＋擬辦）、二段式（主旨＋說明或主旨＋擬辦）和一段式（主旨）等三種。大簽又分2種：

   (1) 內部單位簽給主管或首長之「簽」（又稱內簽），並由主管或首長須依各機關分層負責授權之規定核裁，於簽末可不必敘明「敬陳○○長官」字樣。

   (2) 以下級機關之首長名義簽給其上級機關首長的「簽」（又稱外簽），屬於對外發出之上行文。此種簽比照一般文稿處理，即經下級機關首長核裁後另行繕發，並編列發文字號，原簽之稿則予存檔備查。簽末必須敘明「敬陳○○長官（依序由小而大）」。

2. 大簽各段內容：文書處理手冊簡要規定如下：

   (1) 主旨：扼要敘述，概括「簽」之整個目的與擬辦，不分項，一段完成。

   (2) 說明：對案情之來源、經過與有關法規或前案，以及處理方法之分析等，作簡要之敘述，並視需要分項條列。

   (3) 擬辦：為「簽」之重點所在，應針對案情，提出具體處理意見，或解決問題之方案。意見較多時分項條列（例如：本案於奉核後＋將如何處理；本計畫於奉核後＋將如何處理；奉核可後＋將如何處理）。

(4)簽之各段應截然劃分，「說明」一段不提擬辦意見，「擬辦」一段不重複「說明」。」

3.**在公文實作上，大簽各段內容可歸納如下：**

(1)「主旨」段＝起首語＋本案（一案）＋期望語（有關、關於、為辦理、敬陳）＋本案（一案）＋（請鑒核－簽報長官瞭解並作決定；請核示－提出擬辦意見給長官核定；請鈞閱－檢陳有關資料，請長官過目；請核閱－檢陳有關資料，請長官過目；請鑒察－將辦理情形簽報長官瞭解；請鈞參－提供長官參考）。

(2)「說明」段

A.第一段稱為引述語或引敘語（對本案之來龍去脈作說明或交代）。其寫法為：

(A)依○○機關○年○月○日○號函辦理。

(B)依鈞長○年○月○日手諭或口頭指示辦理。

(C)依○○日報○年○月○日第○版刊載辦理。

(D)依憲法或法律第○條規定辦理。

B.第二段以後依「引據＋申述＋歸結」要旨表達。

C.無法依「引據＋申述＋歸結」表達時，則先說明來文或主旨之緣由，採「事實＋原因＋結果」方式研辦（即按順序陳述現況及問題，並針對來文之觀點或現狀作利弊因素分析或SWOT分析）。

D.提出承辦幕僚見解，如要動支經費數目、如何估算及預算科目。

E.其他補充說明或檢附相關附件及參考資料。

(3)「擬辦」段為承辦單位提出具體可行方案（即提出本案之具體處理方案），供長官核裁。例如：

A.本案於奉＼核後，函報縣府核轉交通部申請經費補助。

B.本計畫（方案）於奉核後，影印分送各課室遵照辦理。

C.奉核可後，發函請各部會、縣市政府派員參加。

D.奉核可後，發函該公司於00年00月00日前辦理簽訂契約手續及繳納履約保證金，違者將依政府採購法第101條第1項第7款予以處分。

(三)大小簽之撰擬要領與內容：

1.大簽：使用大簽稿紙（A4紙），按「主旨＋說明＋擬辦」等三段，每段都有其屬性及內容：

(1)「主旨」段屬性是「何事？」，要表明「何事？」不可分項，以50-60個字表明簽陳的目的及期望語，文字簡明，扼要敘述，概括「簽」之整個目的與擬辦，不分項，一段完成。故應包括「案由」及「目的或擬辦」之簡述。如「○○○函送民國102年政府機關辦公日曆表一案，其中2月9日至17日為春節放假期間，並於同月23日補行上班，全案擬轉知同仁，並提主管會議報告，簽請核示。」

(2)「說明」段屬性是「為何？」，要表明「為何？」就要說明「原因及理由」，並對案情之來源、經過與有關法規或前案，以及處理方法之分析與敘述，並視需要分項條列：

A.依「引據＋申述＋歸結」要旨表達。

B.無法依「引據＋申述＋歸結」表達時，首先敘述由來（依據來文或業務之需要），其次說明來文或主旨之緣由或訴求。

C.第三針對來文之觀點或就現狀作利弊因素分析或採SWOT（優勢、劣勢、機會、風險）分析方式。

D.第四提出承辦幕僚見解等，如需動支經費時，要敘明經費是如何估算？總計多少？由何科目動支？如有相關之附件時，應檢附並按順序標示，因此說明段約三至五項完成。

(3)「擬辦」段屬性是「如何？」，要表明「如何？」就要提出「具體可行方案」，（即提出簽擬之具體處理方案），以供長官核裁，本段不說明理由，亦不重覆前二段內容，為「簽」之重點所在，意見較多時可分項條列，應避免與前二段重複。

(4)能於「主旨」段完全表達擬辦意見者，即不必再列於「擬辦」段。故「簽」之各段應截然劃分，「說明」一段不提擬辦意見，「擬辦」一段不重複「說明」。而主旨之後的期望語，屬原則性、概括性或方向性之敘述；「擬辦」段，則提出具體作法，或細節之擬辦意見。

2. 小簽：遇案情較為簡單或例行性時，不需使用大簽規格辦理（主旨＋說明＋擬辦），大部分機關直接於來文第1頁或最後一頁下半段空白角落處，以條列式一、二、三……或敘述式方式簽辦（即俗稱之角簽）；或使用A4空白紙附於對方來文第1頁之上，用條列式用一、二、三……或敘述式來簽擬處理意見（即俗稱之便簽），其表達順序為：

(1) 角簽：

  A. 屬案情簡單之案件。

  B. 於原文件空白處簽擬。

  C. 條列式或敘述式時，先敘述來文案情、主旨（摘要）、再簽擬處理之意見。

  D. 注意是否有會辦之必要，如會辦單位較多時勿用角簽。

(2) 便簽：

  A. 原文無空白處可簽辦，或案情較為複雜以及會辦單位較多時獲須簽辦其他單位時用便簽。

  B. 不必用「主旨、說明、擬辦」，只要用條列式敘述即可。

  C. 條列式或敘述式時，先敘述來文案情、主旨（摘要）、再簽擬說明及處理之意見。

(3) 條列式之小簽應依據「一文一事，一項一意」之撰擬原則，本著「引據」＋「申述」＋「歸結」或「事實＋原因＋結果」要旨條列表達。

> 提醒您
>
> 小簽亦有部分機關規定，以標準規格來簽辦（主旨＋說明＋擬辦）。

3. 條列式或敘述式之簽是在對方來文空白角落處或用A4空白紙來簽辦，因此無主旨，其期望語或目的語多置於簽之結尾處。

(四)**大簽之標準格式**

<table>
<tr><td colspan="2"></td><td>檔　　號：
保存年限：</td></tr>
</table>

簽　　（日期）

　　　於○○（機關或單位）

主旨：（扼要敘述‧概括簽的整個目的與擬辦）。

說明：（段名可依需要改為「經過」、「原因」）

　一、（引述語或引敘語）。

　二、（按「引據」＋「申述」＋「歸結」要旨表達；無法按「引據」
　　　＋「申述」＋「歸結」表達時，先說明來文或主旨之緣由，則採
　　　「事實＋原因＋結果」方式研辦）（即對案情之來源、經過、法
　　　規、前案或處理方法作簡要敘述分析）

擬辦：（段名可依需要改為「建議」、「請求」）（針對案情，提出具
　　　體處理意見或解決問題之方案）

　一、‧‧‧‧‧‧‧‧。

　二、‧‧‧‧‧‧‧‧。

　　　　　敬陳

副○長

○　長

職○○○　　（簽名或如蓋職章或職名章時不加職字）謹簽

第　　層決行		
承辦單位	會辦單位	決行

註記：1、簽署原則由左而右，由上而下簽。
　　　2、框內虛線之小框可由各機關依實際需要來增列，各機關模式不一。

(五)簽之範例

1.大簽之範例

(1)下級機關首長對上級機關首長簽辦用（外簽）（文書處理手冊所附三段式之範例）

檔　　號：

保存年限：

簽　　（日期）
　　　　於（機關）

主旨：○○部為亞洲開發銀行請撥付亞洲蔬菜研究發展中心補助新臺幣○○元，擬准動支本年度第二預備金，簽請核示。

說明：○○部函為○○銀行以亞洲開發銀行自該行B帳戶我國繳付本國幣股本內支付亞洲蔬菜研究發展中心新臺幣○○元，業已先行墊撥，上項亞洲蔬菜研究發展中心補助費，本年度未列預算，既由○○銀行墊付，請准在○○年度第二預備金項下撥還歸墊。又本案事關涉外重要案件，特專案簽辦。

擬辦：擬准照○○部所請在本年度中央政府總預算第二預備金項下動支。

　　　　　敬陳

副○長

○　長

職○○○　　（簽名如蓋職名章或職章時不加職字）謹簽

註記：【上述2組敬陳時長官排序方式依各機關組織文化而定，惟99.01.22.文書處理手冊所附之範例附錄6、公文作法舉例係採第1組，即由小而大】。

(2)下級機關首長對上級機關首長簽辦用（外簽）之範例（中央機關）

```
                                              檔　　號：
                                              保存年限：
```

簽　　（日期）
　　　　於○○部

主旨：謹將本院第○屆考試委員任期屆滿未再續任者，擬均頒給一等
　　　功績獎章事宜，簽請核示。

說明：

一、頒給對象：以本院第0屆考試委員任期屆滿未再續任者為頒給
　　對象，經查計有○委員○○、○委員○○、○委員○○、○委
　　員○○、○委員○○、○委員○○、○委員○○等○人。

二、（引據）頒給依據：依獎章條例第3條第1款規定「主持重大計
　　畫或執行重要政策，成效卓著者」得頒給功績獎章。（申述）
　　上述本院考試委員在任內均分別主持重大施政計畫、執行重要
　　政策及擔任各類考試之典試委員長、主持各項法案之審查會
　　等；對考銓業務建樹良多，功績卓著，符合上開條款之規定，
　　應可頒給功績獎章。（引據）又依同條例第8條：「功績獎
　　章……，由各管院核定，並由院長頒給之。」（歸結）是以，
　　本院所屬人員功績獎章之核頒，係屬鈞長權責。

三、頒給等別：（引據）依獎章條例第6條規定：功績獎章分一
　　等、二等、三等，初次頒給三等，但情形特殊者不在此限。
　　（申述）本院考試委員均係特任官，功績卓著，情況特殊，
　　（歸結）故依規定得頒給一等功績獎章。

擬辦：

一、為表彰○考試委員○○等○人，對考銓業務之貢獻，擬均頒給
　　一等功績獎章。

二、有關頒獎事宜，謹研擬如次：

　　(一) 時間：00年00月00日（星期○）○午○時○分（即本屆
　　　　最後一次院會前30分）。

　　　(二) 觀禮人員：本院副院長、考試委員、秘書長暨所屬各部會
　　　　　正副首長、一級單位主管等共約〇人，另邀請各傳播媒體
　　　　　記者到場觀禮並報導。
三、有關頒獎地點、頒獎方式、受獎人功績事實之陳報、受獎人及
　　觀禮人之通知、報到、接待、會場布置、攝影、新聞報導、襄
　　儀及司儀人選等，擬請鈞院秘書處及人事室負責辦理。
　　　　敬陳
副院長
院　　長
職〇〇〇（簽名或蓋職章或如蓋職名章時不加職字）謹簽

(3) 下級機關首長對上級機關首長所陳之簽（地方機關）

檔　　號：
保存年限：

簽　（日期）
　　　於○○縣警察局

主旨：本縣執行○年度「暑假保護青少年－青春專案」，擬請鈞長或指派人員率「聯合稽查小組」實施稽查勤務規劃案，簽請核示。

說明：

一、依據本縣○年度暑假保護青少年－青春專案細部執行計畫辦理。

二、為彰顯本縣重視本專案工作及配合警政署規劃執行「青春專案全國同步掃蕩行動」，本局規劃於專案首日○月○日（星期○）0-3時，於本縣同步實施「春風專案」勤務，並請鈞長率本縣「聯合稽查小組」實施聯合稽查，落實保護少年安全措施。

擬辦：本次擬規劃時段、地區及相關事宜如下：

一、稽查目標：○○分局轄區內之妨害青少年申健康場所5處（網咖、電子遊戲場、KTV）。

二、稽查時間：○年○月○日（星期二）0-3時（該時段規劃全國同步實施春風專案）。

三、稽查人員：本局局長（副局長）、○○分局員警6名、本局少年隊員警4名、保安隊2名、婦幼隊2名、外事課1名、聯合稽查小組10名，共27名。

四、勤前教育時間與地點：○年○月○日（星期○）深夜23時30分在本局2樓第一會議室敦請鈞長或指派人員主持後率員執行。

擬辦：本案奉核後，擬予協調、聯繫、規劃及辦理後續事宜。

　　　　敬陳

秘書長

副縣長

縣　長

職○○○（簽名或蓋職名章或職章時不用職字）謹簽

(4) 機關內部單位簽辦用（簽稿併陳）（文書處理手冊所附二段式之範例）

> 檔　　號：
> 保存年限：
>
> **簽**　（日期）
> 　　　於資訊管理處
>
> 主旨：辦理推動公文橫式書寫資訊作業研習營，簽請核示。
> 說明：
> 　一、依據「公文橫式書寫資訊作業實施計畫」第5點實施方式暨推
> 　　　動時程之(三)辦理。
> 　二、擬訂於○年○月○日假公文交換G2B2C服務中心辦理2場次研
> 　　　習營，如奉核可，擬函請各部會、縣市政府派員參加，謹附
> 　　　稿，敬請
>
> **核示**

(5) 機關內部單位以大簽辦理（簽稿併陳）

主旨：有關「○○企業社」代表人○○○君於4月25日提出「違反消
　　　防法案件改善計畫書」，申請○○市辦理供公眾使用建築物消
　　　防安全設備改善期限展延審核基準」規定，將改善期限展延至
　　　○○年5月30日一案，簽請核示。
說明：
　一、依「○○企業社」代表人○○○君民國○○年4月25日「違反
　　　消防法案件改善計畫書」辦理。
　二、（引據）查本市辦理供公眾使用建築物消防安全設備改善期限
　　　展延審核基準第8點規定，維修經費龐大且籌措困難或須分次
　　　改善者－缺失為一項系統設備，得以開具限改單之到期日期為
　　　起算日，准予45日以內期限改善。
　三、（申述）本案位址○區○○路○號，經本局安檢小組102年4
　　　月15日檢查開具期限改善通知單NO.○號，限改期限至102年
　　　5月9日止。茲因○君提出「違反消防法案件改善計畫書」，
　　　詳實填寫基本資料及相關缺失預定改善期程，並委由○○消
　　　防工程企業有限公司估價、維修。由於該場所排煙設備之閘
　　　門屬特殊規格，工廠訂貨需較久時間為由，提出申請展延改
　　　善期限至旨揭期限改善完成，本案申請展延改善期限至5月30
　　　日。
　四、（歸結）以本局開具限改單之到期日（5月9日）僅計展延22
　　　日，未逾45日之限期，故符合展延審核基準規定。
擬辦：本案擬函發○君同意准予展延至○○年5月30日，屆期複查後
　　　仍不符法令規定，將依消防法第37條規定處罰，當否簽稿併陳
　　　請核示。

2. 小簽之範例以小簽（角簽或便簽）辦理簡單性或例行性之案件

(1) 陳閱後存查或遵照辦理

例1：

一、本案係縣府函知○○分局加強巡邏查察盜採砂石案。

二、文係副本，因與本所權責無涉，擬陳閱後存查。

例2：

一、本案係縣府函知各鄉鎮須加強防患禽流感事宜。

二、禽流感之防患相關課室均有其權責與職掌。

三、奉核後影印分送各課室確實遵照辦理。

例3：

一、本案係縣府函知各鄉公所於○月○日前提報城鄉新風貌計畫送
　　縣府審查。

二、有關城鄉新風貌計畫本公所已請○○公司規劃中，並預定於○
　　月○日前完成，俟送達並簽奉核准後如期函送縣府審議，文擬
　　先陳閱後存查。

例4：

一、本案係本鄉○○國小運動會（或畢業典禮）提供獎品案。

二、擬請總務課購買○○○1份，並請專人如期送達。

三、運動會開幕典禮（或畢業典禮），請鈞長登列行程。

例5：

一、本案係○○局來函要求各鄉鎮公所加強防治登革熱。

二、有關本鄉登革熱防治登革熱計畫，本課近日內簽奉核定後，邀
　　集各相關單位研商共同配合。

三、縣府補助經費請主計掣據，俾供送府核撥。

四、陳核後錄案續辦，文存查。

例6：

一、本案係經濟部函請各縣、市警察局加強巡邏查察盜採砂石案。

二、本文係副本，擬陳閱後存查。

例7：工程驗收案件之簽辦案例

一、　本案係○○公司函請辦理○○○○工程竣工驗收案。

二、　擬訂於○月○日辦理驗收，由○○○擔任主驗，並請政風室、主計室配合會驗及監驗。（擬訂於○月○日辦理驗收，請核派主驗人員，並請政風室、主計室配合會驗及監驗。）請核示。

例8：工程驗收案件之簽辦案例

一、　本案係○○公司函請辦理○○工程竣工驗收。

二、　查政府採購法第71條第1項規定，機關辦理工程採購，應限期辦理驗收。復查本項工程合約書第19項亦訂定：乙方(承包商)於工程完成時，應即通知甲方(本府)；甲方於接獲乙方前項通知時，甲方應於15日內初驗。

三、　另查同法同條第2項規定：驗收時應由機關首長或其授權人員指派適當人員主驗，通知接管單位或使用單位會驗。

四、　擬訂於○月○日上午9時整辦理驗收，請核派主驗人員，並請政風室、主計室配合會驗及監驗。

五、　謹請核示。

例9：工程驗收案件之簽辦案例

一、　本項工程已派員驗收，並經政風室、主計室配合會驗及監驗完成，承包商○○公司均依照合約辦理。

二、　擬同意驗收通過。

三、　於奉核後函請承包商依本合約第24項付款辦法之規定，繳交保固切結書，除保留工程總價1％做為工程保固金，於保固期滿發還外，其餘尾款付清。

例10

一、　本計畫（方案）案係財政部函請各地方政府加強節約案。

二、　本計畫（方案）於陳閱後，影印分送各課室遵照辦理。

(2) 以條列式小簽辦理－簽稿併陳（非制式的簽）

> 一、○○市民○○○先生○○年○月○日致○院長函，檢送10份自
> 製之時事封，請院長惠賜簽名，俾利保存一案。
> 二、查○君自製之時事封係將院長○－○年間出席相關活動之剪報
> 黏貼於信封，並附郵票及○○郵局章戳。本案係○君首次以郵
> 寄信函方式索取院長簽名，前2次（○○、○○年）在院長至
> ○○公開場合親向院長請求簽名。
> 三、鑑於民眾來函請求院長簽名之案件尚無例可循，如予簽名，嗣
> 後類此案件恐將增加，且民眾身分難以查證，亦有流於詐騙案
> 件使用工具之虞，爰擬予以婉復並檢還信封，可否？
>
> 敬請　鈞核

> # ○○院秘書處　書函（稿）
>
> 主旨：臺端致○院長函，檢送10份自製之時事封，請院長惠賜簽
> 名，俾利保存一案，復如說明，請查照。
> 說明：
> 一、復臺端○年○月○日信函。
> 二、鑑於民眾身分難以查證，如予簽名，亦恐有流於詐騙案件使用
> 工具之虞，故本案無法同意辦理，尚請見諒。
>
> ## ○○院秘書處處戳

(3) 以條列式小簽，按「引據＋申述＋歸結」辦理－簽稿併陳

一、有關「○○企業社」代表人○○○君「違反消防法案件改善計畫書」，申請消防安全設備改善期限展延至○○年5月30日一案。

二、（引據）查本市辦理供公眾使用建築物消防安全設備改善期限展延審核基準規定，維修經費龐大且籌措困難或須分次改善者－缺失為一項系統設備，得以開具限改單之到期日期為起算日，准予45日以內期限改善。

三、（申述）本案場所位址：○區○○路○號，經本局安檢小組○○年4月15日檢查開具期限改善通知單NO.○號，限改期限至○○年5月9日止。○君於4月25日提出「違反消防法案件改善計畫書」已詳實填寫基本資料及相關缺失預定改善期程，委由○○消防工程企業有限公司估價、維修。由於該場所排煙設備之閘門屬特殊規格，工廠訂貨需較久時間為由，提出申請展延改善期限至旨揭期限改善完成，本案申請展延改善期限至○○年5月30日，以本局開具限改單之到期日（5月9日）僅計展延22日，（歸結）故符合展延審核基準規定。

四、本案擬函發○君同意准予展延至○○年5月30日，屆期複查後仍不符法令規定，將依消防法第37條規定處罰，當否簽稿併陳請核示。

○○市政府消防局　書函（稿）

主旨：臺端申請「○○○○企業社」消防安全設備展延至○○年5月30日一案，本局同意辦理，請查照。

說明：

一、復臺端○○年5月1日「違反消防法案件改善計畫書」。

二、本案經審核結果符合「本市辦理供公眾使用建築物消防安全設備改善期限展延審核基準」規定，同意改善期限展延至旨揭日期，屆期將派員至貴場所進行複查，如複查後仍不符法令規定，將依消防法第37條規定處罰。

三、改善期間請注意平時用火、用電安全並加強防制縱火等預防措施，以維護公共安全。

○○市政府消防局　（局戳）

(六)**簽與稿之關連**：來文屬於簡單性、例行性、告知性或副知性或存查性之案件，承辦人員辦理後，經機關首長批示，就可移送檔案單位去歸檔並予結案銷號，不必以機關名義對外行文者稱為「只簽不稿」。至簽與稿之關連，其擬辦方式為：

1.**先簽後稿**：於重大政策與興革、重要人事、其他須先行簽請核示之案件、牽涉較廣會商未獲結論案件，或擬提決策會議討論等案件，應先簽報首長核准後，再行辦理公文稿後發文，於公文稿面上加註「先簽後稿」。其置放順序為：對方來文置於最下面，經首長核准之簽置於中間，上面再置放「公文稿」，並於稿面加蓋：「先簽後稿」等文字，此類型案件之簽需用大簽來辦理，即應按「主旨」＋「說明」＋「擬辦」（推理式）或事實＋原因＋結果（順敘式）3段式。

2.**簽稿併陳**：文稿內容須另作說明或析述、依法准駁而案情特殊、限期辦理不及先行請示之案件。此時將「簽與文稿」同時陳閱，方便長官瞭解案情，據以判發，以提昇公文處理效率，稱為「簽稿併陳」。故須於稿面加註「簽稿併陳」。其置放順序為：對方來文置於最下面，所辦之公文稿置於中間，最上面置放「簽」，並於簽上加蓋：「簽稿併陳」等文字，此類型案件之簽可用大簽，亦可用小簽來辦理。

3. **以稿代簽**：案情簡單，文稿內容毋須另作說明，或例行承轉之案件。此時直接辦稿陳核判後繕發，不需另行上簽者，稱為「以稿代簽」，應在稿面註明「以稿代簽」字樣。其置放順序為：對方來文置於最下面，最上面置放所辦之「公文稿」，並於稿面加蓋：「以稿代簽」等文字。

(七)**稿之撰擬**：稿是承辦人所撰擬之公文「草底或稿本」。撰擬各類公文，除表格化公文外，應使用「制式化公文稿」，依照各種文別格式與結構製作。如有來文（包括附件）、長官書面指示、或之前經核批之簽，應加附於文稿之後，依照分層負責規定授權或機關首長判行後，方可將簽轉化製發文稿。

(八)**稿之撰擬要領**：

1. 草擬公文稿按「文別」應採之結構撰擬。
2. 撰擬參考要領：

(1) 按行文事項之性質選用公文文別，如「令」、「函」、「書函」、「公告或公示送達」等。

(2) 文除按規定結構撰擬外，應注意下列事項：

A. 訂有辦理或復文期限者，請在「主旨」內敘明（限期公文）。

B. 概括之期望語「請核示」、「請查照」、「請照辦」等（不必挪空一格），列入「主旨」，不在「辦法」段內重複；至具體詳細要求有所作為時，請列入「辦法」段內。

C. 「說明」、「辦法」分項條列時，每項表達一意。

D. 文末首長簽署，於敘稿時，為簡化起見，首長職銜之右僅書「姓」，名字則以「○○」表示。（部長王○○）

E. 須以副本分行者，請在「副本」項下列明：如要求副本收受者作為時，則請在「說明」段內最後一項列明或於副本欄位之後加註辦理○事。

F. 如有附件，以在「說明」段內敘述附件名稱及份數為原則。

G. 承轉公文，請摘敘來文要點，不宜在「稿」內書：「照錄原文，敘至某處」字樣，來文過長仍請儘量摘敘，無法摘敘時，可照規定列為附件。

(3) 一案須辦數文時，請參考下列原則辦理：

A. 設有幕僚長之機關，分由機關首長及幕僚長署名之發文，分稿擬辦。

B. 一文之受文者有數機關時，內容大同小異者，同稿併敘，將不同文字列出，並註明某處文字針對某機關；內容小同大異者，用同一稿面分擬，如以電子方式處理者，可用數稿。（發文時為11碼）

(4)擬稿應注意事項：
　　A.引敘原文其直接語氣均請改為間接語氣，如「貴」「鈞」等請改為「本」「該」等。
　　B.法規之制（訂）定、修正，於發布或轉發時，請於法規名稱之下註明公（發）布、核定或修正日期及文號。
　　C.擬辦復文或轉行之稿件，請將來文機關之發文日期及字號敘入，俾便查考。
　　D.文稿中多個機關名稱同時出現時，按照機關順序依序排列。
　　E.文或稿有2頁以上者請裝訂妥當，並於騎縫處蓋（印）騎縫章或職名章，同時於每頁要加註頁碼。
　　F.簽之「於○○○」字樣，要以小型字填入承辦單位或撰寫者所屬機關，不是將簽辦時之地點寫入。如「於內政部（外簽）」、「於行政室（內簽）」，而非「於台北市」，簽辦時間應置於簽之首列。
　　G.對未曾處理過的案件宜先行瞭解，應以請教先進、調卷、會商、協調、請示等方式進行。重要案件應先向主管請示處理原則後再行簽辦。
　　H.簽辦案件應以法令、規章或成例為依據。無依據可循時，應衡情度理或會商協調有關單位擬議。
　　I. 對案情應深入研究、縝密考慮，力求周詳、適切可行，重要參考文件應隨簽附陳，並加圈記標示；內容應避免錯誤遺漏、主觀和偏見。文字應肯定清楚，不可模稜兩可，更不可不做任何建議，僅用「請核示」等字樣，而將責任推給主管。簽辦時亦不可因主觀或偏見而意氣用事。
　　J. 「擬辦」須研擬具體可行之意見或解決之辦法。若有可能，應撰擬2個以上建議，以便長官選擇；如果所提意見或辦法未獲主管同意，或另有指示時，應照指示辦理。但如果與法規政策有牴觸時，應向主管申述，提請主管裁示。
　　K.若會文對象為其他單位或其他單位同仁，應在簽紙會文欄內標示「敬會○○單位」或「敬會○○單位　○○○先生（或職稱）」等字樣；會文對象為單位內同仁，可標示「內會　○○○先生（或職稱）」。

L.應預估行文時效，使能在預定時間內完成。若會辦單位較多，可將公文影印同時分送，待收齊彙整後再作綜合簽陳；收到會文應視為「最速件」辦理，並應速退回主辦單位；或送交下一個會文單位。

M.簽妥後依行政系統陳判。簽稿送請核判，簽中所提及相關檔案、附件、附表、單據等參考資料均應隨附。如數量較多時，除依序排列外，還要用浮貼條（見出紙）在附件的上方黏貼「附件1」、「附件2」等號數，以利長官查閱。

N.首長對直屬上級機關首長所陳之簽，簽末所加「敬陳○○長」字樣，○○長應另行抬頭，以示尊敬；如有2人以上，應依職務高低或機關文化，以「先小後大或先大後小」順序排列。

3.稿面應填列事項：

(1)檔號及保存年限：依檔案法規之規定填列。

(2)文別：按照公文程式條例之類別及文書處理手冊規定填列。

(3)速別：係指希望受文機關辦理之速別。填「最速件」、「速件」、「普通件」等。限期公文不必填列。

(4)密等及解密條件或保密期限：屬機密案件有4種，分別填國家機密保護法之「絕對機密」、「極機密」、「機密」等3種，及一般業務機密之「密」，其解密條件或保密期限於其後以括弧註記；如非機密案件，則不必填列（留空）。

(5)附件：書明名稱及數量或其他有關字樣。

(6)正本或副本：分別逐一書明全銜，或以明確之總稱概括表示；其地址非眾所週知者，要特別註明。機關內部得以加發「抄件」之方式處理。

(7)承辦單位：於稿面適當位置註明承辦單位之名稱。

(8)承辦人員：由承辦人員於稿面適當位置簽名或蓋章，並註明辦稿之月日時分（1005/1530）。

(9)收文日期字號：於稿面適當位置列明「收文日期字號」，如數件併辦者，應將各件之收文號一併填入（各收文亦一併附於文稿之後），如為無收文之創稿，則先取文號。

4.稿面特殊註明事項，由承辦人員斟酌情形，於稿面適當處予以註明：

(1)刊登電子公布欄、公報或通訊。

(2)登報或公告，註明刊登報名、位置、字體大小、日期或揭示地點。

(3)有時間性之文件，指明繕印發出或送達時間。

(4) 會銜稿件，書明各會銜機關抽存之份數。

(5) 發後補判或先發後會之註明。

(6) 指定寄遞方法或投遞人，並按公文內容、性質，選取電子交換方式。

(7) 指定公文收受人員或拆封之人員。

(8) 為提升公務溝通效率，承辦人員得於文稿中述明聯絡方式。

5. 擬稿其他注意事項：

(1) 緊急事項請先以電話洽辦，隨即補具公文。

(2) 各機關如有請示案件，按其性質請主管單位研提意見。

(3) 簽稿送請核判如須附送參考資料或檔案且數量較多時，除標明附件號數外，並將重要處斜摺，露出上端或加籤條，以利查閱。

(4) 公文書或附件如係屬發文通報周知或需要收文機關轉發者，以登載於電子公布欄為原則，附件以電子文件方式處理，避免層層轉送。

(5) 登載於電子公布欄之資訊，如對某些特定對象有所影響，或需其有所作為者，可另以書函或電子郵遞方式，告知訊息，以利其配合辦理，訊息中需明確告知登載之位址及內容概要。

(6) 承辦人員對適宜長期對外宣告之公文或其相關附件資料，應洽網站管理人員長期登載。

(7) 來文內有極顯明之錯誤字句，應電洽改正，或於抄發時在文旁改正，如摘敘入稿，則應逕行改正或避免錯誤之字句。

6. 會稿應注意事項：

(1) 凡先簽後稿之案件已於擬辦時會核者，如稿內所敘與會核時並無出入，應不再送會以節省時間及手續。

(2) 各單位於其他單位送會之負責簽稿，如有意見應即提出，如未提出意見，一經會簽即認為同意，應共同負責。

(3) 會稿單位對於文稿有不同意見時，應由主辦單位綜合修改後，再送決定，會銜者亦同。

(4) 非政策性之緊急文稿，為爭取時效，得先發後會。

7. 回稿、清稿應注意事項：

(1) 稿件於送會或陳判過程中，如改動較多或較為重大，或有其他原因者，會核或核決人員宜回稿，將稿件退回原承辦人員閱後，再行送繕。

(2) 稿增刪修改過多者，應送還原承辦人員清稿。清稿後應將原稿附於卷宗之左，再併同陳閱核判。其已會核會簽者，不必再會核簽。

(3) 承辦人員辦稿時，處理附件應注意事項：

　　A. 附件應檢點清楚，隨稿附送。

　　B. 附件有2種以上時，應分別標以附件1、附件2、………。

　　C. 附件除附卷者外，如係隨文附送，辦稿時，用「檢送」、「檢附」等字樣。

　　D. 如需以原本發出，而原本僅有1份時，應註明：「原本隨文發出，抄本或影印本存卷」。

　　E. 如需以電子文件、抄本或影印本發出，辦稿時請書「附電子檔」、「抄送」或「檢送○○影印本」等字樣，並註明「原本存卷，另以電子檔、抄本或影印本發出」。

　　F. 發文附件宜儘量用電子文件。

　　G. 附件如不及或不能隨稿附送時，應註明「封發時，附件請向承辦人員或某某洽取」字樣。

　　H. 附件除隨文發出外，如尚有需要時，應註明「附件請多繕○○份，送○○○」。

　　I. 有時間性之公文，其附件不及隨文送出者，應註明「文先發，附件另送」，並與發文單位聯繫，洽知發文號碼，備於補送附件時註明。

NOTE

第二節　報告

一、圖示

公務報告

1. 實務上皆比照大簽採用三段式來辦理，即「主旨」＋「說明」＋「請求或建議或擬辦」。
2. 如公部門向民意（立法）機關或人民提出業務等各種報告時，非屬對內意思表示之公文。

私務報告

1. 比照大簽採用三段式來辦理，即「主旨」＋「說明」＋「請求或建議或擬辦」。
2. 亦可採用條列式（分一、二、三……項敘述），而以條列式為多。

二、解說

(一)**報告之定義**：機關所屬公務人員於處理公務時，以書面陳述事實的真相或偶發事件（如調查報告、研究報告、評估報告、會議報告、進修或考察報告等），請求上級瞭解或請求機關協助解決其私人問題時，得使用「報告」為之。「報告」屬內部上行文。

(二)**報告之適用範圍**：

　1.公務用報告，如調查報告、研究報告、評估報告、會議報告等。

　2.機關所屬人員就個人私務有所陳報時使用，如特殊長假（出國進修、國外旅遊）或特殊事由（申請調職、退休、在職進修）等使用。

(三)**報告之製作要領**：

　1.公務有關之報告以採用大簽所用之三段式為原則，即「主旨」＋「說明」＋「擬辦或請求」，三段式之段名。但亦可採用小簽之條列式。

　2.私務有關之報告以採用小簽之條列式為原則，亦可採用大簽所用之三段式。

　3.若相關資料過多，可採附件方式隨附，重要證物亦須一併隨附。

　4.報告亦可依性質、需要設計該項用途之格式填報（如會議報告）。

5. 報告文頭之「於」字之右是要填列所在單位名稱，如「商業司」、「財政處」或「企管系」等，並非所在地點或建築物名稱。

6. 受文者（即報告對象之長官）不只1位時，各級長官排列順序，視機關組織文化而定，逐級平行排列陳核。

7. 簽署者如自稱為「職」時，自稱之「職」字要側書，即字體小些稍偏上並且要簽名；如蓋用報告人之職名章或職章時，則不必加「職」。

(四)報告之格式：

```
                                              檔   號：
                                              保存年限：

報告  （日期）
      於（所在單位）

  主旨：‧‧‧‧‧‧‧‧‧‧‧‧‧‧‧‧‧‧‧‧‧‧。
  說明：（段名可依需要改為「經過」、「原因」）
    一、‧‧‧‧‧‧‧‧‧‧‧‧‧‧‧‧‧‧‧‧‧‧‧
    二、‧‧‧‧‧‧‧‧‧‧‧‧‧‧‧‧‧‧‧‧‧‧。
  請求：（段名可依需要改為「建議」、「擬辦」）
    一、‧‧‧‧‧‧‧‧‧‧‧‧‧‧‧‧‧‧‧‧‧‧。
    二、‧‧‧‧‧‧‧‧‧‧‧‧‧‧‧‧‧‧‧‧‧‧。
      (一)、‧‧‧‧‧‧‧‧‧‧‧‧‧‧‧‧‧‧‧。
      (二)、‧‧‧‧‧‧‧‧‧‧‧‧‧‧‧‧‧‧‧。


        敬陳

副○長
○　長
職○○○（簽名如蓋職名章或職章時不加職字）敬陳
```

三、範例

(一)三段式報告（公務用）

檔　　號：
保存年限：

報告　（日期）
　　　　於○○○

　　主旨：報告奉派調查本縣腸病毒傳染情形，擬請對患者隔離治療，並
　　　　　加強防治宣傳及消毒，是否有當？請核示。

　　說明：

　　　一、職會同各鄉、鎮、市衛生所醫師及保健員前往各醫院及學校調
　　　　　查，本縣現感染腸病毒共有12名，年齡集中在1至3歲。
　　　二、此腸病毒係由空氣傳播，大多是由小孩感染，有幼童之家庭，
　　　　　其小孩彼此間很容易傳染。

　　擬辦：

　　　一、已染病者12名，擬請行政院衛生署新營醫院隔離治療，並由衛
　　　　　生所指派保健員加強訪視及協助。
　　　二、速派衛生局及衛生所醫務人員至受感染家庭或國小、幼稚園進
　　　　　行宣導防治工作，並呼籲加強洗手習慣及少進出公共場所。
　　　三、由本局派遣消毒人員，噴灑消毒水，並疏通各處水溝。

　　　　　　敬陳
主任秘書
副　縣　長
縣　　　長
職○○○　（簽名如蓋職名章或職章時不加職字）　敬陳

(二)條列式報告（私務用）

報告　（日期）
　　　　於教務處

一、請准職自民國○年○月○日起免兼○○中心主任一職。

二、荷承厚愛，自民國○年○月○日起，委以兼任○○中心主任之重任，距今已歷時○載。為報知遇，自認尚能戮力以赴，而不辱所託。

三、國立○○大學○○系博士班日前放榜，有幸名列其上，為免顧此失彼，並能早日貢獻所學，乃敢做此報告。

四、請儘早另覓賢能接任，以便有充裕之時間完成職務交接。請核示。

　　　敬陳

校長

職○○○（簽名如蓋職名章或職章時不加職字）敬陳

第三節　便簽或簽稿會核單

一、便簽或簽稿會核單

　　指機關（組織）內部單位間或機關相互間在簽辦業務相互會稿時，常以便簽或簽稿會核單紙或A4空白紙指陳案情，徵求意見、尋求同意或爭取支持，因尚在研商階段，且屬內部或機關相互間之磋商，尚未形成正式措施，因此適用結構簡單（通常採條列式）較不拘形式的便簽。便簽或簽稿會核單屬內部平行文，可採條列式或敘述式。

二、便簽之用途

(一)機關內部單位間簽辦案件徵求同意或意見之相互研商時用。

(二)次級機關向共同上級機關簽辦公文時，徵求意見、尋求支持之相互磋商或照會時用。

三、便簽之標準格式

> 一、………………………（本案是什麼？）
> 二、………………………（請你做什麼？）
> 　　　　　此致
> ○○○（單位）
> ○○○敬啟
> 　　　　　　　　　　　　　　　民國 00 年 00 月 00 日

四、便簽之標準格式

> 一、敘明案由
> 二、相關事項逐一說明
> 三、擬辦意見

五、便簽製作範例

(一)條列式

一、本府第 00 次委員會議，已修正通過貴會組織規程，茲經整理完竣，
　　特檢附修正後規程如附件。

二、請惠予檢視，於本月 00 日以前交還本室，俾陳報行政院備查。
　　　　此致

○○委員會

人事室○○○或人事室（圓戳）敬啟

民國 00 年 00 月 00 日

(二)敘述式

　　有關本府文書處理實施要點擬以加印本府公報○○○本分發各機關
學校參用，是否合於本府公報印製合約之規範，請惠示卓見，俾便憑辦。
　　　　此致

第○組
○○組○○○　　敬啟

民國 00 年 00 月 00 日

　　頃接教育部定於○年○月○日上午○時○分於該部研商國民教育法
修正草案一案，檢附該草案 1 份，請就貴管部份表示意見並於○日下午
○時前擲還，俾憑彙整。
　　　　此致

○○○（單位）
○○○（單位）敬啟

民國 00 年 00 月 00 日

六、便簽製作範例

(一)條列式

便簽　於○○課

一、本案係○○社區發展協會函請補助經費新臺幣00元，以利辦理社
　　區觀摩聯誼活動。

二、經審核該協會辦理該項活動，對推動社區總體營造並無實質助益。

三、復查本所未編列是項預算，故無法核撥經費。

四、擬奉核後婉復。

　　　　　日期：中華民國00年0月0日　　　　承辦人：
便簽　單位：○○局　　　　　　　　　　　　電　話：
　　　　　附件：

一、有關行政院研究發展考核委員會來函要求上網填報本府推動電子公
　　文節能減紙計畫進度案。

二、經會本府相關機關提供資料，並整理如後附件，擬於陳核後，依該
　　會規定於00年0月0日前上網逕復。當否？請核示。

| 承辦人 | 股　長 | 科　長 |

| 核稿人員 | 主任秘書 | 局長（乙） |

批示

(二)簽稿會核單簽擬、蓋章方式參考範例

○○市政府　簽稿會核單

案情摘要	為杜流弊，節省公帑，各營繕工程，應依法公開招標，並不得變更設計及追加預算，請轉知所屬機關學校照辦。			
主辦單位	秘書處		總收文號	
受會單位	會核意見及簽章		收會時間	會畢時間
工務局	請於奉核後，○○○○○○○○○ ○○○○○○○○○○○○。 科員○○○　　　副局長○○○ 科長○○○　　　局長○○○ 主任秘書○○○		1029.0930	1030.1500
主計處	一、有關XX一案，XXXXX 　　XXXXXXXXX。 二、建請加會教育局。 科員○○○　　　副局長○○○ 科長○○○　　　局　長○○○ 主任秘書○○○		1130.1650	1131.1140

綜　　簽	日期：○年○月○日
	單位：秘書處

一、本案經會相關局處，其意見如下：

(一)工務局○○○○○○○○○○○○○○○○○○

(二)主計處XXXXXXXXXXXXXXXXXX

(三)教育局△△△△△△△△△△△△△△△△

二、主辦單位已依前揭三局處意見修正完畢。

科員○○○　　　副局長○○○

科長○○○　　　局　長○○○

主任秘書○○○

第四節　便簽

一、圖示

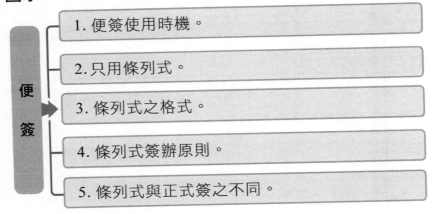

便簽
- 1. 便簽使用時機。
- 2. 只用條列式。
- 3. 條列式之格式。
- 4. 條列式簽辦原則。
- 5. 條列式與正式簽之不同。

二、解說

(一)原文無空白處可簽辦，或案情較為複雜以及會辦單位較多時須簽辦其他單位時用便簽。

(二)不必用「主旨、說明、擬辦」，只要用條列式敘述即可。

(三)條列式敘述時，先敘述來文案情、主旨（摘要）、再簽擬說明及處理之意見。

(四)條列式之簽應依據「一文一事，一項一意」之撰擬原則，本著「引據」、「申述」、「歸結」要旨條列表達。

(五)條列式之簽既無主旨，故其「期望語或目的語」多置於簽之結尾。

三、範例

○○○便條

一、……………………（本案是什麼？）

二、……………………（請你做什麼？）

　　此致

○○○（單位）

○○○　敬啓

民國○年○月○日

　　頃接教育部定於○○年○月○日上午○時○分於該部研商國民教育法修正草案一案，請就貴管部份表示意見並於○日下午○時前擲還，俾憑彙整。

　　此致

○○○（單位）

○○○　敬啓

民國○年○月○日

第四章

對外意思表示之公文

一、圖示解說

(一) 先簽後稿＞簽陳案核定＞承辦人員＞公文稿＞長官判行「先發」或「發」＞文書人員依序以機關名義對外發文。

(二) 簽稿並陳＞長官在簽陳批註「如擬」，同時在公文稿批註「先發」或「發」＞文書人員依序以機關名義對外發文。

(三) 以稿代簽＞承辦人員直接辦理公文稿＞經長官判行「先發」或「發」＞文書人員依序以機關名義對外發文。

> ※上述三種經判行「先發」或「發」之「公文稿」，皆應依文書處理之發文程序，將「正本或副本」發送給受文機關，因屬機關之對外意思表示，種類包括公文程式條例所規定之「令」、「呈」、「咨」、「函」、「公告」、「其他公文」等及書函或公示送達。

二、對外行文系統圖

(一)地方機關行文系統圖

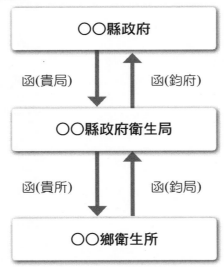

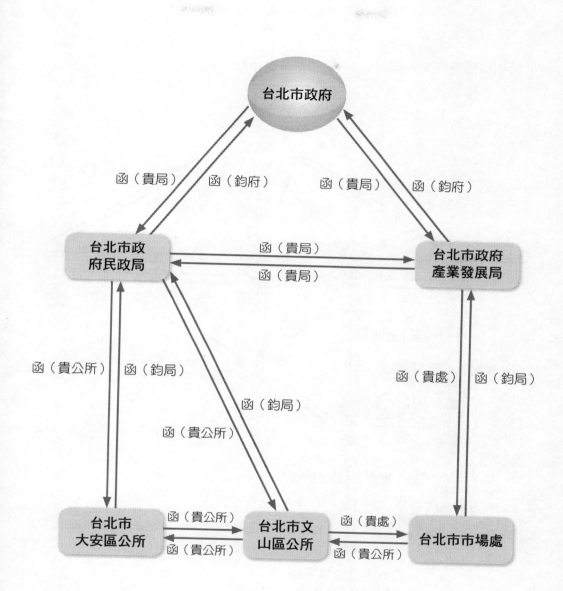

(二)中央機關行文系統圖

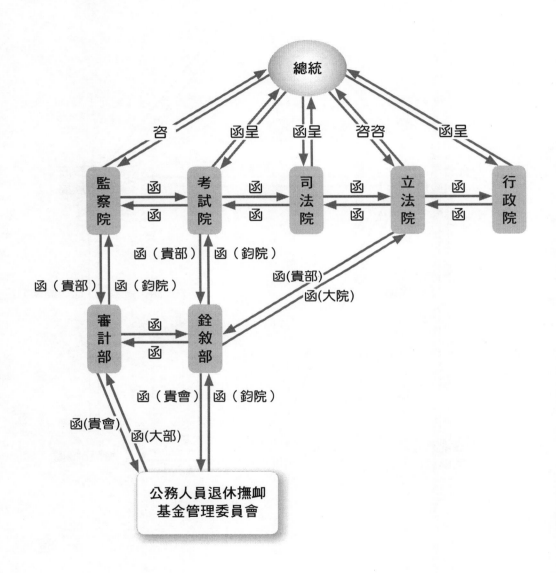

第一節　令

一、圖示

(一)總統公布法律、發布命令；一般機關發布法規命令、解釋性規定與裁量基準之行政規則；地方自治機關（直轄市政府、縣市政府、鄉鎮縣轄市公所）公布自治條例或發布自治規則；各機關之人事命令。

(二)刊登：政府公報或新聞紙、機關電子公布欄；公文分行各機關。

(三)令文不分段，一段完成，即不標「主旨」及「說明」等段名。但常任文職人員例外（通常為主旨、說明二段式）；動詞一律在前（如制定、訂定、修正、廢止、核釋、特任、特派、任命）。

1.總統適用

> 令＝茲＋（制定、廢止法律名稱），公布之。

> 令＝茲＋（修正法律名稱）第○條（中文數字）條文，公布之。

> 令＝茲＋增訂（法律名稱）第○條（中文數字）條文；修正第○條（中文數字）條文；並刪除第○條（中文數字）條文，公布之。

> 令＝茲＋（特任、特派、任命、茲派、茲聘、敦聘、聘請）○○○（人名）為○○○（機關）、○○（職銜）。

> 令＝茲＋依○○年度○○擴大公共建設特別預算案審查報告，公布○○年度○○擴大公共建設特別預算。

2.一般機關適用

> 令＝（訂定、廢止法規命令名稱）。

> 令＝（修正法規命令名稱）第○條條文（中文數字）。

> 令＝（訂定、廢止行政規則名稱），自○年○月○日（中文數字）施行或生效。

> 令＝（修正行政規則名稱）第○條條文（中文數字），自○年○月○日（中文數字）施行或生效。

> 令＝（核釋○○法律或法規命令第○（阿拉伯數字）條）＋（定義）。

3.直轄市政府、縣市政府、鄉鎮市公所（地方政府）適用

> 令＝（制定、廢止○○自治條例）。
>
> 令＝（修正○○自治條例）第○條條文（中文數字）。
>
> 令＝（訂定、廢止○○自治規則）。
>
> 令＝（修正○○自治規則）第○條條文（中文數字）。
>
> 令＝（訂定、廢止行政規則名稱），自○年○月○日（中文數字）施行或生效。
>
> 令＝（修正行政規則名稱）第○條條文（中文數字），自○年○月○日（中文數字）施行或生效。
>
> 令＝公（發）布○○（中文數字）年預算。

4.令如有附件則另起1列並縮1格書寫。

5.行政規則特殊規定：

(1)第1類行政規則（行政程序法第159條第2項第1款，一般性規定之行政規則），訂定後以函「分行」之，於不再適用時，亦以函「停止適用」，並均於分行函中敘明其「生效」日期：

A.○○部函

(A)主旨：訂定「○○○要點」，並自中華民國○年○月○日生效（中文數字）（或「自即日生效」），請查照。

(B)說明：檢送「○○○要點」。

(C)部長○○○

B.○○部函

(A)主旨：修正「○○○要點」（或修正「○○○要點」第一點、第五點）（中文數字）（或修正「○○○要點」部分規定），並自中華民國○年○月○日生效（中文數字）（或「自即日生效」），請查照。

(B)說明：檢送修正「○○○要點」（或修正「○○○要點」第一點、第五點）（中文數字）（或修正「○○○要點」部分規定）。

(C)部長○○○

C.○○部函

(A)主旨：「○○○要點」自中華民國○年○月○日停止適用（中文數字）（或「自即日停止適用」），請查照。

(B)部長○○○

(2)第2類行政規則（行政程序法第159條第2項第2款，解釋性規定及裁基準之行政規則），訂定後以令「發布」之，於不再適用時，亦

以令「廢止」，並均於令中敘明其「生效」日期。至其發布或廢止「令」，均參照法規之發布或廢止「令」為之。

  A.○○部令

    (A)訂定「○○○要點」，並自中華民國○年○月○日生效（中文數字）（或「自即日生效」）。

    (B)附「○○○要點」

    (C)部長○○○

  B.○○部令

    (A)修正「○○○要點」（或修正「○○○要點」第一點、第五點）（中文數字）（或修正「○○○要點」部分規定），並自中華民國○年○月○日生效（中文數字）（或「自即日生效」）。

    (B)附修正「○○○要點」（或修正「○○○要點」第一點、第五點）（中文數字）（或修正「○○○要點」部分規定）

    (C)部長○○○

  C.○○部令

    (A)廢止「○○○要點」，並自中華民國○年○月○日生效（中文數字）（或「自即日生效」）。

    (B)部長○○○

  (3)兼具第1類及第2類行政規則內容者：應視同第2類行政規則辦理。

二、解說

(一)總統：

  1.公布法律（制定、修正、廢止）：

    (1)憲法第170條規定：「本憲法所稱之法律，謂經立法院通過，總統公布之法律」。

> 提醒您
>
> 令屬下行文

    (2)中央法規標準法第2條規定「法律得定名為法、律、條例或通則」。

    (3)憲法第37條規定：「總統依法公布法律，發布命令，須經行政院院長之副署，或行政院院長及有關部會首長之副署」。

    (4)故凡屬於「法」、「律」、「條例」、「通則」等法律，須經立法院「制定」，且經總統以「令」「公布」之，公布時須經行政院院長或行政院長及有關部會首長之「副署」。

  2.宣布解（戒）嚴令。

  3.大赦令、特赦令、減刑令、復權令。

  4.任（免）文武官員令。

  5.授予榮典令。

6.緊急命令。

7.褒揚令、追晉令、授勳令、治喪令。

(二)一般機關：

1.發布法規命令：

　(1) 中央法規標準法第3條規定：「各機關發布之命令，得依其性質稱規程、規則、細則、辦法、綱要、標準或準則」。

　(2) 行政程序法第150條規定：「本法所稱法規命令，係指行政機關基於法律授權，對多數不特定人民就一般事項所作抽象之對外發生法律效果之規定」。

　(3) 故凡屬於「規程」、「規則」、「細則」、「辦法」、「綱要」、「標準」或「準則」等或經法律授權之名稱者稱為「法規命令」，故須經一般機關「訂定」後，再由一般機關以「令」、「發布」之。

2.解釋性規定與裁量基準之行政規則：

　(1) 行政程序法第159條第2項第2款之行政規則，應由其首長簽署，並登載於政府公報發布之。（即屬於為協助下級機關或屬關統一解釋法令、認定事實、及行使裁量權，而訂頒之解釋性規定及裁量基準之行政規則。）應以「令」來「發布」。

　(2) 行政程序法第159條第2項第1款之行政規則，依規定應「訂頒」者（即關於各機關內部之組織、事務之分配、業務處理方式、人事管理等一般性規定），應以「函」來「檢發」。

　(3) 綜言之，除法律4個名稱、法規命令7個名稱、地方自治條例1個名稱；地方自治規則7個名稱之外（共有19個名稱，例如：法、律、條例、通則或規程、規則、細則、辦法、綱要、標準、準則、經法律授權之名稱者；地方自治條例、地方自治規則（含冠以各該地方自治團體名稱之規程、規則、細則、辦法、綱要、標準或準則等），此19個名稱以外之任何名稱，皆可稱為「行政規則」，故常使用之行政規則名稱很多，例如要點、原則、規範、注意事項、須知、基準、作業程序、方案、章程、範本、補充規定等，亦即除前述所稱之「法、律、條例、通則；規程、規則、細則、辦法、綱要、標準、準則；自治條例、自治規則」等以外之其他任何名稱皆可使用。

　(4) 行政規則應先判別其所屬類型（第1類或第2類），再分別以「令」或「函」對外行文。

(三)地方自治機關（直轄市政府、縣市政府、鄉鎮縣轄市公所）「公布自治條例」或「發布自治規則」；地方制度法第25條規定：「自治法規經地方立法機關通過，並由各該行政機關公布者，稱自治條例；自治法規由地方行政機關訂定，並發布或下達者，稱自治規則。」

　1.地方制度法第26條第1項規定：「自治條例應分別冠以各該地方自治團體之名稱。」

　2.自治規則：地方制度法第27條第2項規定：「前項自治規則應分別冠以各該地方自治團體之名稱，並得依其性質，定名為規程、規則、細則、辦法、綱要、標準或準則。」

(四)各機關常任人員之人事命令：任免、遷調、獎懲等可分段。

三、範例

(一)總統：

　1.制定法律

```
                        總 統   令

     中華民國○年○月○日
     華總一義字第0000000000號

     茲制定高級中等教育法，公布之。

         總        統   ○○○
         行 政 院 院 長   ○○○
         教 育 部 部 長   ○○○
```

　2.廢止法律

```
                        總 統   令

     中華民國○年○月○日
     華總一義字第0000000000號

     茲廢止法務部行政執行署組織條例、法務部法醫研究所組織條例
     及行政執行處組織通則，公布之。

         總        統   ○○○
         行 政 院 院 長   ○○○
         法 務 部 部 長   ○○○
```

3.增訂並修正法律

總統　令

中華民國○年○月○日
華總一義字第0000000000號

茲增訂漁業法第三十九條之一、第四十一條之一、第四十一條之
二及第六十四條之二條文；並修正第四十一條、第四十三條、第
四十四條、第六十條、第六十四條及第六十五條條文，公布之。

總　　　　統　　○○○
行政院院長　　○○○

4.刪除並修正部分條文

總統　令

中華民國○年○月○日
華總一義字第0000000000號

茲刪除簡易人壽保險法第三十條條文；並修正第七條、第八條及
第四十三條條文，公布之。

總　　　　統　　○○○
行政院院長　　○○○
交通部部長　　○○○

5.增訂、刪除、並修正法律條文

總統 令

中華民國○年○月○日
華總一義字第0000000000號

茲增訂海關緝私條例第四十五條之二條文；刪除第四十九條條文；
並修正第二十七條、第四十一條、第四十五條之一、第四十六條
至第四十八條及第四十九條之一至第五十一條條文，公布之。

總　　　統　○○○
行政院院長　○○○
財政部部長　○○○

6.修正法律名稱及條文

總統 令

中華民國○年○月○日
華總一義字第0000000000號

茲將「勞工安全衛生法」名稱修正為「職業安全衛生法」；並修
正全文，公布之。

總　　　統　○○○
行政院院長　○○○

7.任免文武官員
　(1) 總統聘書

總　統　　令

中華民國○年○月○日
華總二榮字第0000000000號

敦聘副總統○○○為中華民國建國一百年慶祝活動籌備委員會主
任委員，行政院院長○○○、立法院院長○○○為中華民國建國
一百年慶祝活動籌備委員會副主任委員。
敦聘總統府秘書長○○○、敦聘○○○先生等 121 員為中華民國
建國一百年慶祝活動籌備委員會委員。

　總　　　統　　○○○

---

　(2) 任免
　　A.考試典試委員長

總　統　　令

中華民國○年○月○日
華總二榮字第0000000000號

特派○○○為○年公務人員特種考試身心障礙人員考試典試委員長。

　總　　　統　　○○○
　行政院院長　　○○○

B.政務人員之任免

總統　令

中華民國○年○月○日
華總二榮字第0000000000號

特任行政院政務委員○○兼福建省政府委員並為主席。

總　　　統　○○○
行政院院長　○○○

C.常任文官（公務人員任用法）

總統　令

中華民國○年○月○日
華總二榮字第0000000000號

任命○○○為○○部○○處簡任第十一職等專門委員。
任命○○○為○○○國大使館簡任第十四職等大使。
任命○○○為○○部○○關稅局簡任第十職等關務監稽核。

總　　　統　○○○
行政院院長　○○○

8.褒揚令

總統　令

中華民國○年○月○日
華總二榮字第0000000000號

　　南管藝師○○○，資性穎異，澹泊軒秀。幼歲拜師向學，鑽研南管散曲奧蘊，浸淫琵琶絃樂深微，精湛超群，迭擅英華。來臺軍職退役後，出任南聲社主持人，積極推動南管音樂，悉力傳承曲目技巧，殫精竭智，靖獻孔彰；復執教臺北藝術大學、臺南藝術大學等校，豐厚學術研究內涵，提升文化藝術視野，啟迪沾溉，陶鑄功深。曾多次應邀海外獻藝，足跡遍布歐亞各國，促進文化美學交流，拓展臺灣國際能見度。尤以巴黎音樂節展演，金石絲竹，天籟悠揚；流詠稱頌，揚名海外，開創華人傳統音樂歷史紀錄。曾獲文化部暨臺南市政府指定為重要傳統藝術－南管音樂保存者等殊榮，顯績揚聲，懋猷共仰。綜其生平，盡瘁南管民間曲藝，恢弘傳統文化藝術，雅技傳薪，藝苑流徽；宗匠遺緒，楷範垂芬。遽聞松齡殂落，悼惜良殷，應予明令褒揚，用示政府崇禮耆賢之至意。

總　　　統　○○○
行政院院長　○○○

9. 授予勳章

總統　令

中華民國○年○月○日
華總二榮字第0000000000號

茲授予○○○總理○○特種大綬景星勳章。

總　　　　　統　○○○
行政院院長　○○○
外交部部長　○○○

10. 追晉

總統　令

中華民國○年○月○日
華總二榮字第0000000000號

追晉故海軍上校○○○為海軍少將。
此令自中華民國○年○月○日起生效。

總　　　　　統　○○○
行政院院長　○○○
國防部部長　○○○

11.緊急命令

總統　令

中華民國○年○月○日
華總(一)義字第0000000000號

查臺灣地區於民國88年9月21日遭遇前所未有強烈地震,其中臺中縣、南投縣全縣受創甚深,臺北市、臺北縣,苗栗縣、臺中市、彰化縣、雲林縣及其他縣市亦有重大之災區及災戶,民眾生命、身體及財產蒙受重大損失,影響民生至鉅,災害救助、災民安置及災後重建,刻不容緩。爰經行政院會議之決議,依中華民國憲法增修條文第2條第3項規定,發布緊急命令如下:

一、中央政府為籌措災區重建之財源,應縮減暫可緩支之經費,對各級政府預算得為必要之變更,調節收支移緩救急,並在新台幣八百億元限額內發行公債或借款,由行政院依救災、重建計畫統籌支用,並得由中央各機關逕行執行,必要時得先行支付其一部分款項。
前項措施不受預算法及公共債務法之限制,但仍應於事後補辦預算。

二、中央銀行得提撥專款,供銀行辦理災民重建家園所需長期低利、無息緊急融資,其融資作業由中央銀行予以規定,並管理之。

三、各級政府機關為災後安置需要,得借用公有非公用財產,其借用期間由借用機關與管理機關議定,不受國有財產法第40條及地方財產管理規則關於借用期間之限制。各級政府機關管理之公有公用財產,適於供災後安置需要者,應即變更為非公用財產,並依前項規定辦理。

四、政府為安置受災戶,與建臨時住宅並進行災區重建,得簡化行政程序,不受都市計畫法、區域計畫法、環境影響評估法、水土保持法、建築法、土地法及國有財產法等有關規定之限制。

五、中央政府為執行災區交通處公共工程之搶修及重建工作，凡經過都市計畫區、山坡地、森林、河川及國家公園等範圍，得簡化行政程序，不受各該相關法令及環保法令有關規定之限制。

六、災民因本次災害申請補發證照書件或辦理繼承登記，得免繳納各項規費，並由主管機關簡化作業規定。

七、中央政府為迅速執行救災、安置及重建工作，得徵用水權，並得向民間徵用空地、空屋、救災器具及車、船、航空器，不受相關法令限制。
衛生醫療體系人員為救災所需而進用者，不受公務人員任用法之限制。

八、中央政府為維護災區秩序及迅速辦理救災、安置、重建工作，得調派國軍執行。

九、政府為救災、防疫，安置及重建工作之迅速行效執行，得指定災區之特定區域實施管制，必要時並得強制撤離居民。

十、受災戶之役男，得依規定徵服國民兵役。

十一、因本次災害而有妨害救災，囤積居奇、哄抬物價之行為者，處1年以上7年以下有期徒刑，得併科新臺幣500萬元以下罰金。
以詐欺、侵占、竊盜、恐嚇，搶奪、強盜或其他不正當之方法，取得賑災款項、物品或災民之財物按刑法或特別刑法規定，加重其刑至二分之一。
前二項之未遂犯罰之。

十二、本命令施行期間自發布日起至民國89年3月24日止。此令。

總　　　　統　○○○
行政院院長　○○○

12.特別預算

總統　令

中華民國○年○月○日
華總(一)義字第0000000000號

茲依○○年度中央政府振興經濟擴大公共建設特別預算案審查報告（修正本），公布○○年度中央政府振興經濟擴大公共建設特別預算。

總　　　統　　○○○
行政院院長　　○○○

13.中央政府總預算

總統　令

中華民國102年2月6日
華總一義字第10200023851號

茲依中華民國102年度中央政府總預算案審查總報告（修正本），公布中華民國102年度中央政府總預算。

總　　　統　　○○○
行政院院長　　○○○

14.中央政府總決算

總統　令

中華民國○年○月○日
華總一義字第0000000000號

茲將中華民國○○年度中央政府總決算（含附屬單位決算及綜計表）最終審定數額表，以歲入歲出決算審定數簡明比較表、審定後收支簡明比較分析表、融資調度決算審定表、營業基金損益計算審定數額綜計表、非營業特種基金收支餘絀審定數額綜計表－作業基金、非營業特種基金來源用途及餘絀審定數額綜計表－債務基金、特別收入基金及資本計畫基金公告之。

總　　　統　　○○○
行政院院長　　○○○

(二)一般機關適用之法規命令

1.訂定法規命令

總統府　令

中華民國○年○月○日
華總參字第0000000000號

訂定「總統府法規委員會組織規程」。
　　附「總統府法規委員會組織規程」。

秘書長　　○○○

國史館　令

中華民國○年○月○日
國秘字第0000000000號

訂定「國史館提供政府資訊收費標準」。
　　附「國史館提供政府資訊收費標準」。

館長　　○○○

國家安全局　令

中華民國102年9月14日
（102）修惠字第0011266號

修正「國家情報工作獎勵辦法」第一條。
　　附修正「國家情報工作獎勵辦法」第一條。

局長　　○○○

教育部　令

中華民國○年○月○日
臺參字第0000000000C號

訂定「大陸地區人民來臺就讀專科以上學校辦法」。
　　附「大陸地區人民來臺就讀專科以上學校辦法」。

部長　　○○○

衛生福利部中央健康保險署　令

中華民國102年10月3日
健保承字第1020030689號

訂定「總、分支機構（或機關）組織之核計補充保險費處理準則」，
並溯及中華民國一百零二年三月七日生效。
　　附「總、分支機構（或機關）組織之核計補充保險費處理準則」。

署長　　○○○

2.修正法規命令

行政院金融監督管理委員會　令

中華民國○年○月○日
金管證券字第0000000000號

　　修正「證券商管理規則」部分條文。
　　　　附修正「證券商管理規則」部分條文。

主任委員　　○○○
授權單位主管決行

内政部　令

中華民國102年10月4日
台內移字第1020957418號

修正「外國人停留居留及永久居留辦法」第二十條條文，自中華
民國一百零二年十月四日施行。
　　附修正「外國人停留居留及永久居留辦法」第二十條條文。

部長　○○○

3.廢止法規命令

教育部　令

中華民國○年○月○日
臺參字第0000000000C號

廢止「教育部海外青年講習會講習實施辦法」。

部長　○○○

4.發布法律生效之命令

行政院　令

中華民國102年9月5日
院臺財字第1020052865號

中華民國一百零二年七月十日修正公布之「公共債務法」，定自
一百零三年一月一日施行。

院長　○○○

5.會銜令

考試院、行政院　令

中華民國○年○月○日
○○○○○字第0000000000號
○○○字第0000000000號

訂定「政務人員退職撫卹條例施行細則」。
　　附「政務人員退職撫卹條例施行細則」。

院長　　○○○

會銜公文機關印信蓋用續頁表

行　政　院	
印信位置	

說明：2以上機關之會銜公文用印時，得依本表蓋用。

6.司法機關
　(1) 解釋令

司法院　令

中華民國○年○月○日
○○○○字第0000000000號

公布本院大法官議決釋字第七一二號解釋。
　　附釋字第七一二號解釋。

院長　　○○○　（簽字章）

(2) 法規命令

司法院　令

中華民國○年○月○日
○○○○字第0000000000號

修正「小額訴訟表格化訴狀及判決格式規則」。
　　附「小額訴訟表格化訴狀及判決格式規則」。

院長　　○○○　（簽字章）

7. 直轄市政府、縣市政府、鄉鎮市公所公布自治條例
　(1) 制定自治條例

○○縣政府　令

中華民國○年○月○日
府民自字第00000000000A號

制定「○○縣公民投票自治條例」。
　　附「○○縣公民投票自治條例」條文。

縣長　　○○○

(2) 廢止自治條例

○○縣政府　令

中華民國102年7月23日
府秘法字第1020117108B號

廢止「○○縣土地基本資料庫電子資料流通收費基準自治條例」，
自中華民國一百零三年一月一日生效。

縣　　長　　○○○出國
副縣長　　○○○代行

(3) 修正自治條例

```
            ○○縣○○鎮公所　令

 中華民國○年○月○日
 玉鎮行字第0000000000號

 修正「○○縣○○鎮公所規費自治條例」第三條條文。
    附修正「○○縣○○鎮公所規費自治條例」第三條條文。

 鎮長　　○○○
```

8. 直轄市政府、縣市政府、鄉鎮市公所發布自治規則

(1) 訂定自治規則

```
               ○○市政府　令

 中華民國102年9月11日
 府授法規字第1020173027號

 訂定「○○市使用排水道排注廢水管理辦法」。
    附「○○市使用排水道排注廢水管理辦法」條文。

 市長　　○○○

 法規委員會主任委員　　○○○決行
```

(2) 修正自治規則

```
               ○○市政府　令

 中華民國○年○月○日
 ○市府教一字第0000000000號

 修正「○○市籍學生就讀私立高級中等學校學雜費補助辦法」第
 二條，名稱並修正為「○○市就讀私立高級中等學校學生學雜費
 補助辦法」。
    附修正「○○市就讀私立高級中等學校學生學雜費補助辦法」
 第二條條文。

 市長　　○○○
```

(3) 廢止自治規則

○○市政府 令

中華民國○年○月○日
府法三字第0000000000號

廢止「○○市國民住宅基金收支保管及運用辦法」。

市長 ○○○

法規委員會主任委員 ○○○決行

9.主管機關解釋性規定

財政部 令

中華民國○年○月○日
台財稅字第0000000000號

中華民國期貨業商業同業公會舉辦期貨商、期貨顧問事業及期貨
經理事業業務員在職訓練等課程，如經查明受訓業務員所屬公司
為公會之會員，且其課程費用係由該公司會員支付，則公會舉辦
在職訓練課程所收取之收入，應認屬其依法經營銷售與會員之勞
務，得依加值型及非加值型營業稅法第8條第1項第11款規定，
免徵營業稅。

部長 ○○○

〇〇〇〇〇〇〇〇　令

中華民國〇年〇月〇日
農授漁字第0000000000號

核釋「漁會人事管理辦法」第45條第2項規定：漁會員工在考核年度內，事病假合計超過五日或曠職達一日，不得考列甲等以上之規定，為符合性別工作平等法規定，上述「事病假合計」之日數，應扣除請生理假及家庭照顧假之日數。

主任委員　〇〇〇
本案授權　〇〇署決行

〇〇部　令

中華民國〇年〇月〇日
台財稅字第0000000000號

一、已函報限制出境之欠稅營利事業負責人或清算人變更時，稅捐稽徵機關應以變更後之負責人或清算人為限制出境對象。原依行為時限制欠稅人或欠稅營利事業負責人出境實施辦法第4條但書、本部74年5月22日台財稅第16387號函、83年9月22日台財稅第830432027號函、86年2月20日台財稅第861884971號函規定，繼續限制變更前之負責人或營業登記負責人或變更前之清算人出境者，應即解除其出境限制。

二、本部74年5月22日台財稅第16387號函、83年9月22日台財稅第830432027號函、86年2月20日台財稅第861884971號函及89年10月13日台財稅第0890065507號函，自即日起廢止。

部長　〇〇〇

10. 地方自治機關

(1) 地方自治機關修正裁量基準之行政規則

○○縣政府　令

中華民國○年○月○日
北府城更字第0000000000號

修正「○○縣都市更新單元劃定基準」第八點、第九點，並自即日生效。

　　附修正「○○縣都市更新單元劃定基準」第八點、第九點。

縣長　　○○○

○○市政府　令

中華民國○年○月○日
府工公字第00000000000號

修正「○○市政府處理違反○○市公園管理自治條例事件統一裁罰基準」，自中華民國一百零三年一月一日生效。

　　附「○○市政府處理違反○○市公園管理自治條例事件統一裁罰基準」一份。

市長　　○○○

---

(2) 地方自治機關訂定行政規則

○○市政府　令

中華民國102年9月25日
府產業市字第10232086100號

訂定「○○市地下街廣場使用管理要點」，自一百零二年九月二十五日起生效。

　　附「○○市地下街廣場使用管理要點」。

市長　　○○○

(3) 地方自治機關廢止行政規則

○○市政府　令

中華民國102年9月24日
府產業農字第10232891301號

廢止「○○市各基層農會會員資格審查及認定要點」，並自一百零二年九月二十五日起生效。

市長　○○○

11. 主管機關

(1) 主管機關訂定行政規則

○○○○部　令

中華民國102年10月2日
部授食字第1021350410號

訂定「宣稱含果蔬汁之市售包裝飲料標示規定」，並自中華民國一百零四年七月一日生效。

部長　○○○

(2) 主管機關修正行政規則

○○○○○令

中華民國102年10月8日
客會綜字第1020016849號

修正「○○○○會獎勵客家研究所學生獎學金試行作業要點」第三點、第四點及第五點附件一、附件二、附件三、第七點附件四，並自中華民國一百零三年一月一日生效。

附修正「○○○○會獎勵客家研究所學生獎學金試行作業要點」第三點、第四點及第五點附件一、附件二、附件三、第七點附件四

主任委員　○○○

(3) 主管機關廢止行政規則

○○○○○令

中華民國102年10月3日
台關業字第1021021987號

廢止「○○關稅局空運一般出口貨物一段式通關作業規定」，自
中華民國一百零二年十月七日生效。

署長　○○

12.各機關常任公務人員之人事獎懲令（分段式）

檔　　號：
保存年限：

○○部　令

受文者：

發文日期：中華民國○年○月○日
發文字號：○○人字第0000000000號
速別：最速件
密等及解密條件或保密期限：
附件：

主旨：核定○○○一員獎懲如下：
　　　○○○（N○○○○○○○○○）
　一、現職：本部○○室（○○○○○○○○○A），專員
　　　○○○，任第○職（P○○）。
　二、獎懲：嘉獎○次（○○○○）。
　三、事由：代理職務達四週，表現良好。（A○○）

正本：表列單位及該員本人
副本：本部各單位（表列單位除外）、中部辦公室、○○○○○○○、人事室

部長　　○○○

13.文書處理手冊第5版所附之範例（99.01.25.附錄6、公文作法舉例）

> # 行政院　令
>
> 發文日期：中華民國○年○月○日
> 發文字號：○○字第00000000000號
>
> 修正「自由貿易港區申請設置辦法」第十條。
> 　附修正「自由貿易港區申請設置辦法」第十條。
>
> ## 院長　○○○（首長職銜簽字章）

14.政府文書格式參考規範所附之範例（行政院研究發展考核委員會民國94
　年2月21日頒布96年1月增訂）

> # 行政院　令
>
> 發文日期：中華民國○○年○○月○○日
> 發文字號：○○字第○○○○○○○○○號
>
> 修正「臺灣地區與大陸地區人民關係條例施行細則」部分條文。
> 　附修正「臺灣地區與大陸地區人民關係條例施行細則」部分
> 條文。
>
> ## 院長　○○○（首長職銜簽字章）

第二節　呈

一、圖示

(一)62年公文程式條例修正後，規定「呈」僅對總統有所呈請或報告時用之（即以行政院、司法院、考試院或所屬各部會或直轄市政府或縣市政府對總統有所呈請或報告時用）。

(二)呈之標準格式：參照函之標準格式製作（主旨＋說明＋辦法）。

1 主旨 ▶ 起首語（用呈請或恭請）＋本案案情＋期望語（於「請」之前加「恭」，如恭請睿鑒、敬請鑒核）。

2 署名及用印 ▶ 機關首長全銜（機關全銜＋職銜）＋姓名＋職章。

3 對總統用「簽」或「箋」時，應正名為「簽呈」或「箋呈」。

二、解說

　　「呈」屬上行文類型，因為對總統行文，而總統為國家元首，「呈」之受文者—總統之左現今已不必挪空1格。呈之作法，文書處理手冊未規定，因此其本文原則上依「函」之「主旨＋說明＋辦法」三段式活用即可。「辦法」之段名亦可隨「呈」之內容改用「建議」或「請求」。

三、範例

(一)行政院　呈

```
                                              檔　　號：
                                              保存年限：

                    行政院　　呈
                      地址：000○○市○○路000號
                      聯絡方式：(承辦人、電話、傳真、e-mail)

000
○○市○○區○○路○段000號
受文者：總統
發文日期：中華民國00年00月00日
發文字號：○○字第0000000000號
速別：最速件
密等及解密條件或保密期限：
附件：

主旨：呈請特任○○○為內政部部長並為政務委員。
說明：
一、依中華民國憲法第56條規定處理。
二、原政務委員兼內政部長○○○，以社會治安日壞，未能力挽沉
　　痾，主動請辭，應予照准。

正本：總統
副本：內政部，本院秘書處


行政院院長　　○○○　（蓋職章）
```

(二)考試院　呈

考試院　呈

檔　　號：
保存年限：

地址：000○○市○○路000號
聯絡方式：（承辦人、電話、傳真、e-mail）

000
○○市○○區○○路○段000號

受文者：總統

發文日期：中華民國00年00月00日

發文字號：○○字第0000000000號

速別：最速件

密等及解密條件或保密期限：

附件：

主旨：呈請特派○○○為○○年特種考試地方政府公務人員考試
　　　典試委員長，恭請核派。

說明：依典試法第4條規定暨本院典試委員遴派作業要點辦理。

正本：總統
副本：考選部

考試院院長　　○○○　（蓋職章）

(三)簽呈

簽　（日期）
　　於○○院

主旨：職為應實際需要，擬於本（○）年○月○日（星期○）下
　　　午前往○○地區協調相關事務，擬請准予請假，請假期間
　　　院務由○副院長○○代理。呈請鑒核。
　　　　謹呈

總統

○○○（蓋職名章）謹呈

(四)簽呈

簽　（日期）
　　於○○院

主旨：恭請總統蒞臨本（○）年公務人員傑出貢獻獎表揚大會，
　　　並予勗勉，呈請鑒核。

說明：

一、本院為激勵公務人員工作意願，發揮工作潛能，以提高服務
　　品質及工作績效，依公務人員品德修養及工作潛能激勵辦法
　　規定，函請各主辦機關就獲選為模範公務人員具有傑出貢獻
　　事蹟者，於每年7月底前將具體事蹟及證明文件送○○部彙整
　　後，由本院邀請各界公正人士組成評審議委員會審議；公務
　　人員傑出貢獻獎得獎人，每年以不超過10人為限，得獎人將
　　獲頒獎座一座，獎金新台幣10萬元及給予公假5天外，並得依
　　公務人員陞遷法規定，免經甄審優先陞任。

二、○○年各主辦機關共遴薦○人參加公務人員傑出貢獻獎之選
　　拔，經本院組成公務人員傑出貢獻獎評審委員會嚴謹公正審議
　　決定10位得獎人（如附件）。表揚大會謹訂於同年○月○日
　　（星期○）下午○時○分，在本院○○樓○樓大禮堂舉行，

表揚程序除安排介紹得獎人、親友勉勵與獻花、評審委員代表致詞外，並邀請行政、立法、司法、監察院院長致詞並頒發獎座及獎金，整個頒獎活動及節目表演等，以肯定得獎人高度工作熱忱及優異績效為主軸。

三、為添增表揚大會榮耀，並讓與會人員有聆聽總統勗勉機會，敬請惠予賜允；如奉同意，有關確切蒞會時間，當再與總統府機要室聯繫，機動配合調整。

　　　　　　敬請

秘書長　　轉呈
總統

職○○○（簽名）謹呈

(五)箋呈

○○院用箋

發文日期：中華民國○年○月○日
發文字號：○○○○○字第0000000000號

主旨：鈞座蒞臨本院與○○教授法學基金會合辦之「政府改造與文官體制國際研討會」致詞參考稿，業經本院擬竣，謹請睿詧。

說明：本研討會訂於本（○）年○月○日（星期○），假國家圖書館國際會議廳舉行，前經簽請鈞座於○月○日上午○時○分之開幕式蒞會致詞訓勉，並獲俯允在案。謹檢呈致詞參考稿1份。

　　　謹呈

總統

○○○（蓋職名章）謹呈

　　　　　○年○月○日

第三節　咨

一、圖示

(一)公文程式條例第2條第1項第3款規定:「咨:總統與立法院、監察院公文往復時用之」。如果雙方首長均爲民選(直間接選舉),因均具民意基礎,爲符合民主精神及表示相互尊重,故以較客氣且無強制力或拘束力之「咨」做爲行文之文別。

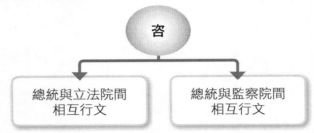

(註:依中華民國憲法增修條文第7條第2項規定,監察院之院長,由總統提名,經立法院同意任命之。故憲法增修後監察院已非民意機關,因此監察院與總統間之行文,應改爲「呈」始爲正確,僅因公文程式條例關於此部份迄今未予修正,嚴格而言,「咨」應爲總統與立法院間公文往復時使用之專屬文別)。

(二)「咨」於文書處理手冊並未規範,於「行政機關」不適用之,因而「咨」多採用「主旨+說明+辦法」三段式活用,惟事實上仍有採用條列式或敘述式,因屬平行文,故在文字運用上只要彼此相互尊重即可。

(三)多採用三段式:「主旨+說明+辦法」;「總統」對「立法院」所用之咨文,亦有採用「條列式或敘述式」。

(四)總統所發咨文於文末署名與用印時,僅蓋用總統簽字章即可,蓋其乃一國之元首。至於立法院之咨文,其文末由機關首長署名。

二、解說

「咨」屬平行文,其使用時機:

徵求性	總統提名司法院院長、副院長、大法官;考試院院長、副院長、考試委員;監察院院長、副院長、監察委員、審計部審計長;最高檢察總長,徵求立法院同意時用之。
答復性	立法院對總統所提司法院院長、副院長、大法官;考試院院長、副院長、考試委員;監察院院長、副院長、監察委員、審計部審計長;最高檢察總長等人選咨徵同意案,經立法院行使同意權投票後,立法院將投票結果答復總統時用之。

洽請性　總統提請立法院召集臨時會議時用之。

移送性　立法院法律案通過後，依憲法規定移請總統公布法律時用之。

三、範例

(一)立法院咨請總統公布法律

立法院　咨

地址：000○○市○○路000號
聯絡方式：（承辦人、電話、傳真、e-mail）

000
○○市○○區○○路○段000號
受文者：總統
發文日期：中華民國○年○月○日
發文字號：○○字第0000000000號
速別：最速件
密等及解密條件或保密期限：
附件：志願服務法1份

主旨：制定「志願服務法」，咨請公布。
說明：
　一、行政院○年○月○日○○字第0000000000號函請本院審
　　　議。
　二、經提本院○年○月○日第○○次會議審議通過。
　三、附「志願服務法」1份。

正本：總統
副本：行政院

院長　○○○（簽字章）

(二)總統咨請立法院

　1.三段式

```
                                          檔　　號：
                                          保存年限：


                    總  統    咨
                         地址：000○○市○○路000號
                         聯絡方式：(承辦人、電話、傳真、e-mail)


000
○○市○○區○○路○段000號
受文者：立法院
發文日期：中華民國○年○月○日
發文字號：○○字第0000000000號
速別：最速件
密等及解密條件或保密期限：
附件：如說明三
```

主旨：茲提中華民國第○屆監察院院長、副院長及監察委員人選29
　　　人，請同意見復。

說明：

　一、查第○屆監察院院長、副院長暨監察委員將於中華民國○○
　　　年○月○日任期屆滿懸缺在案。

　二、依中華民國憲法增修條文第7條第2項之規定提名，經貴院同
　　　意後任命之。

　三、檢送前述人選名冊1份及自傳、履歷表各29份。

辦法：

　一、本項徵求同意案，請優先排入本會期議程。

　二、請將同意權投票後，立即復知投票結果。

正本：立法院
副本：監察院

總統　○○○（簽字章）

2.敘述式（總統咨請立法院召開臨時會）

總　統　　咨

地址：000○○市○○路000號
聯絡方式：（承辦人、電話、傳真、e-mail）

000
○○市○○區○○路○段000號
受文者：○○○

發文日期：中華民國○年○月○日
發文字號：○○字第0000000000號
速別：
密等及解密條件或保密期限：
附件：

　　　　據行政院○○年○月○日台○規字第○○○○○○號呈稱：該
院鑑於近來國內經濟受到全球經濟降溫之衝擊，其成長日益趨緩，
對於國家整體產業之發展影響至鉅，為刺激景氣提振經濟，促進金
融體系之健全發展，以利營造企業資金運用之有利環境。從而穩定
金融市場，避免危機發生，開放金融跨業經營，提升金融業之國際
競爭力，健全票券商之監督及管理，放寬保險業業務經營限制，並
強化其監督管理機制，乃當務之急，經通盤審慎考量後，特遴列出
「存款保險條例第17條之1修正草案」、「營業稅法部分條文修正
草案」、「金融重建基金設置及管理條例草案」、「金融控股公司
法草案」6項具急迫性及重要性之金融改革法案，亟須儘速完成立
法及修法程序，爰請咨請立法院於日內召開臨時會予以審議等情，
茲依照憲法第69條之規定，咨請
貴院於日內召開臨時會，針對行政院來呈所提6項法案予以審議。
　　此咨
立法院

正本：○○○
副本：監察院

總統　　○○○（簽字章）

3.敍述式（總統咨請立法院同意後任命）

總統　咨

地址：000○○市○○路000號
聯絡方式：（承辦人、電話、傳真、e-mail）

000
○○市○○區○○路○段000號
受文者：○○○
發文日期：中華民國○年○月○日
發文字號：華總一智字第0000000000號
速別：
密等及解密條件或保密期限：
附件：

　　　第10屆考試院院長、副院長及考試委員之任期於本（○○）
年8月31日屆滿，茲依據憲法增修條文第6條第2項規定，提名
○○○為第11屆考試院院長、○○○為第11屆考試院副院長，
○○○、○○○、○○○、○、○○○等19人為第11屆考試委
員，咨請貴院同意見復後任命。
　　　此咨
立法院

總統　○○○（簽字章）

第四節　函

一、圖示

(一)函有4種：

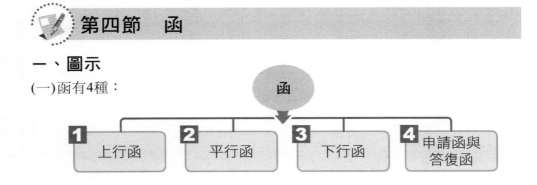

函

1 上行函　　2 平行函　　3 下行函　　4 申請函與答復函

(二)函分一段式、二段式、三段式：

一段式	（主旨）
二段式	（主旨＋說明）： 1. 主旨段：（何事或什麼事）起首語＋本案＋期望語或目的語。 2. 說明段：（為何或為什麼或原因） 　(1)第一段：引述語或引敘語（對本案之來龍去脈作說明）。其寫法可歸納為復文、轉文、創文。 　(2)第二段以後：用「引據＋申述＋歸結」或「事實＋原因＋結果」。
三段式	（主旨＋說明＋辦法或建議或請求或辦法或核復（示）事項段或公告事項）。

(三)考試時，切記一定要採用三段式的本文，即「主旨」、「說明」、「辦法」均應予以寫出。

1. 主旨的結構。
2. 說明的結構。
3. 辦法之製作方法：
　(1) 辦法一：計畫
　(2) 辦法二：執行
　(3) 辦法三：考核

二、解說

(一)函有4種：

上行函	有隸屬關係下級機關對上級機關有所請示、報告、請求。
平行函	無隸屬關係同級機關或不相隸屬的機關互相洽辦、咨商、通報、答復。
下行函	有隸屬關係上級機關對下級機關有所交辦、指示、批復。
申請函與答復函	申請函為人民對機關或團體有所建議、請求、洽詢或申辦；答復函為機關或團體對人民有所答復。

(二)函分一段式、二段式、三段式：

1. 一段式（主旨）：起首語＋本案（一案）（處理情形）＋期望語或目的語。
2. 二段式：（主旨＋說明）

(1) 主旨段：（何事或什麼事）起首語＋本案（一案）＋期望語或目的語。

(2) 說明段：（為何或為什麼或原因）

　A. 第一段：引述語或引敘語（對本案之來龍去脈作說明）。其寫法可歸納為復文、轉文、創文：

　　(A) 復文：復來文機關○年○月○日字號及文別。

　　(B) 轉文：依（依據、根據）來文機關○年○月○日字號及文別辦理。

　　(C) 轉文與復文兼有：依（依據、根據）○○機關○年○月○日字號及文別辦理；並兼復來文機關○年○月○日字號及文別。

　　(D) 轉文：依本府○○處案陳○○（機關或內部單位）○年○月○日○○○○○○○○○號函辦理。

　　(E) 創文：依憲法或○○法第○條規定辦理。

　　(F) 創文：本部○年○月○日字號及文別鑒察或鈞察。（第2次行文－上行函）

　　(G) 創文：本部○年○月○日字號及文別諒達或計達。（第2次行文－平行函、下行函）

　　(H) 創文：本府○年○月○日字號及文別（續辦）。

　　(I) 復文：奉交研議或奉鈞院○年○月○日○函辦理。（下行函）

　　(J) 復文：准貴會○年○月○日○函申請設立案辦理。

　　(K) 復文：據台端○年○月○日申請列入低收入戶案辦理。

　　(L) 復文：鈞長○月○日手諭奉悉或鈞院○年○月○日○函奉悉。

　　(M) 復文：貴委（議）員○年○月○日華翰敬悉。

　　(N) 復文：台端○年○月○日陳請書已（收）悉。

　　　　a. 復文：台端○年○月○日申請書或致本部部長電子信箱接悉。

　　　　b. 轉文：依本府○○處案陳○○（機關或內部單位）○年○月○日○函或便簽辦理或依交通部案陳○○部（機關）○年○月○日○函辦理。

　B. 第二段以後：用「引據＋申述＋歸結」；第二段如無法使用「引據＋申述＋歸結」時，則採用現況說明（當案情必須就事實、來源、法規、理由、原則、前案、經過等作較詳細之敘述）＋分析利弊因素＋發函單位見解之方式來說明。

(3) 三段式：（主旨＋說明＋建議或請求或辦法或核復（示）事項或公告事項）。

A.「主旨」段（何事或什麼事？）＋「說明」段（為何或為什麼或原因）等段與一段式、二段式皆相同。

B.辦法段（通用或平行函）、建議或請求段（上行函）、核復（示）事項、或公告事項段（下行函）：（如何做或怎麼做）。

（註：實務上三段式之函不常見，因為具體辦法若需敘述較多時，則以附件方式為之，若有數項具體辦法時，可於說明處敘明即可，但別忘了要在主旨處敘明）。

重要 (三)考試時，切記一定要採用三段式的本文，即「主旨」、「說明」、「辦法」均應予以寫出。

1.主旨的結構

(1)主旨：什麼事＋如何做

(2)主旨：起首語＋本案主要意旨＋期望語（言簡意賅，最好不要超過50或60個字）

➡主旨：檢陳「○○計畫書」，請惠准撥款補助，謹請鑒核。

➡主旨：檢送「中華民國105年政府行政機關辦公日曆表」1份，請查照轉知。

➡主旨：有關公務人員可否請休假或事假自費赴國外短期進修疑義，復如說明，請查照。

➡主旨：關於○○作業辦法第0條規定適用疑義一案，復請查照。

➡主旨：為杜流弊，節省公帑，各項營繕工程，應……，請轉知所屬機關學校照辦。

➡主旨：所報「○○職務加給表」修正草案一案，請照核復事項辦理。

➡主旨：修正「○○要點」部分規定，並自即日生效，請查照。

2.說明的結構

(1)說明一：引據（依據來函、法令、計畫、會議決議、簽陳、前案、理論、研究報告、媒體報導）

(2)說明二：事實（現況描述—就案情之事實、來源、理由、經過等作詳細之敘述）

(3)說明三：原因（分析利弊因素）

(4)說明四：結果（發文機關見解）

(5)說明五：要求副本收受者作為時其配合方法

(6)說明六：有附件時說明最後一項，請列名附件之名稱及數量

國家考試或初學者思考方向－以「因果關係式」製作說明範例

說明一：寫「事實現況」

說明二：寫「發生原因」

說明三：寫「造成結果」

說明：

一、近來經常發生利用電話詐騙民眾，以退稅、子女受傷醫療急需用錢、身分證、金融卡被盜用或告知其銀行帳戶遭法院指引客戶至提款機重新設定金融卡之約定帳戶或轉帳等詐騙事件，致民眾身心、財產蒙受損失。（事實）

二、究其原因，乃兩岸不法集團透過各種管道蒐集、買賣民眾個人資料，從事詐騙行為；加以基層地方政府未重視反詐騙宣導與追查詐騙集團的任務。（原因）

三、針對層出不窮的詐騙事件，導致社會人心惶惶，應從詐騙誘惑的思考方向去分析人性弱點、詐騙手法、詐騙種類、途徑、套路與原因。教導民眾遇到詐騙時應如何面對處理。（結果）

3.辦法之製作方法

　國家考試或初學者思考方向－以「行政三聯制」製作辦法要領，行政三聯制：計畫＞執行＞考核

(1) 辦法一：計畫

　A.組織－成立專案、搶救、應變、研究、考核、宣導、輔導訓練小組。

　B.方案－研擬方案、對策、措施。

　C.計畫－訂定計畫書、進度表、標準作業程序。

(2) 辦法二：執行

　A.訓練－加強平時、定期、專業訓練。

　B.會議－召開研討會、檢討會、座談會、觀摩會。

　C.宣導－利用媒體、各種會議宣導。

　D.經費－本機關補助、在相關經費下勻支。

(3) 辦法三：考核

　　A.要求下級機關將成果陳報。

　　B.述明上級機關將監督、考核、稽查方式。

　　C.要求下級機關提改善意見、管考辦法。

　　D.怠於處理或不作為之獎懲方式、違者移送法辦。

國家考試或初學者思考方向—以「行政三聯制」製作辦法範例

辦法：

　一、本部各檢調機關應即成立「反詐騙專責小組」，訂定防制詐騙措施，從截斷詐騙源頭做起，透過兩岸密切合作，追查各種影響重大社會治安的詐騙事件。（組織、計畫）

　二、製作防詐騙宣導小冊或短片，透過地方媒體加強宣導；甚至結合管區警員、村里鄰長系統或民間的智慧與力量加入反詐騙行列，提供破解網路或電話詐騙者高額獎金。（宣導）

　三、設置反詐騙報案專線，除由專人受理民眾有關詐騙之報案、協助及諮詢服務外，並邀請有熱忱與專業素養的志工，提供反詐騙之法律諮詢與協談。（執行）

　四、各檢調機關針對積極查緝、掃蕩且偵破詐騙集團有功人員，應從優敘獎，並列為年終考績及人事升遷之重要依據。（考核、獎勵）

三、範例

檔　　號：
保存年限：

○○○○○○○○委員會　函

地址：000○○市○○路000號
聯絡方式：(承辦人、電話、傳真、e-mail)

000
○○市○○區○○路○段000號
受文者：○○縣政府
發文日期：中華民國00年00月00日
發文字號：台○○勞動○字第18040號
速別：
密等及解密條件或保密期限：
附件：

主旨：關於事業單位因法定工時變更，未經勞工同意即片面調降工資，是否違反勞動基準法相關規定案，復請查照。

說明：

一、復貴府○年○月○日府勞條字第○○○○○○○號函。

二、依勞動基準法施行細則第7條規定，勞雇雙方應於勞動契約中約定工資之調整、計算、結算及給付日期與方法有關事項。同法第22條規定，工資應全額直接給付勞工。雇主不得因法定工時減少而未經勞工同意即片面調降勞工工資，貴府應通知雇主全額直接給付勞工，雇主仍不遵守者，應依同法第79條規定處罰。勞工亦可依該法第14條第1項第6款規定，終止勞動契約，雇主並應依規定給付資遣費。

正本：○○縣政府
副本：

主任委員　○○○　(簽字章)

第五節　書函

一、圖示

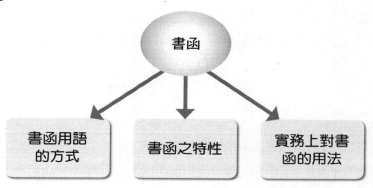

二、解說

(一)用語、用字與「函」相同，僅款式、結構較具彈性，當公務未決階段，尚需磋商、徵詢意見、協調時；或因機關處理簡單、例行性、通報而使用之文書，即可使用簡便「書函」。因為業務還在磋商、咨詢階段，為求簡便，自不必鄭重其事地使用「函」。故書函用途很廣，不受行文系統與層級之限制，應用起來靈活方便。

(二)因為公務還在磋商、咨詢階段，為求簡便，自不必使用「函」。
由於書函用途很廣，大事、小事可隨時行文，且不受行文系統與層級之限制，故對行政效率提升甚有助益。

(三)實務上可視需要採用「條列式」或「三段式」。
條列式＝直接於「附件」列下以一、二、三、……條列式敘述，首應敘述「案由」若係被動式公文（復文或轉文），採用條列式時其第1點通常敘述來文日期、字號、所附附件、簡要事由等文字，再加上接件語，次作引據申述說明，最後提出期望或行文目的。三段式＝比照「函」之作法以「主旨」＋「說明」＋「辦法」三段式敘述，如對上級機關首長行文宜採三段式。

三、範例

○○○○　書函

地址：000○○市○○路000號
聯絡方式：(承辦人、電話、傳真、e-mail)

000
○○市○○區○○路○段000號
受文者：○○市環境保護局
發文日期：中華民國00年00月00日
發文字號：○○字第0000000000號
速別：
密等及解密條件或保密期限：
附件：

一、貴局民國○○年○月○日○○○市環人字第○○○號函，為公務人員因公涉訟，如何擇定採用「分收酬金」或「總收酬金」方式？如採「分收酬金」方式，是否有最高輔助額度限制1案，敬悉。

二、查公務人員因公涉訟輔助辦法第7條第2項規定：「延聘律師之費用不得超過當地律師公會章程所定之標準。」按各地律師公會章程所定酬金收取方式有「分收酬金」及「總收酬金」之分，律師費用之高低，又因案件之繁簡、特殊或訴訟標的金額（價額）高低而有不同，公務人員因公涉訟，自行延聘律師，無論採取何種方式申請核發延聘律師費用均無不可；惟公務人員如以「分收酬金」方式延聘律師，其向服務機關申請核發之延聘律師費用，仍不得超過以「總收酬金」方式延聘律師之費用。

三、復請查照。

正本：○○市環境保護局
副本：中央暨地方各主管機關

○○○○○○　（條戳）

 第六節　公告

一、圖示

```
公
告  →  一、公告結構之內容。

       二、主旨的書寫方式。

       三、依據之書寫方式。

       四、公告事項（或說明）之格式。

       五、公告有附件、附表、簡章、簡則。

       六、一般工程招標或標購物品等公告，得用定型化格式處理。

       七、公告對象頗多，無「受文者」與「速別」及對象是公開的。
```

二、解說

(一)公告可簡化為「主旨」＋「依據」＋「公告事項」（或說明）三段。

(二)主旨＝公告＋本案（何事）【簡要敘述使人一目了然公告目的或要求】。

(三)主旨＝本案（何事）【簡要敘述使人一目了然公告目的或要求】，特此（以）公告。

(四)依據＝法規名稱條文或某某機關來函【不敘來文日期】。有兩項以上「依據」者，每項應冠數字，分項條列，另列縮格書寫。

(五)公告有附件、附表、簡章、簡則等文件僅註明參閱「某某文件」，公告事項內不必重複敘述。應將公告內容分項條列，冠以數字，另列細格書寫。倘公告內容僅就「主旨」補充說明事實經過或理由者，則本段改用「說明」為段名。

(六)公告事項（或說明）＝應將公告內容分項條列，冠以數字，另列縮格書寫。倘公告內容僅就「主旨」補充說明事實經過或理由者，則本段改用「說明」為段名。

(七)一般工程招標或採購物品得用定型化格式處理，免用三段式。

(八)公告是向民眾或特定群體宣告所用，其對象頗多，故公告之行款通常無「受文者」及「速別」，而且因向公眾公開宣告。

三、範例

○○○院　公告

發文日期：中華民國○年○月○日

主旨：公告紓困暫行條例施行期間已於中華民國○年○月○日屆滿，當然廢止。

依據：中央法規標準法第23條。

NOTE

第七節　公示送達

一、圖示

公
文
送
達
→
- 公示送達與公告之製作要領。
- 公示送達之方式在實務上之作法
  - 依函之規格辦理（採主旨＋說明＋辦法）。
  - 依公告規格辦理（採主旨＋依據＋公告事項或說明）。
  - 採條列式辦理，以公示送達公告為文別。
  - 以公示送達為文別，但採公告規格辦理。（主旨＋依據＋公告事項）

二、解說

上述4種方式於104年4月28日文書處理乎冊修正後，統一規定為第2種。

(一)**「公示送達」之性質類同於「公告」，故公示送達之製作要領與公告相同。**其不同之處在於「公示送達」之對象是少數或個人，而「公告」之對象是多數群眾。

(二)公示送達因行政程序法未予統一規定，各機關**實務上約有5種處理模式**，惟皆應於「主旨」段內出現「公示送達」、「送達」、或「以公示代替送達、或類似文字」等字樣：

　1.依「函」之規格辦理（主旨＋說明＋辦法）。

　2.依「公告」規格辦理（主旨＋依據＋公告事項或說明）。

　3.採「條列式」辦理，以公示送達為文別。

　4.以「公示送達」為文別，但採公告規格辦理。

三、範例

○○縣政府   公示送達

發文日期：中華民國○○年○○月○○日
發文字號：○○○字第○○○○○○○○○號
附件：本府96年11月29日府經工字第096257888號函影本

主旨：公示送達本府96年11月29日府經工字第096257888號函。
依據：行政程序法第78、80及81條。
公告事項：
　一、旨揭函經雙掛號郵寄，為該函無法投遞。
　二、查貴公司於本縣○○鎮○○里○○路○○號設立工廠，並領有經
　　　濟部工廠登記證99-660975-00號在案，現經該土地所有人表示已
　　　無製造加工行為，請貴公司於本府刊登縣府公報之日起20日，辦
　　　理工廠註銷登記否則將依「工廠管理輔導法」規定公告註銷。

縣長　　○○○（簽字章）

第八節　移文單

一、圖示

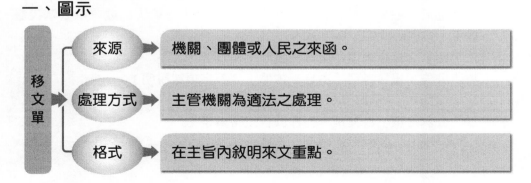

移文單

來源 ➡	機關、團體或人民之來函。
處理方式 ➡	主管機關為適法之處理。
格式 ➡	在主旨內敘明來文重點。

二、解說

　　移文單係將機關、團體或人民之來函，移請主管機關為適法之處理，以其非原受理機關之職權所能處理者。移文之理由僅需在主旨內敘明來文重點，並加註「案（事）屬貴管，移請卓辦（主政）」即可，其餘則無待贅言。（參考公文製作及習作，國家文官學院，修訂9版，105.11,P279）

三、範例

```
                                            檔　　號：
                                            保存年限：

            ○○○○委員會移文單
                        地址：000○○市○○路000號
                        聯絡方式：（承辦人、電話、傳真、e-mail）
000
○○市○○區○○路○段000號
受文者：○○部

發文日期：中華民國00年00月00日
發文字號：○○字第0000000000號
速別：
密等及解密條件或保密期限：
附件：如主旨

主旨：社團法人○○○○○○○○○○○○○福利促進會函為「○○地
　　　區與○○地區人民關係條例施行細則」相關條文牴觸「○○
　　　地區與○○地區人民關係條例」第26條之1規定，請儘速修正
　　　案，因事屬　貴管，移請　卓處逕復。

正本：○○部
副本：行政院○○處（兼復民國○○年○月○○日臺○○○法移字第
　　　○○○○○號移文單），社團法人○○○○○○○○○○○促進會


○○○○○委員會（條戳）
```

第九節　定型化或表格處理公文之製作

一、公務電話紀錄

凡公務上聯繫、洽詢、通知、報告等可以電話簡單正確說明之事項，經通話後，發話人如認為有必要，可將通話紀錄複寫兩份，以一份送達受話人，雙方附卷，以供查考。

目前，以電話處理公務是最迅速之方法，可減少公文往返發行，提高行政效率。惟使用電話處理公務，應著重紀錄及格式之完善，以及公務保密，始能發揮公務效力。若機密之公務，應按規定使用電話密語，否則不可以電話傳送，以防洩密。公務電話紀錄之作法如下：

(一)公務電話紀錄格式，依「文書處理手冊」可分為：「協調事項」、「發、受話人通話內容」、「發話人單位級職姓名」、「受話人單位級職姓名」、「通話時間」、「備註」等欄。

(二)公務電話紀錄，若故意捏造不實之通話內容，須負「偽造文書」之法律責任。

（全銜）公務電話紀錄

協調事項	請○○部同意將○年○月○日○字第○○號函之回復期限順延○○日。
發（受）話人通話內容	上述公文，因須多方會辦，無法依來文期限回復，須順延○○日業獲同意。
發話人 單位、職稱；姓名	第○科、科員、○○○
受話人 單位、職稱、姓名	第○組、科員、○○○
通話時間	00年00月00日00：00-00：05

（註1.各機關間凡公務上聯繫、洽詢、通知等可以簡單正確說明之事項，均可使用本紀錄。2.本紀錄應由發話人認為有必要時，複寫兩份，以1份送達受話人。3.本紀錄發話、受話雙方均應附卷存檔，以供參考。）

二、交辦（議）案件通知單

行政院　交辦（議）案件通知單

地址：000○○市○○路000號
聯絡方式：(承辦人、電話、傳真、e-mail)

000
○○市○○區○○路○段000號
受文者：○○○○○○

發文日期：中華民國00年00月00日
發文字號：○○字第0000000000號
速別：最速件
密等及解密條件或保密期限：
附件：原函影本暨附件各1份

主旨：有關○○部函陳「政府機關公文電子交換系統」營運可行性規
　　　劃書一案，奉交貴機關研提卓見，請於文到後○日內見復。

正本：○○○○○○、○○○委員會
副本：

○○○○○○　（條戳）

三、催辦案件通知單

檔　號：

保存年限：

行政院　催辦案件通知單

地址：000○○市○○路000號

聯絡方式：(承辦人、電話、傳真、e-mail)

000

○○市○○區○○路○段000號

受文者：○○○

發文日期：中華民國00年00月00日

發文字號：○○字第0000000000號

速別：最速件

密等及解密條件或保密期限：

附件：

主旨：有關○○○案，已於○年○月○日以○字第○號交議案件通知
　　　單奉交貴○辦理，請剋日見復，俾便轉陳。

正本：○○○

副本：

○○○　(條戳)

四、機密文書機密等級變換或註銷建議單

檔　號：
保存年限：

（全銜）機密文書機密等級變換或註銷建議單

地址：000○○市○○路000號
聯絡方式：（承辦人、電話、傳真、e-mail）

000
○○市○○區○○路○段000號
受文者：○○○
發文日期：中華民國00年00月00日
發文字號：○○字第0000000000號
速別：最速件
密等及解密條件或保密期限：機密（註銷後解密）
附件：

主旨：有關（來文機關）○年○月○日○○字第0000000000號（文
　　　別），建請惠予（變換或註銷）其機密等級。
說明：有關前述文號之（案由）一案，原為（原機密等級），因（建
　　　議再分類理由），建請惠予（建議再分類等級）。

正本：○○○、○○○、○○○
副本：○○○、○○○

（條戳）

五、機密文書機密等級變換或註銷通知單

檔　　號：
保存年限：

（全銜）機密文書機密等級變換或註銷通知單

地址：000○○市○○路000號
聯絡方式：（承辦人、電話、傳真、e-mail）

000
○○市○○區○○路○段000號
受文者：○○○
發文日期：中華民國00年00月00日
發文字號：○○字第0000000000號
速別：最速件
密等及解密條件或保密期限：機密（註銷後解密）
附件：

主旨：（原發文機關）○年○月○日○○字第○○○○○○號（文別），
　　　有關（案由）一案原為（原機密等級），請惠予（變換為新機密等
　　　級或註銷）。

正本：○○○、○○○、○○○
副本：○○○、○○○

（條戳）

第十節　公務書信（又稱箋函）

一、圖示

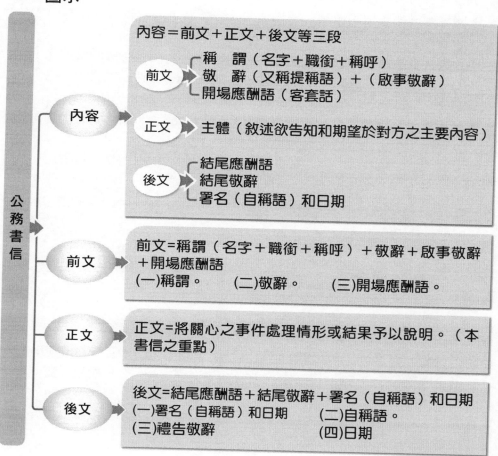

公務書信

內容
- 內容＝前文＋正文＋後文等三段
  - 前文
    - 稱　謂（名字＋職銜＋稱呼）
    - 敬　辭（又稱提稱語）＋（啟事敬辭）
    - 開場應酬語（客套話）
  - 正文 ▶ 主體（敘述欲告知和期望於對方之主要內容）
  - 後文
    - 結尾應酬語
    - 結尾敬辭
    - 署名（自稱語）和日期

前文
- 前文＝稱謂（名字＋職銜＋稱呼）＋敬辭＋啟事敬辭＋開場應酬語
  - (一)稱謂。　　(二)敬辭。　　(三)開場應酬語。

正文
- 正文＝將關心之事件處理情形或結果予以說明。（本書信之重點）

後文
- 後文＝結尾應酬語＋結尾敬辭＋署名（自稱語）和日期
  - (一)署名（自稱語）和日期　　(二)自稱語。
  - (三)禮告敬辭　　(四)日期

二、解說

(一)前文：撰擬箋函須依照書信格式，其結構包括稱謂「姓（單名者）或名字
　　＋職銜＋稱呼）＋敬辭＋開場應酬語」：

　1.稱謂：包括姓（單名者）或名字、公職務、私關係等，如○○部長吾
　　兄；○公院長吾師；○○先生；○○主任等。

2. 敬辭（又稱提稱語）：如英鑒、台鑒、雅鑒（以上對晚輩）、拜上惠鑒、勛鑒、大鑒（以上對平輩）、賜鑒（對輩分較高者）、鈞鑒（對長官）、勛席、道席、道鑒（對教育界）等。

3. 開場應酬語、啟事敬詞、或接信語（客套話）如敬啟者、敬稟者、茲有請者；「久未聆教，時在念中」等。

(二)**正文（或本文）**：為箋函之主體「將關心之事件處理情形或結果予以說明，即本書信之重點，亦即敘述欲告知和期望於對方之主要內容」。

(三)**後文**：其結構包括「結尾應酬語＋結尾敬辭＋署名和日期」：

1. 結尾應酬語：為箋文將要結束時，所說的應酬語。如「知關錦注，特先奉復」；「方命之處，尚請見諒」等。

2. 結尾敬辭、問候語：是結束箋文時，向受信人表示禮貌的語句。如：「耑此奉復，順頌勛綏」；「肅此，敬請鈞安」等。

3. 署名、自稱語，啟詞、日期：「弟○○敬啟」、「晚○○敬上」、○年○月○日。

三、範例

○○○字第○○○○○○○○○號

○○院長吾兄勛鑒：政猷丕著，時深佩忱，敬維
　　公私迪吉，勛定綏和為頌。敬啟者，○○年公務人員傑出貢獻獎得獎人及全國模範公務人員代表選拔，均依規定辦理完竣，請見總統人數合計○○○人。茲遵奉總統府通知，訂於本（○○）年○月○日（星期○）上午11時，在總統府大禮堂由總統接見○○年公務人員傑出貢獻獎得獎人及全國模範公務人員代表。敬請
屆時前往陪同晉見。耑此，並頌
勛綏

弟○○○　　　　　　敬啟
民國○○年○○月○○日

第十一節　電子信箱郵件格式體例

一、圖示

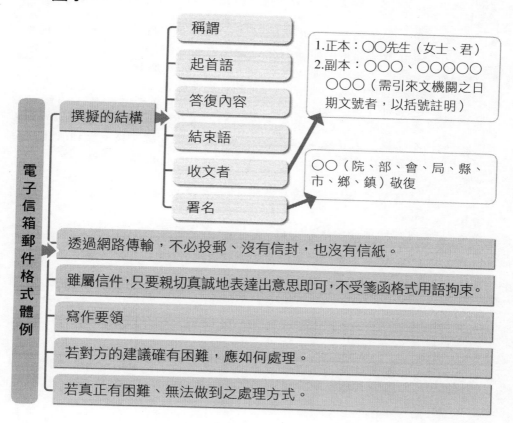

二、解說

稱謂語		「○○先生您好：」、「○○女士您好：」、「○○君您好：」 註：○○寫名，名為單字者寫姓。無法確定性別者，使用「君」。
答復內容	起首語	1.您於○年○月○日寄給本（院、部、會、局、縣、市、鄉、鎮）「首長信箱」的電子郵件，詢問有關「○○○」的疑義（問題、事情、一案、一事、一節……），為您說明如下： 2.您於○年○月○日寄給「總統府民意信箱」（「○○院信箱」、○○部（會、局……）「○○信箱」）的電子郵件，詢問有關「○○○○○○」的疑義（問題、事情、一事、一節……），已交（轉）本（院、部、會、局、縣、市、鄉、鎮）處理，為您說明如下：※註：上級機關用「交」、平行機關用「轉」。
	結構排列	1.不區分「主旨」、「說明」，直接以「一、二、……」條列敘述。 2.內容儘量分段條列，避免一大段文字敘述。
	規定引用	法條引用宜簡潔，不必要之條文避免引述。
	用字遣詞	語氣儘量口語化、親切化。例如：「之」改用「的」，「爰」改用「於是」，少用「茲」、「查」等公文用語。
處理結果	可以處理	可以明確回復，應肯定答復，避免模稜兩可。
	無法處理	1.確實不可應婉予回復，將問題癥結或困難所在告知對方，並期取得諒解。 2.如有其他解決途逕，儘量引導循求其他方法。 3.如非本機關權責，除特殊情形，應代轉介其他機關，不得回復請其逕洽其他機關。

處理結果	回復方式	寄件者如同時註明回復電子郵件地址及通訊地址，以電子郵件回復為原則。
	結束語	感謝您的來信，祝您萬事如意！ ※註：得視個案情形，使用其他結束語
收文者	正本	○○先生（女士、君）
	副本	依個案實際需要填列
署名		○○（院、部、會、局、縣、市、鄉、鎮）敬復

三、範例

親愛的○○○您好：

您於○○年○○月○○日給縣長的信，業交處理，非常感謝您建議本府相關單位舉辦「新住民演講比賽」，使新住民對新住居地熟悉與向心力，這是非常好的建議，已先請本府同仁就各鄉里調查鼓勵進行，並訂出具體的實施辦法，希望年內您的建議能獲得實施，屆時我們會邀請您來指導，再一次感謝您提供這樣的建議。

並祝您

健康快樂

○○縣政府○○處處長　○○○敬上

四、民意電子信箱

寄件者：○○部民意電子信箱 ○○○○○○○○○
日期：2017年2月10日下午1：50
主旨：○○部人民陳情案件結案及問卷調查通知
收件者：0000000000000000000
電子信箱：000000000000000000

主旨：有關特定行業別淡旺季加班補休或加班費問題陳情內容：您好
　　　旅館業、餐飲業、會計師事務所查帳員等相關從業人員（均為不
　　　定期勞動契約之連續性工作勞工身份）
　　　在本身工作中非常明確的有淡旺季分別，請問以下問題：
　　　旺季時的延長工時時數（不超過12小時／日），以及休息日的加
　　　班時數，資方需以符合法規不同倍率之計算方式，按月或約定時
　　　間給付。若員工本人要求累積時數，不願意以不同加班費倍率計
　　　算，希望於淡季時休假。
　　　請問淡季休假時薪資如何計算？（因當初累積的時數倍率不
　　　同）；又若淡季休假後，發現前述時數尚未使用完畢，餘下時數
　　　加班費倍率如何計算？以上問題若可行，經勞資會議同意即可，
　　　或需要簽定個人同意書？具備法律效用嗎？

　　○○○ 敬陳

回復情形

您好：
感謝您的來信，讓我們有機會為您服務，本案件已辦理完畢，特此通知！
請您務必點選「問卷調查」填寫問卷調查，以作為本部改進之參據。您可
利用[email帳號]及[案件密碼]上本網站查詢案件辦理結果。再次感謝您的
來信與配合，並祝平安、健康、快樂。

　　○○部民意電子信箱　敬啟

收文日期：1060202
收文文號：1060045567
姓名：○○○
承辦人員：○○司第二科-○○○-電話：○○○○○○○○

回復內容：
您好：106年2月1日的電子郵件已收到。
一、勞動基準法規定，雇主如徵得勞工同意，延長勞工之平日工作時間
　　或經徵得勞工同意使勞工於休息日出勤，應依該法第24條規定給付
　　延時工資（加班費）。前開延時工資之給付係強制性規定，其請求
　　權不得事先拋棄。
二、至若勞工於延時工作或休息日出勤後，如同意選擇補休而放棄領取
　　加班費，固為法所不禁，惟有關補休標準及期間等事宜（含因補休
　　期限屆滿或契約終止未休畢之時數應否折算及如何折算）應由勞雇
　　雙方自行協商決定。
三、爰勞工於延時工作或休息日出勤後如擬領取延時工資，不同意選擇
　　補休，雇主仍應依勞工之選擇辦理。另，雇主若片面規定勞工僅能
　　換取補休，仍不符前開法令規定。
四、如仍有勞工法令疑義，可逕洽當地縣市政府勞工或社會局（處）或
　　利用本部網站（http：//www.mol.gov.tw/）「勞動法令查詢系統」
　　查詢或電詢本部免付費服務專線0800-085151，較為迅捷。
○○部　敬復
回覆附件：無

○○部民意電子信箱 <○○○○○○○○> 於2017年2月23日上午9：15
寫道：
您好：感謝您的來信，讓我們有機會為您服務，本案件已辦理完畢，特
此通知！請您務必點選「問卷調查」填寫問卷調查，以作為本部改進之
參據。您可利用[email帳號]及[案件密碼]上本網站查詢案件辦理結果。
再次感謝您的來信與配合，並祝平安、健康、快樂。
○○部民意電子信箱　敬啟

收文日期：1060215
收文文號：1060000000
姓名：○○○
電子信箱：00000000000
主旨：特休假問題陳情內容：您好：
目前公司的特休假為員工到職半年後依勞基法給予員工，目前規定以一日（8小時）為單位事先提出申請核準。
請問如果員工有需求，以半天（4小時）或一小時為單位申請休特休假，是否符合勞基法法令？
承辦人員：勞動條件及就業平等司第三科-○○○-電話：02-8590xxxx

回復內容：
您好：106年2月15日的電子郵件已收到。
依勞動基準法施行細則第7條規定，工作開始及終止之時間、休息時間、休假等有關事項應於勞動契約中約定。又勞動基準法第38條規定之特別休假是以「日」為計算單位，事業單位得否以「半日」為給假單位、「半日」標準，法無明文，由勞資雙方協商議定之。

○○部　敬復
回復附件：無

第五章

特種文書

 第一節　新聞稿、澄清稿或聲明稿寫作

一、圖示

新聞稿、澄清稿
或聲明稿寫作

→

一、倒金字塔寫法。

二、段落結構＝導言（歸結）＋論述引據＋申述＋
結尾（呼籲，期望）。

三、新聞稿或澄清稿或聲明稿之假設。

二、解說

(一)倒金字塔寫法＝新聞稿或澄清稿或聲明稿是將引人入勝或最重要的事
　　實，寫在最前面，為「倒金字塔寫法」；亦即先將重點標出。
(二)段落結構＝導言（歸結）＋論述引據＋申述＋結尾（呼籲，期望）。
　1.導言（歸結）＝為全稿的重點或宣導主題。
　2.論述（引據＋申述）＝補充導言的細節，相當於一般公文的「說明」，
　　注意時間順序、因果關係。
　3.結尾（呼籲、期望）＝最後一段（或分為二段），一般呼籲民眾注意，
　　或期望其配合之事項。
(三)新聞稿或澄清稿或聲明稿之假設＝觀想自己是記者，並且以記者的立
　　場、看法來擬稿，故採第3人稱式來寫作。

三、範例

中央銀行新聞稿 97 年 6 月 26 日發布
<網址：http：//www.cbc.gov.tw>(97)新聞發布第123號

本(26)日本行記者會彭總裁的發言

　　某平面媒體6月23日的社論及6月26日的小方塊一再發問：「在對抗通膨的過程，中央銀行好像沒做什麼事？」

　　很遺憾，這位撰稿的朋友沒有注意到本行每天的操作。

　　本行業務局每天發行存單、收受轉存款，外匯局每天進行換匯操作，都是在控制貨幣數量。控制貨幣數量主要的目的就是在維持物價的穩定。此外，本行理事會並定期視情況的需要，作重大的決策，如重貼現率及存款準備率的調整。

　　由於公開市場操作(open market operations)每天都在進行(daily operations)，以致大家忘記它的存在以及它的重要性，以為本行沒有在做事。

　　維持物價的穩定是本行重要職責。在對抗通膨的過程中，本行不但不會缺席，更將竭盡所能，動用所有的政策工具，以維持物價的穩定。

備註：新聞聯繫單位：秘書處聯絡科　　　　　電話：2357○○○○

 ## 第二節　會議文書

一、圖示

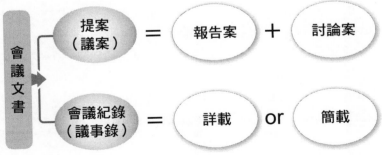

二、解說

(一)會議文書＝提案（議案）＋紀錄（議事錄）

(二)提案（議案）＝報告案＋討論案

報告事項＝案由「報請鑒察或鑒核或公鑒」＋說明＋擬處意見＋決定。

討論事項＝案由「提請討論或審議或公決」＋說明＋擬處意見＋決議。

案由＝公文之「主旨」段＝起首語＋本案＋期望語（報請鑒察或鑒核或公鑒）；或起首語＋本案＋期望語「提請討論或審議或公決」。

說明＝公文之「說明」段。

擬處意見＝公文之「辦法」。

(三)會議紀錄（議事錄）＝詳載或簡載。

　●詳載＝會中情況及發言全程一字不漏，忠實加以記載，議事（民意）機關使用。

　●簡載＝不記過程，只記結論；一般會議則只記結論，採用簡載。

三、範例

(一)提案（議案）：提案係開會前，由與會單位準備提出會議中報告或討論之議案。「報告案」，只是說明，不作討論；若職權涉及較廣泛，非單一單位或機關能處理或決定之事務時，應提法定會議中去討論，俾能集思廣益或作成決定的議案謂之「討論案」，討論案需要經過討論，必要時可以要表決方式為之。

提案之本文結構一如公文，亦採三段活用式，惟首段以「案由」取代「主旨」，其寫作之方法與公文相同。提案事宜不論是報告案或討論案均係未經會議確認或討論，因此事屬「擬案」，故報告案最後一欄為「決定」欄，討論案則為「決議」欄。

1.報告事項

> 報告事項　　　　　　　　　　　提案單位：○○處（室）
> 案由：關於○○○○○○○……一案，報請鑒察（鑒核、公鑒）。
> 說明：
> 　　一、○○○○○……
> 　　二、○○○……
> 　　　　(一)○○○……
> 　　　　(二)○○○……
> 　　三、○○○……
> 擬處意見（或擬辦）：○○○……
> 決定：

2.討論事項

> 討論事項　　　　　　　　　　　提案單位：○○處（室）
> 案由：○○○○○○○……一案，提請討論（審議、核議）。
> 說明：（述明事實、經過、趨勢分析及本案相關各單位對本案之意見）
> 辦法：
> 附件：
> 審查意見：
> 　　　　（較正式或重要會議，有時會有預備會議或審查會，本
> 　　　　欄係在正式討論前先交由其所設之專家〔幕僚〕審查小
> 　　　　組或權責單位詳加審查，提出具體建議，供作正式會議
> 　　　　採擇）。
> 決　議：

(二)會議紀錄（議事錄）：

　　通常紀錄有二種方式：一是詳載。換言之，將會中情況與發言全程一字不漏不改，忠實加以記載。二是簡載，即未記過程，只記結論。議事（民意）機關的會議紀錄需要詳載，俾以查考每一位代表發言內容以負政治責任，一般會議則只記結論。會議內容若有保密需要，則就機密部分分開記錄，而單獨管制。

○○○○○○第○○次會議紀錄

時間：

地點：

出席：　　　　　　　　　　　　　　　請假：

列席：　　　　　　　　　　　　　　　缺席：

主席：　　　　　　　　　　　　　　　紀錄：

一、報告事項

　　（一）宣讀上次會議紀錄。（追認、議事錄確定）

　　　　　決定：備查。

二、臨時報告

　　（一）…………………………

　　　　　決定：洽悉。

　　（二）…………………………

　　　　　決定：洽悉。

三、討論事項

　　（一）…………………………

　　　　　決議：通過。

　　（二）…………………………

　　　　　決議：擱置。

四、臨時討論事項

　　（一）…………………………

　　　　　決議：通過。

　　（二）…………………………

　　　　　決議：擱置。

五、其他事項

　　（首長提示或選舉事項等……）

第三節　委託書

一、圖示

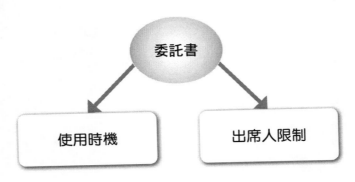

二、解說

(一)會議出席人因故不能出席會議,委託他人代表出席時所使用之文書,出席人與代表人關係如下:(參考,公文製作及習作,國家文官學院,修訂9版,105.11,P.321)

(二)出席人有發言、動議、提案、討論、表決及選舉等權利,若出席人不能親自出席而委託他人代表時,代表人依規定只有發言權,但是如各該會議另有規定者,從其規定。

(三)除非另有規定,否則代表人必須是同一團體之其他出席人。

(四)必須有書面委託。

三、範例

委 託 書

本人　　　　　　　因　　　　　　　　　　無法前往辦理
□遷入(住址變更)登記　　　□初、換領身分證
□戶籍謄本　　份　　　　　□印鑑證明　　份
□戶口名簿　　　　　　　　□其他：
特委託　　　　　　　　代為辦理。

委託人姓名：　　　　　　　（簽名蓋章）
戶籍地址：臺北市　　區　　里　　鄰　　　　街／路
　　　　　　　　段　　巷　　弄　　號　　　　樓之
國民身分證：
統一號碼：

受託人姓名：　　　　　　　（簽名蓋章）
戶籍地址：臺北市　　區　　里　　鄰　　　　街／路
　　　　　　　　段　　巷　　弄　　號　　　　樓之
國民身分證：
統一號碼：

中華民國　　　年　　　　月　　　　日

【備註】1. 為委任事務之處理，須為法律行為，而該法律行為，依法應以文字為之者，其處理權之授與，亦應以文字為之。其授與代理權者，代理權之授與亦同。（民531）
　　　　2. 本人或利害關係人得向戶政事務所申請閱覽戶籍登記資料或交付謄本；申請人不能親自申請時，得以書面委託他人為之。（戶65）
　　　　3. 依法律之規定，有使用文字之必要者，得不由本人自寫，但必須親自簽名。如有用印章代簽名者，其蓋章與簽名生同等之效力。（民3）
　　　　4. 申請印鑑登記、變更、註銷或證明，請參照印鑑登記辦法。
　　　　5. 在國外作成之文書，應經我駐外使領館、代表處、辦事處或其他外交部授權機構驗證。在大陸地區作成之文書，應經行政院設立或指定之機構或委託之民間團體驗證。（戶細13）

第四節　說帖或公開信

一、圖示

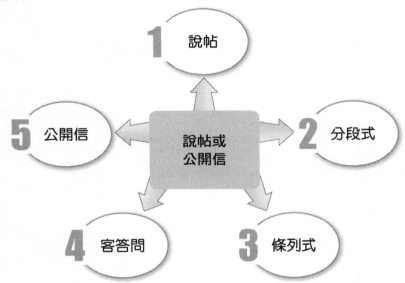

二、解說

(一)說帖＝分段式或條列式簡明敘述或答客問方式＋末段之建議事項。

(二)分段式＝前言＋主要內容（制定或修正）＋優先審議之理由。

(三)條列式＝【1.緣起＋2.現行法令規定、＋3.實務運作情形＋4.無法落實之原因＋5.限制比例之立意分析＋6.配套措施＋7.結語】。

(四)客答問＝條列式＋常見之問與答。

(五)公開信＝箋函格式＋說帖

三、範例

國立○○○大學97學年度學雜費調整說帖

親愛的同學們：

　　非常感謝您們關心本校97學年度學雜費調整案，學校為了讓同學充份瞭解調整學雜費是不得已之措施，特舉行公聽會向同學說明並做雙向之溝通。

　　本校為積極發展校務，維持一定的教學品質，全心投入海洋科技人才之培育，並加強設施增購，以完善研究與教學之整體環境。然近年來，物價不斷攀升，油價更是高漲，導致運輸和水電成本增加，民生物料亦隨之波動上漲，其幅度已逾本校所能負荷。

　　三年多來本校考量學子經濟負擔而未調漲學雜費，而教育部補助款又逐年遞減下，為了本校永續發展，除積極開源節流及增加自籌經費之外，學雜費之收入亦需適度調整，以資因應。

　　茲將學雜費調整之主要理由說明如下：

一、政府補助款佔總收入比率降低：本校收入之最大項目來自教育部補助款(約41~45%)，然近3年來教育部的補助款佔總收入之比率卻逐年遞減(由44.5%降至41%)，財務支出之短絀皆由自籌款支應(參閱圖一)。

二、學雜費收入約佔學校總收入之1/4：學雜費收入係學校之主要收入之一，惟近3年(94~96年度)之學雜費收入佔學校總收入之比率分別為24%、23%、22%，呈現逐年遞減之趨勢(參閱圖一)，故有調漲之必要。

三、平均每位學生之單位收入與單位成本差距甚大：本校近3年之平均每位學生之單位收入(教育部補助及學雜費收入)與單位成本支出差距超過16%，差距甚大(參閱圖二)。

圖一

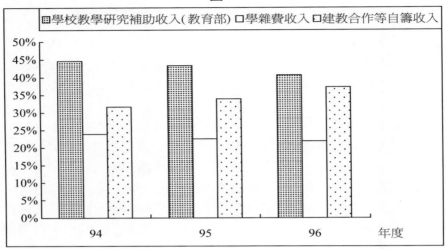

圖二

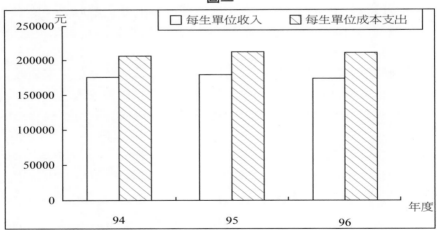

四、國立大學理工學院比較：本校學雜費之收費標準明顯偏低。

五、物價飛漲：依主計處資料91-97年度平均物價指數之總上漲率為
　　9.50%，然本校自94年度起至今學雜（分）費都未調漲。本年7月起
　　之電價預估上漲3成，本校將增加2100萬之支出，其它教學相關之支
　　出亦將隨之上漲。

結語

反應整體經濟情勢，本校擬調升學雜分費2.88%，所增加之收入約1200萬元，主要將用於基礎教學設備之更新，及維護教學e化之建構，以提升教學品質。本校雖獲得教育部5年500億頂尖大學計畫補助9000萬元，但多數用於水產生物頂尖中心計畫。為維持本校在教學研究及服務之卓越品質，因此不得不適度調漲學雜費。最後祝各位同學
學業進步　健康快樂。

教務處
97.06.1

 第五節　行政救濟文書

一、行政救濟文書

包括訴願（或復審）答辯書、決定書及教師再申訴評議書。

二、使用時機

(一)訴願（或復審）答辯書：依訴願法第58條第2項規定，原行政處分機關不依訴願人之請求撤銷或變更原處分者，其訴願案件應儘速附具答辦書並將必要之關係文件送於訴願管轄機關；另依公務人員保障法第44條第2項規定，原行政處分機關自收到復審案件復審書之次日起二十日內，不依復審人之請求撤銷或變更原處分者，應附具答辦書，並將必要之關係文件送於保訓會，故應先提出訴願（或復審）答辯書。

(二)訴願（或復審）決定書：訴願案件係依訴願法第77條、第79條或第80條之規定，訴願應以決定為之，製作訴願決定書；復審案件依公務人員保障法第61條、第63條或第65條之規定，復審應以決定為之，製作復審決定書。

三、訴願（或復審）決定書製作方式

　　訴願（復審）決定書之內容，應依訴願法第89條、公務人員保障法第71條規定載明有關事項。

四、訴願（復審）書及相關書表

(一)訴願格式及相關文件

　　1.訴願書

<table>
<tr><td colspan="6" align="center">訴願書</td></tr>
<tr><td>稱謂</td><td>姓名或名稱</td><td>出生年月日</td><td>身分證統一編號</td><td>住居所或營業所</td><td>聯絡電話</td></tr>
<tr><td>訴願人</td><td></td><td></td><td></td><td></td><td></td></tr>
<tr><td>代表人</td><td></td><td></td><td></td><td></td><td></td></tr>
<tr><td>代理人</td><td></td><td></td><td></td><td></td><td>(附委任書)</td></tr>
<tr><td>原行政處分機關(或應為行政處分之機關)</td><td colspan="5">(附原行政處分書影本)</td></tr>
<tr><td>行政處分書發文日期及文號</td><td></td><td colspan="2">收受或知悉行政處分之年月日</td><td></td><td></td></tr>
<tr><td colspan="6">訴願請求：</td></tr>
<tr><td colspan="6"></td></tr>
<tr><td colspan="6">事實：</td></tr>
<tr><td colspan="6"></td></tr>
<tr><td colspan="6">理由：</td></tr>
<tr><td colspan="6"></td></tr>
<tr><td colspan="6">

　　　　　　　　此　致
　（原處分機關）
　　　　　　　　　轉
　　○○○（原處分之上級機關）
　　　　　　　　　　　訴願人：　　　　　　　　（簽名蓋章）
　　　　　　　　　　　代表人：　　　　　　　　（簽名蓋章）
　　　　　　　　　　　代理人：　　　　　　　　（簽名蓋章）

　中　華　民　國　　　　　年　　　　　月　　　　　日
　附件：
　一、
　二、
</td></tr>
</table>

2.代理委任書

代理委任書

訴願人　　　　　　　因　　　　　　　　　　　　事件不服（原

處分機關日期文號：　　　　　　　　　　　　　　）處分，提起訴

願一案，茲委任

為代理人，就本事件有為一切訴願行為之權，　並有　撤回訴願之特別權

限，爰依訴願法第34條規定提出委任書。　　　　但無

　　　此　致
○　　○　　○

委任人：　　　　　　　　　　　　　（簽章）
身分證編號：
地址：

受任人：　　　　　　　　　　　　　（簽章）
身分證編號：
地址：

中　華　民　國　　　　　年　　　　　月　　　　　日

3.陳述意見申請書

陳述意見申請書

訴願人因　　　　　　　　　事件，不服

（原處分機關日期文號：　　　　　　　　　　　　　　　　　）

處分，提起訴願一案（訴願案號：　　　　　　），爰依訴願法第63條

第3項規定，申請到場陳述意見。

　　　此　致
○　　○　　○

訴願人：　　　　　　　　　　　　（簽章）
身分證編號：
地　址：
中　華　民　國　　　　　年　　　　　月　　　　　日

4.代表人選任書

訴願代表人選任書

稱謂	姓名	出生年月日	身分證統一編號	住所或居所	簽章
訴願人					
訴願代表人					
訴願代表人					
訴願代表人					

訴願人等因　　　　　　　　　　　　　　事件不服（原處分機關日期文號：
　　　　　　　）處分，共同提起訴願一案，謹依訴願法第22條選定
訴願代表人，有代表全體訴願人為訴願行為之權。
此　致
○　○　○

中　華　民　國　　　年　　　月　　　日

註：倘訴願人人數眾多致本表格不敷填載，請使用附表，並可視需求自由增減頁數。

5.撤回申請書

撤回訴願申請書

訴願人因　　　　　　　　　　　　事件，不服　　　　　　　　　　（原處
分機關日期文號：　　　　　　　　　　　　　　　　）　　處分，提起
訴願一案（訴願案號：　　　　　　　　），訴願人願意撤回本件訴願案。

　　　此　致
○　　○　　○

訴願人：　　　　　　　　　　　（簽章）
身分證編號：
地　址：

中 華 民 國　　　　　　年　　　　　　月　　　　　　日

備註：依訴願法第60條規定：「訴願提起後，於決定書送達前，訴願人得撤
　　　回之。訴願經撤回後，不得復提起同一之訴願。」

6.閱覽影印卷宗申請書

閱覽影印卷宗申請書

訴願人因　　　　　　　　　　　　事件，不服　　　　　　　　　　（原處
分機關日期文號：　　　　　　　　　　　　　　　）　　處分，提起訴
願一案（訴願案號：　　　　　　），爰依訴願法第75條第2項規定，申請閱
覽、抄錄或影印證據資料。

　　　此　致
○　　○　　○

訴願人：　　　　　　　　　　　（簽章）
身分證編號：
地　址：

中 華 民 國　　　　　　年　　　　　　月　　　　　　日

(二)復審書格式

復　審　書

復審人	姓名	出生年月日　　年　　月　　日	服務機關
		身分證統一編號	
		性別	電話：
	職稱官職等		住居所郵遞區號及聯絡電話
代表人（應附具選定代表人文書證明）			住居所及電話
代理人（應附具委任書）		姓名	出生年月日　　年　　月　　日
			身分證統一編號
			性別	職業
	事務所（住居所）及電話		
行政處分機關（或應為行政處分之機關）（請填全銜）			
行政處分書發文日期及文號		復審人收受或知悉行政處分之年月日	
行政處分要旨			

復審請求事項及其事實、理由
一、請求事項

二、事實

三、理由

證據：

附件：
　　一、原行政處分書影本（例如：退休核定函、銓敘審定函、派令、免職令、停職令等）。
　　二、代理人委任書正本(未委任代理人者免附)。
　　三、代表人選定證明書正本(未選定代表人者免附)。

本復審書1式2份，此致
（原行政處分機關全銜）
轉
公務人員保障暨培訓委員會

復審人：　　　　　　（簽章）
代表人：　　　　　　（簽章）
代理人：　　　　　　（簽章）

中華民國　年　月　日

五、訴願（或復審）決定書之格式

(一)一般管轄

○○院訴願決定書　　　　　○○字第0000000000號
訴願人：○○○
住址：：○○○○○○○○○○○○○
代表人：○○○
出生：○年○月○日
住址：○○○○○○○○○○○○
國民身分證統一編號：○○○○○○○○○
訴願代理人：○○○
出生：○年○月○日
住址：○○○○○○○○○○○○
國民身分證統一編號：○○○○○○○○○○○○

　　訴願人因○○○○○事件，不服○○字第000000000號處分，提起訴願，本院決定如下：

主　文
訴願駁回。

事　實
緣訴願人原任○○○○，…，訴願人不服，爰於○年○月○日提起訴願。

理　由
一、引述訴願人法律爭執之法律關係與依據－准駁之依據；函釋則依重要性
　　順序敘述。
二、訴願人系爭之法律事實，涵攝上述之法令依據。
三、訴願人所舉個案部分，併予敘明。
四、結論。
據上論結，本件訴願為無理由，爰依訴願法第79條第1項決定如主文。

訴願審議委員會主任委員　○　○　○
　　　　　　　　　委員　○　○　○
　　　　　　　　　委員　○　○　○
　　　　　　　　　委員　○　○　○
　　　　　　　　　委員　○　○　○
　　　　　　　　　委員　○　○　○
　　　　　　　　　委員　○　○　○

中華民國○年○月○日
院　長　○　○　○（簽字章）
　　如不服本決定，得於決定書送達之次日起2個月內向○○高等行政法院提起行政訴訟。

(二)專屬管轄（公務人員保障法）

○○○○○○○○○會復審決定書　　　○○公審決字第0000000000號
復審人：○○○
出生：○年○月○日
住址：○○○○○○○○○○○○○
國民身分證統一編號：○○○○○○○○○○
　　上復審人因○○○○○事件，不服○○字第000000000號處分，提起復審，本會決定如下：

主　文
復審駁回。
事　實
一、復審人原任〇〇〇〇，……，復審人不服，爰於〇年〇月〇日提起復審。
二、復審意旨略謂：
　　(一)……。
　　(二)……。
三、答辯意旨略謂：
　　(一)……。
　　(二)……。
理　由
　一、……。
　二、……。
　　　據上論結，本件復審為無理由，爰依公務人員保障法第63條第1項規定決定如主文。

〇〇〇〇〇〇〇 會主任委員　〇　〇　〇
　　　　　　　　副主任委員　〇　〇　〇
　　　　　　　　副主任委員　〇　〇　〇
　　　　　　　　委　　　員　〇　〇　〇
　　　　　　　　委　　　員　〇　〇　〇
　　　　　　　　委　　　員　〇　〇　〇
　　　　　　　　委　　　員　〇　〇　〇
　　　　　　　　委　　　員　〇　〇　〇
　　　　　　　　委　　　員　〇　〇　〇
　　　　　　　　委　　　員　〇　〇　〇
　　　　　　　　委　　　員　〇　〇　〇
　　　　　　　　委　　　員　〇　〇　〇

中華民國〇年〇月〇日
主任委員　　〇　〇　〇（簽字章）
依公務人員保障法第72條第1項規定，如不服本決定，得於本決定書送達之次日起2個月內向〇〇高等行政法院（〇〇市〇〇區〇〇路〇段〇號）提起行政訴訟。
經本會所為之復審決定確定後，有拘束各關係機關之效力。

第六節　法制作業

一、研擬法制作業注意規定

在研擬法案，各機關除應遵照「行政機關法制作業應注意事項」之規定辦理外，應切實注意下列各款規定：

(一)決定政策目標後，再確立可行作法，對於體系架構、應規定事項、授權法規命令內容與配套法案等應有具體構想。

(二)並同時檢討現行法律，配合研擬必要之修正或廢止，以消除法律間之分歧牴觸、重複矛盾。

(三)法案執行所需之員額及經費，須合理之預估；若地方自治團體員額或經費增加負擔者，由地方自治團體協商。

(四)法案衝擊影響層面及其範圍，法案對成本、效益及對人權之影響層面、範圍較大時，應有完整之評估。

(五)若涉及稅式支出者，應依「稅式支出評估作業應注意事項」之規定辦理。

(六)授權訂定法規命令，且內容應具體明確，避免授權法規命令過多、內容空洞，並應同時預擬其主要內容及訂定之程序；若違反法規命令者有加以處罰必要時，應配合法案中研擬罰則。

二、研擬法規草案需注意之重點

(一)法規草案總說明、逐條說明或條文對照表說明欄部分：

　1.在敘述民國年代時，毋庸寫「中華民國」、「民國」二字，如「○○法自六十五年公布施行後，……。」

　2.機關名稱之敘述，均以「行政院」、「立法院」、「司法院」、「經濟部」……等方式為之，不寫為「本院」、「貴院」、「本部」。

　3.在敘述立法沿革時，如該法制定、修正均係「自公布日施行」者，則寫為：「○○法自○年○月○日公布施行後，曾於○年○月○日及○年○月○日二次修正施行。茲配合………」如該法係自特定日施行者，則寫為：「○○法自○年○月○日公布，○年○月○日施行後，曾於○年○月○日修正公布，○年○月○日施行；………」

　4.在總說明中，新訂案之要點或修正案之修正要點，應臚列重點為原則，不必逐條列點，修正案應顯示出「修正」重點；點首句避免使用「明定………」之「明定」二字，逐條說明或條文對照表亦同，如：

「………，爰擬具「○○法」草案，計五十一條，其要點如次：

一、本法之立法目的、各層級之主管機關及名詞解釋。（草案第一條至第三條）

二、………

三、………

(二)法規草案條文部分：

1. 辦理法規修正案，其條文對照表之現行條文欄，應照最近一次修正條文，仔細核對，以避免誤漏而影響修正條文。

2. 規費相關規定，應依規費法第10條等規定辦理。

3. 授權法規，於第1條明列法律授權依據後，毋庸再明定該法規與其他法規之適用順序，其母法已定有主管機關者，亦毋庸於法規中明列主管機關為何。

4. 授權之子法規內容應儘量援引母法條文，特是施行細則，並按母法條次順序，排列該子法之各條條次。

5. 法規條文與其他法律、命令有關者，應先查明他法律、命令之相關規定，如該法律、命令為其他機關主管者，應先洽商各該機關之意見。

6. 法規修正時，如僅部分條文修正，應注意該法規末條究係明定該法規自公（發）布日施行或自特定日施行；如要改變原施行方式，應修正末條。全案修正時，如有改變該法規施行方式之必要，視同新訂案之方式修正末條。

7. 法規末條如授權機關以令訂定施行日期者，則該法規每次修正，均應注意是否已再以令訂定施行日期。

8. 法規僅修正部分條文時，應全面檢查其他未修正之條文有無亦應配合修正者。

9. 法規定有施行期限時，如欲延長適用期間，應恪遵中央法規標準法第24條規定，提早作業，以免期滿當然廢止，而必須重新訂定發布。

10. 法規之廢止，依中央法規標準法第22條第3項規定，係自第3日生效，故不得特定廢止之生效日期。

11. 數法律合併修正為一法律時，依立法院之慣例，仍以新制定法律之方式辦理，原數法律即採廢止方式為之。

12. 法規之制（訂）定或修正影響政府預算或財政收支時，應依財政收支劃分法第38條之1及行政院訂頒稅式支出評估作業應注意事項辦理。

13.法律案罰則之規定，應按下列原則：

(1) 以專條或專章規範為原則。

(2) 僅處罰故意時，應明定「故意」或類似表彰具有故意始予處罰之文字。

(3) 首先規定罰責較重者，再規定罰責較輕者。

(4) 首先規定刑罰，再規定行政罰。

(5) 依違反條次之先、後，排列罰責規定。

(6) 行政罰時，不論是名稱或用詞，應儘量與行政罰法所定用語或用詞一致。

(7) 關於罰鍰方面：

　　A.罰鍰上、下限應有固定倍數。

　　B.刑度及額度應與其他相關法律衡平及配合。

　　C.應審酌違反行政法上義務行為應受責難程度、所生影響及因違反行政法上義務所得之利益，並得考量受處罰者之資力。

　　D.違反行政法上義務之可非難程度較低者，應儘量考慮訂定最高額新臺幣3000元以下之罰鍰，俾使行為人於違犯情節輕微時，得由行政機關審酌具體情形，不予處罰，並改以糾正或勸導措施，導正人民行為。

(8) 擬例外沒入非受處罰者所有物之必要時，除行政罰法第22條所定得予沒入之情形者外，應予明文規定。

(9) 就違反同一行政法上義務之行為，避免於不同法律或自治條例重複為相同或不同之處罰規定。如確有另一法律或自治條例作宣示規定之必要，得於條文中規定，違反行政法上義務者，「依○○法第○條規定處罰」，惟應注意二者之構成要件是否具有一致性或涵蓋性。

(10) 各機關如認為刑罰過重、失衡或有其他不合時宜情事時，應適時檢討有無將此刑罰除罪化，僅處以行政罰之可能性。

14.法規條文中有提及年代時，應加註「中華民國」，其條文內容表達法規發布或施行日期時，應按下列原則：

(1) 自「公布日施行」者：定明為「本法中華民國○年○月○日公布施行前，……」或「本法中華民國○年○月○日修正施行前，……」時，上開日期係均指總統「制定公布」或「修正公布」當日，不算至第3日之生效日；但如明確定為「本法中華民國○年○月○日公布生效前，……」或「本法中華民國○年○月○日修正生效前，……」，則上開日期應係指算至第3日之生效日。

(2) 自特定日施行者：均定明「本法中華民國○年○月○日公布，○年○月○日施行前，……」或「本法中華民國○年○月○日修正公布，○年○月○日施行前，……」（上開施行日即指生效日）。

三、法律案之法制作業流程

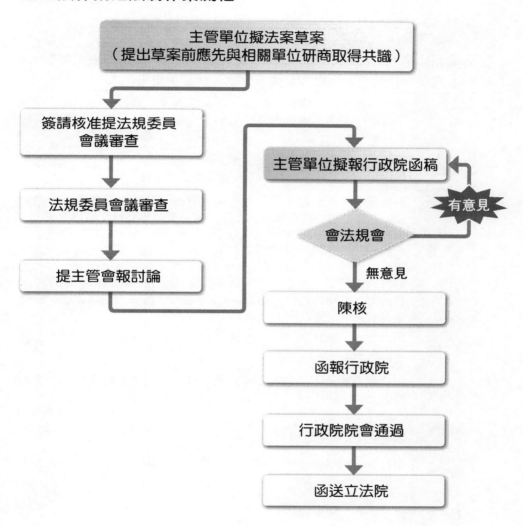

第六章

印信與章戳

第一節　公文書所用之印信與章戳

一、各機關印信、公文電子交換所需章戳及其餘因處理文書所需要章戳，得依照規定自行刻製，分交各有關單位或人員妥善使用之：

印信	包括國璽、印、關防、職章、圖記等五種。國璽、印、職章均為正方形；關防、圖記均為長方形。印信全文是將機關全銜印信種類連寫，如「○○部印」，印信蓋用於正式機關之公文。
職章	正方形，全文是機關首長職全銜，如「○○部部長」。職章蓋用於呈文、簽、各種證券、報表及其他公務文件。
條戳	由左至右，刻機關（單位）全銜。於書函、開會通知單、會勘通知單、移文單、建議單、通知單、催辦單等對外行文時用之。
簽字章	首長、副首長及幕僚長等之簽名，由左至右刻製，對外行文時用之。
鋼印	鋼製圓形，由左至右，刻鑄機關全銜（並得刻鑄機關全銜之英文名稱），其圓周直徑以不超過5公分為限，於職員證、證書、證券等證明文件上用之。
校對章	由左至右，刻機關全銜或簡稱，並加「校對章」字樣，於文書改正時用之。
騎縫章	款式與校對章同，並加騎縫標示字樣，於公文、附件或契約等黏連處用之。
附件章	款式與校對章同，並加「附件章」字樣，於公文之附件上蓋用之。
收件章	由左至右刻機關全銜，並加「收件章」字樣，並附日期及時間，於收受文件時用之。
職名章	由左至右，刻製職稱、姓名。
電子文件章	由左至右，於收發電子文件時蓋用之。

校對監印人名章	由左至右，校對戳刻「校對○○○」，校對人於校對時用之。監印戳刻「監印○○○」，監印人於用印時用之。
決行戳	由左至右於批示或發行代為決行公文副署時用之。

二、機關印信章戳，除印信應由首長指定監印人員負責保管外，章戳亦應指定專人負責保管，如有遺失或冒用情事，應由保管人員負完全責任。

三、機關公文電子交換作業使用之智慧卡正卡及讀卡機應指定專人負責保管使用，智慧卡副卡則由單位主管另指定專人保管。

第二節　蓋印及簽署

一、蓋印是使公文書發生效力，故任何文件非經首長或依分層負責規定授權各層主管判發者，不得蓋用印信。

二、監印如發現原稿未經判行或有其他錯誤，退送補判或更正後再蓋印。

三、監印於待發文件檢點無誤後，依規定蓋印：

(一)發布令、公告、派令、任免令、獎懲令、聘書、訴願決定書、授權狀、獎狀、褒揚令、證明書、執照、契約書、證券、匾額及其他依法規定應蓋用印信之文件，均蓋用機關印信及首長職銜簽字章。

(二)呈：用機關首長全銜、姓名、蓋職章。

(三)函：上行文署機關首長職銜、姓名，蓋職章。平行文蓋職銜簽字章或職章。下行文蓋職銜簽字章。

(四)書函、開會通知單、移文單及一般事務性之通知、聯繫、洽辦，蓋用機關或承辦單位條戳。

(五)會銜公文如係發布命令應蓋機關印信，其餘蓋機關首長職銜簽字章。

(六)內部單位主管依分層負責之授權，逕行處理事項，對外行文時，由單位主管署名，蓋單位主管職章或蓋條戳。

(七)首長出缺由代理人代理首長職務時，其公文應由首長署名者，由代理人署名。首長因故不能視事，由代理人代行首長職務時，其公文除署首長姓名註明不能視事事由外，應由代行人副署職銜、姓名於後，並加註「代行」二字。

四、公文蓋印之位置，在首頁右側偏上方空白處用印，簽署使用之章戳則於全文最後。

五、公文及原稿用紙在2頁以上者，其騎縫處均應蓋騎縫章或職名章。

六、附件不蓋印，但有規定須蓋印者，依其規定。

七、副本之蓋印與正本同，抄本（件）及譯本不必蓋印，但應分別標示「抄本（件）」或「譯本」。

八、文件經蓋印後，由監印在原稿加蓋監印人員章，送由發文單位辦理發文手續。

九、不辦文稿之文件，如需蓋用印信時，應先由申請人填具「蓋用印信申請表」，其格式自訂，陳奉核定後，始予蓋印。

十、監印人員應備置印信蓋用登記表，對已核定需蓋印之文件，應予登錄並載明（發）文字號，申請表應妥為保存。登記表及蓋用印信申請表，於新舊任交接時，應與印信專案移交。

十一、監印對行文單位兼有電子交換及非電子交換之文稿，應核對其清單無誤後，方得於非電子交換公文蓋印，並循發文程序作業。

第七章

公文瑕疵案例解析

 第一節　案例解析

一、令

案例一

臺南市政府　令

發文日期：中華民國○年○月○日
發文字號：南市財產字第○○○○○○○○○號

主旨：檢送本府制定「臺南市市有閒置或低度利用土地處理原則」壹
　　　份，並自即日起函頒實施。請查照。
說明：「臺南市市有閒置或低度利用土地處理原則」，請逕至市府員工
　　　網公文附件區下載。

正本：臺南市議會、本府各局室、本府各課、臺南市政府所屬各機關及各學校
副本：本府法制室、本府祕書室文書課（請刊登政府公報）、本府財政局

市長　○○○

案例說明：

1. 本則如屬解釋性規定或裁量基準以「令」為文別是正確的，則採不分段方
   式，如為第一類行政規則時，「臺南市政府令」改為「臺南市政府函」。
2. 非屬上述之規定，則應改為「台南市政府函」，並將主旨之「本府制定」
   予以刪除。
3. 壹份改為一份。

案例二

臺北市政府　令

發文日期：中華民國○年○月○日
發文字號：府法三字第○○○○○○○○○號

主旨：有關「臺北市營造業勞工安全衛生教育執行要點」（如附件），
　　　自96年1月5日起實施，請查照。

正本：臺北市政府各機關學校
副本：臺北市議會、臺北市政府法規委員會、臺北市政府勞工局○法制秘書
　　　○○、臺北市政府勞工局第二科、臺北市政府勞工局勞動檢查處（以上
　　　均含附件）

市長　○○○
勞工局局長　○○○決行

案例說明：

1. 本則規格如非解釋性規定或裁量基準，則改為「台北市政府函」，生效日
期用中文。

2. 本則如欲以「令」辦理，則該要點應屬解釋性規定或裁量基準。則主旨、
正本、副本應刪除，並將之改為訂定（中文數字，並自○年○月○日生
效）。

案例三

> # 臺北市政府　令
>
> 發文日期：中華民國○年○月○日
> 發文字號：府工新字第○○○○○○○○○號
>
> 訂定臺北市道路挖掘之施工維護管理要點，並自即日起生效。
> 附臺北市道路挖掘之施工維護管理要點條文。
>
> ## 市長　○○○

案例說明：

本則如非屬解釋性規定或裁量基準，則以「函」辦理，若是則以「令」辦理，該要點要加引號，附有條文應另列縮1格書寫。

案例四

> # 行政院客家委員會　令
>
> 受文者：行政院公報編印中心
> 發文日期：中華民國○年○月○日
> 發文字號：客會文字第○○○○○○○○○號
> 速別：普通件
> 密等及解密條件或保密期限：
> 附件：「行政院客家委員會客家語言能力認證作業要點」
>
> 訂定「行政院客家委員會客家語言能力認證作業要點」，並自即日生效。
> 　附「行政院客家委員會客家語言能力認證作業要點」一份。
>
> 正本：行政院公報編印中心
> 副本：本會企劃處、文教處（均含附件）
>
> ## 主任委員　○○○

案例說明：

本則如屬解釋性規定或裁量基準，以「令」為之係屬正確，但速別、密等、附件等欄位文字應予刪除，如有附件應另起1列縮1格書寫，否則以函為之。

案例五

嘉義縣政府　令

發文日期：中華民國○年○月○日
發文字號：府行法字第○○○○○○○○○○號

修正「嘉義縣縣統籌分配稅款分配辦法」第6條條文。
　附「嘉義縣縣統籌分配稅款分配辦法」第6條條文。

縣長　○○○

案例說明：
本則修正「自治規則」，因屬法制作業，故「第6條」應更正為「第六條」。

案例六

臺中市政府

臺中市政府　令

發文日期：中華民國○年○月○日
發文字號：府法規字第○○○○○○○○○○號

制定「臺中市招牌廣告及樹立廣告許可證規費收費標準」。
　附「臺中市招牌廣告及樹立廣告許可證規費收費標準」。

市長　○○○

案例說明：
本則「制定」應改為「訂定」，因屬自治規則用訂定，而非「自治條例」用
制定。

案例七

教育部　令

發文日期：中華民國○年○月○日
發文字號：台人（三）字第○○○○○○○○○號

訂定「國立學校社會教育及學術研究機構教育人員退撫給與發放作業要點」，並自即日生效。

　　附「國立學校社會教育及學術研究機構教育人員退撫給與發放作業要點」。

部長　○○○

案例說明：

本則如屬裁量基準，則作法正確。

案例八

臺中市政府　令

發文日期：中華民國○年○月○日
發文字號：府法規字第○○○○○○○○○號

修正「臺中市招牌廣告及樹立廣告設置辦法」，並自○年○月○日生效（中文數字）。

　　附修正「臺中市招牌廣告及樹立廣告設置辦法」一份。

市長　○○○

案例說明：

「後」予以刪除；「一份」因屬法制作業，故表達方式正確。

案例九

臺南市政府　令

發文日期：中華民國〇年〇月〇日
發文字號：南市勞動字第〇〇〇〇〇〇〇〇〇號

訂定「臺南市政府處理勞工退休金條例事件裁罰基準」，並自96年3月1日起實施。

　　附「臺南市政府處理勞工退休金條例事件裁罰基準」。

正本：台南市總公會、台南市工業會、台南市工業區廠商協進會、經濟部工業局安平工業區服務中心、經濟部工業局台南科技工業區服務中心、台南市商業會
副本：本府秘書室文書課（請刊登政府公報）、本府公告欄、法制室法制行政課（均含附件）、本府勞工區勞動條件課（免附件）

市　長　〇〇〇

案例說明：

本則作法正確，不宜有正副本欄位，生效日期用中文數字。

案例十

花蓮縣政府　令

發文日期：中華民國〇年〇月〇日
發文字號：府城建字第〇〇〇〇〇〇〇〇〇號

主旨：檢送修正「花蓮縣山坡地雜項執照審查小組設置要點」，請查照！
說明：附修正後要點全文乙份。

正本：本縣各鄉鎮公所、本府所屬1、2級機關
副本：本府主任秘書室、本府各局室、本府城鄉發展局（建築管理課）

縣　長　〇〇〇

案例說明：

本則之規格為「函」，另主旨之期望語不宜加「驚嘆號」應改為「。」「乙份」改為「1份」，後字刪除。

案例十一

	檔　號：
	保存年限：

行政院農業委員會　令

發文日期：中華民國○年○月○日
發文字號：農防字第○○○○○○○○○○號
附件：

一、自九十六年四月一日起臺灣本島及金門馬祖地區除種豬外之豬隻階段性停止注射口蹄疫疫苗。

二、依據：清除豬瘟暨口蹄疫所需疫苗之種類及其管理辦法第十四條第一項。

三、實施方法：

　　(一) 第一階段：位於豬場中央一個欄位之豬隻停止注射口蹄疫疫苗，執行期間為九十六年四月至九十六年七月。

　　(二) 第二階段：全場每棟位於棟舍中央一個欄位之豬隻停止注射口蹄疫疫苗，執行期間為九十六年八月至九十六年十一月。

　　(三) 第三階段：全場每棟三分之一之豬隻停止注射口蹄疫疫苗，執行期間為九十六年十二月至九十七年三月。

　　(四) 第四階段：全場每棟二分之一之豬隻停止注射口蹄疫疫苗，執行期間為九十七年四月至九十七年七月。

　　(五) 第五階段：九十七年八月起全場豬隻停止注射口蹄疫疫苗。

主任委員　　○○○

案例說明：

本則如改用「公告」則更佳，其主旨改為：公告台灣本島及金門馬祖地區自96年4月1日起，除……苗；依據改為：……辦法第14條第1項；公告事項改為：一、第一階段……二、第二階段………………；中文日期改為阿拉伯數字。

案例十二

臺南市政府　令

發文日期：中華民國○年○月○日
發文字號：南市社助字第○○○○○○○○○○號

修正「臺南市身心障礙者托育及養護費用補助審核作業規定」部分條文並自○年○月○日起實施。
　附修正「臺南市身心障礙者托育及養護費用補助審核作業規定」部分條文。

正本：本府祕書室（請刊登政府公報）、本府法制室、臺南市政府所屬各區公所（請張貼公告）
副本：本府社會局社會救助課

市長　○○○

案例說明：

1. 本則如屬解釋性規定或裁量基準，則作法正確，不應有正副本欄位，生效日期應為中文數字。
2. 如非屬上述則改以「函」辦理。主旨：修正「臺南市身心障礙者托育及養護費用補助審核作業規定」部分條文並自○年○月○日生效（中文數字）請查照。說明：附修正「臺南市身心障礙者托育及養護費用補助審核作業規定」部分條文1份。

案例十三

行政院農業委員會 令

發文日期：中華民國○年○月○日
發文字號：農金字第○○○○○○○○○號

修正「農業天然災害低利貸款項目及額度」，並溯自中華民國104年5月
8日生效。
　　附「農業天然災害低利貸款項目及額度」。

主任委員　　○○○

案例說明：
本則涉及「額度」內容屬裁量基準，故以「令」辦理，屬正確作法，生效日
期應為中文數字。

案例十四

高雄市政府 令

發文日期：中華民國○年○月○日
發文字號：高市府兵一字第○○○○○○○○○號

主旨：修正「高雄市軍人公墓管理作業辦法」。
　　附「高雄市軍人公墓管理作業辦法」條文。

代理市長　　○○○

案例說明：
令不分段故「主旨：」應予刪除。

案例十五

行政院農業委員會　令

中華民國○年○月○日
農金字第○○○○○○○○○號

修正「農業天然災害低利貸款項目及額度」,並自即日生效。
　附修正「農業天然災害低利貸款項目及額度」。

主任委員　　○○○

案例說明:
本則規定貸款額度為裁量基準,故作法正確。

案例十六

財政部關稅總局　令

中華民國○年○月○日
台總局徵字第○○○○○○○○○號

訂定「復運出口案件查詢及核銷進口報單無紙化作業注意事項」,並自
中華民國一百零五年六月一日生效。
　附「復運出口案件查詢及核銷進口報單無紙化作業注意事項」。

總局長　　○○○

案例說明:
本則如屬解釋性規定或裁量基準,則作法正確。

二、函

案例一

檔　　號：
保存年限：

高雄市政府地政處　函

機關地址：高雄市苓雅區四維3路2號7樓
聯絡人：第一科　○○○
聯絡電話：3373475
機關傳真：3313892
電子信箱：

000
○○市○○區○○路○段000號
受文者：○○○
發文日期：中華民國○年○月○日
發文字號：高市地政一字第○○○○○○○○○○號
速別：最速件
密等及解密條件或保密期限：
附件：

主旨：牙國允許國人在該國購置房地產，基於土地法第18條平等互惠之規定，牙買加人得在我國取得或設定土地權利，轉請查照。

說明：依內政部○年○月○日台內地字第○○○○○○○○○○號函辦理，並檢附上開函及附件影本1份。

正本：高雄市政府地政處鹽埕地政事務所、高雄市政府地政處新興地政事務所、高雄市政府地政前鎮地政事務所、高雄市政府地政處楠梓地政事務所、高雄市政府地政處三民地政事務所

副本：本處第一科（存參）

處長　○○○

本案依分層負責規定授權業務主管判發

案例說明：

本則係轉知之性質，故說明之「奉交下」應改為「依」。

案例二

檔　　號：
保存年限：

臺中市政府　函

地址：000○○市○○路000號
聯絡方式：(承辦人、電話、傳真、e-mail)

000
○○市○○區○○路○段000號
受文者：○○○
發文日期：中華民國○年○月○日
發文字號：府教學字第○○○○○○○○○○號
速別：普通件
密等及解密條件或保密期限：
附件：

主旨：「臺中市公私立國民中小學試辦學生分發入學彈性處理要點」試
　　　辦期滿，自即日起停止適用，請查照。

正本：臺中市各市立高級中學等
副本：臺中市政府教育局等

市長　○○○

本案依分層負責規定授權主管局（室）長主任決行

案例說明：
本則是行政規則停止適用，以函檢送是正確的。

案例三

檔　　號：
保存年限：

臺南市政府　函

地址：000○○市○○路000號
聯絡方式：（承辦人、電話、傳真、e-mail）

000
○○市○○區○○路○段000號
受文者：○○○
發文日期：中華民國○年○月○日
發文字號：南市勞福字第○○○○○○○○○○號
速別：普通件
密等及解密條件或保密期限：
附件：

主旨：訂定「臺南市勞工育樂中心工作守則」，並自中華民國96年3月
　　　26日生效，請查照。
說明：檢送「臺南市勞工育樂中心工作守則」乙份。

正本：臺南市勞工育樂中心
副本：本府祕書室文書檔案課（請刊登於政府公報）、本府法劉課、本府勞工
　　　局勞工福利

市長　　○○○

案例說明：

1. 本則說明之「乙份」改為「1份」，生效日期改為中文數字。
2. 本則可改為一段式，主旨：檢送「……工作守則」1份，並自……請查照。
　生效日期應為中文數字，乙份改為一份。

案例四

檔　　號：
保存年限：

高雄市政府環境保護局　函

機關地址：高雄市苓雅區四維3路2號10樓
承辦單位：技術室　聯絡人：○○○
機關傳真：7133657
聯絡電話：7230392

000
○○市○○區○○路○段000號
受文者：○○○
發文日期：中華民國○年○月○日
發文字號：高市環局技字第○○○○○○○○○號
速別：普通件
密等及解密條件或保密期限：
附件：

主旨：公布本市九十五年十二月份空氣品質監測站各項空氣污染物之監
　　　測統計值（詳如附表），請查照。
說明：依據「空氣污染物防制法施行細則」第十四條規定辦理。

正本：第四類發行
副本：本局第一科、第六科、會計室、技術室

局長　　○○○

案例說明：

本則改以「公告」辦理較佳，則主旨之「公布」改為「公告」，「請查照」予
以刪除，「說明」段改為「依據」，依據規定辦理等字刪除，「第十四條」改
為「第14條」。

案例五

<table>
<tr><td></td><td>檔　　號：
保存年限：</td></tr>
</table>

高雄市政府　函

機關地址：高雄市苓雅區四維3路2號7樓
承辦單位：人事處
聯絡人：科員○○○
機關傳真：3315642
聯絡電話：○○○○○○○轉2780
電子郵件：maggie40kcg.gov.tw

000
○○市○○區○○路○段000號
受文者：○○○

發文日期：中華民國○年○月○日
發文字號：高市府人一字第○○○○○○○○○○號
速別：普通件
密等及解密條件或保密期限：
附件：

主旨：廢止「高雄市公益彩券盈餘基金管理委員會組織規程」，請查照。
說明：本案業經本(96)年11月27日本府第1277次市政會議審議通過。

正本：第四類發行
副本：高雄市政府社會局、高雄市政府法制局、高雄市政府人事處

市長　○○

案例說明：

1. 本則為「規程」廢止故應以「令」辦理，不宜以函為之。
2. 以「令」辦理時則為不分段：廢止「高雄市公益彩券盈餘基金管理委員會組織規程」，並即日起生效；說明段刪除。

案例六

```
                                              檔    號：
                                              保存年限：

正本
發行方式：紙本函送

              ○○縣政府    函

                        地址：000○○市○○路000號
                        聯絡方式：（承辦人、電話、傳真、e-mail）

000
○○市○○區○○路○段000號
受文者：○○○
發文日期：中華民國○年○月○日
發文字號：府水道字第○○○○○○○○○號
速別：普通件
密等及解密條件或保密期限：普通
附件：如主旨

主旨：檢送96年度○○縣污水下水道建設經費地方配合款籌措事宜會議
      紀錄乙份，請查照。

正本：○○縣○○鄉公所、○○縣○○鄉公所、○○縣○○鄉公所、○○縣
      ○○鄉公所、○○縣○○鄉公所、本府財政局、主計室
副本：本署水利局（局長室、副局長室、下水道課長、承辦員）


縣長    ○○○
本案依分層負責規定授權主管局（室）長主管決行
```

案例說明：

1. 正本機關收受會議紀錄不宜存查（各單位通病）。

2. 至少應段述該紀錄內容與本單位職掌相關之決議，及後續處理事項後再予併同存查，乙份改為1份。

3. 本則為紙本遞送，故其「密等」欄位應留空。

案例七

檔　　號：
保存年限：

正本
發文方式：電子交換（第一類、不加密）

○○縣○○鄉公所　函

地址：000○○市○○路000號
聯絡方式：（承辦人、電話、傳真、e-mail）

83001
○○市○○區○○路○段000號
受文者：○○縣政府

發文日期：中華民國○年○月○日
發文字號：社字第○○○○○○○○○號
速別：普通件
密等及解密條件或保密期限：普通
附件：如文

主旨：檢送本鄉○○社區發展協會辦理96年度長壽俱樂部觀摩活動計畫書乙份，因經費短絀敬請鈞府撥款補助，以利活動順利進行，請鑒核。

說明：依據本鄉○○社區發展協會96年3月26日(96)社協字第018號函辦理。

正本：○○縣政府
副本：本鄉仁松社區發展協會

鄉長　　○○○　（蓋職章）

案例說明：

1. 上行文用印方式範例。
2. 鄉鎮市公所、學校、縣市所屬各機關向上級機關申請經費補助可參考。
3. 本則為「上行函」用印方式正確；其主旨欄之「檢送」應更正為「檢陳」、「乙份」更正為「1份」；「密等」應留空。
4. 基本欄位中之「附件」：「如文」因本則為二段式，故應更正為「如主旨」；如為一段式則屬正確。密等及解密條件或保密期限：普通二字刪除。

案例八

檔　　號：
保存年限：

正本
發文方式：電子交換（第一類、不加密）

○○縣○○地政事務所　函

地址：000○○市○○路000號
聯絡方式：（承辦人、電話、傳真、e-mail）

83001
○○縣○○市○○路2段132號

受文者：○○縣政府

發文日期：中華民國○年○月○日
發文字號：○地所四字第○○○○○○○○○○號
速別：普通件
密等及解密條件或保密期限：普通
附件：如說明三
主旨：為辦理坐落○○鄉○○段209-2地號因新登記土地補辦編定乙
　　　案，請鑒核。
說明：
　　一、依據本所第一課會簽辦理。
　　二、查本案土地屬山坡地範圍內土地，爰擬依照「製定非都市土地使
　　　　用分區圖及編定各種使用地作業須知」九、(二)說明：8.(3)之規
　　　　定，陳請准於辦理補辦編定為一般農業區、暫未編定用地。
　　三、檢送編定圖、編定異動清冊、使用編定清冊各1式3份，及土地登
　　　　記謄本1份供核採。

正本：○○縣政府
副本：

主任　○○○（蓋職章）

案例說明：

1. 說明一與行政倫理有違，宜刪除。
2. 主旨之「乙案」改為「1案」。密等及解密條件或保密期限：普通二字刪除。

案例九

檔　號：
保存年限：

○○縣○○鄉公所　函

地址：000○○鄉○○路000號
聯絡方式：（承辦人、電話、傳真、e-mail）

000
○○市○○區○○路○段000號
受文者：○○縣政府
發文日期：中華民國○年○月○日
發文字號：○鄉建字第○○○○○○○○○號
速別：普通件
密等及解密條件或保密期限：普通
附件：

主旨：本鄉○○港停二立體停車場，請准予依政府採購法第99條規定按
　　　都市計畫公共設施用地多目標使用辦法，立體多目標使用停車場
　　　使用項目，第七項辦理招標及委託營運管理，請鑒核。

說明：

　一、依鈞府○年○月○日府觀管字第○○○○○○○○○號函辦理。

　二、本公所依都市計畫多目標使用辦法，立體多目標使用停車場准許
　　　使用項目：
　　　　1.餐飲服務
　　　　　2.商場、超級市場
　　　　　　3.洗車業、汽機車保養業、汽機車零件修理業
　　　　　　　4.圖書館
　　　　　　　　5.民眾活動中心
　　　　　　　　　6.休閒運動設施
　　　　　　　　　　7.旅館
　　　等七項辦理招標營運管理，期使本停車場儘速活化。

　三、俟順利招標後，本所再依都市計畫公共設施用地多目標使用辦
　　　法，第四條規定，申請核准合法使用。

正本：○○縣政府
副本：本所建設課

鄉長　　○○○

案例說明：

本函說明二序號排列順序錯誤，應採對左靠齊，且應改為(一)(二)(三)……。

密等及解密條件或保密期限：普通二字刪除。

案例十

> 檔　　號：
> 保存年限：
>
> ## ○○縣政府　函
>
> 地址：000○○市○○路000號
> 聯絡方式：(承辦人、電話、傳真、e-mail)
>
> 000
> ○○市○○區○○路○段000號
> 受文者：○○○
> 發文日期：中華民國○年○月○日
> 發文字號：○○字第○○○○○○○○○號
> 速別：普通件
> 密等及解密條件或保密期限：普通
> 附件：
>
> 主旨：貴鄉轄內○○村○○路○號後方違章建築乙案，本府原訂於○年
> 　　　○月○日前往拆除作業，奉示擬暫停辦理，請查照。
> 說明：依據本府○年○月○日府建拆字第○○○○○○○○○○○號暨貴
> 　　　所○年○月○日建字第○○○○○○○○○○號函辦理。
>
> 正本：○○○公所
> 副本：本府建設局拆除隊
>
> ## 縣長　○○○

案例說明：

1. 以「府函」行文是以「署名者－縣長」之語氣敘述，主旨段用「奉示」極為不妥，難道有高層關說施壓嗎？
2. 如為紙本則密等欄位應留空；乙案修正為一案。

案例十一

○○縣政府　函

地址：000○○市○○路000號
聯絡方式：（承辦人、電話、傳真、e-mail）

000
○○市○○區○○路○段000號
受文者：○○○
發文日期：中華民國○年○月○日
發文字號：○○字第○○○○○○○○○號
速別：普通件
密等及解密條件或保密期限：普通
附件：

主旨：檢送貴公司設計「高52線道路拓寬工程」規劃道路斷面、樹種植
　　　栽、照明、鋼橋、標案等型式核定乙案會議紀錄乙份，請依結論
　　　事項辦理；並於96年5月10日前將修改竣事預算書送府憑辦細部
　　　審查，請查照。
說明：依據本府96年4月30日召開本案會議紀錄結論辦理。

正本：○○開發建設有限公司：○○市○○路○○號
副本：本府縣長室、本府工務局局長室

縣長　　○○○

案例說明：
1. 本案為創稿。
2. 主旨之敘述甚佳，可參考。
3. 要求在某一日期必須完成者，應在「主旨」中說明（訂有期限）。
4. 縣長　○○○署名不要忘了。
5. 如為紙本則密等欄位應留空。
6. 主旨之「乙案」應改為「一案」；「乙份」改為「1份」。

題目十二

檔　　號：

保存年限：

行政院　函

地址：10058臺北市中正區忠孝東路1段1號
傳真：02-23975565
承辦人：○○○
電話：02-23979298轉618
E-Mail：Wednesday@cpa.gov.tw

000
○○市○○區○○路○段000號
受文者：銓敘部
發文日期：中華民國○年○月○日
發文字號：院授人給字第○○○○○○○○○○號
速別：普通件
密等及解密條件或保密期限：普通
附件：如主旨（請至本局附件下載區下載http://serv-out.cpa.gov.tw/od/）
（095Y0D018080-01.pdf）

主旨：檢送修正「全國軍公教員工待遇支給要點」附表八「公教人員婚
　　　喪生育補助表」1份，請查照轉知。

說明：

　一、依據本院人事行政局案陳交通部民國95年9月19日交人字第
　　　0950008948號函辦理。

　二、茲為簡化申請作業並節省申請人申請相關書證費用，爰修正「公
　　　教人員婚喪生育補助表」說明二增列「惟如戶籍謄本得確認申請
　　　人之親屬關係及各該事實發生日期暨法律效果者，得以戶籍謄本
　　　替代上開證明文件。」之規定。

正本：總統府秘書長、立法院秘書長、司法院秘書長、考試院秘書長、監察院秘書長、國家安全會議、中央研究院、國史館、最高法院、最高行政法院、公務員懲戒委員會、考選部、銓敘部、公務人員保障暨培訓委員會、審計部、國家安全局、行政院各部會行處局署、省市政府、省諮議會、直轄市議會、各縣市政府、各縣市議會

副本：審計部、本院主計處、本院法規委員會

院長　○○○

案例說明：

1. 本則密等欄位有誤。
2. 說明一引述語或引敘語，用「案陳」二字是特殊用法，係轉文之屬性。
3. 所謂「案陳」原為案件陳報，是指下級機關或內部單位將案件陳報給上級機關或首長，而由上級機關或首長為個案性（受文者機關僅有一個）或通案性（受文機關二個以上）之處理。
4. 本則屬通案性處理。

案例十三

```
                                          檔　　號：
                                          保存年限：


                   經濟部　函
                                    地址：台北市福洲街15號
                                    聯絡人：
                                    電話：(02)23212200
                                    傳真：
                                    E-mail：


000
○○市○○區○○路○段000號
受文者：考試院
發文日期：中華民國○年○月○日
發文字號：經營字第○○○○○○○○○○號
速別：最速件
密等及解密條件或保密期限：普通
附件：

主旨：檢送本○年○月○日大院○年度考銓業務國內考察中油公司探採
　　　事業部考察紀錄5份如附件，請詧照。
說明：依據中油公司○年○月○日油人發字第○○○○○○○○○○號
　　　函（檢附原函影本全份）辦理。


正本：考試院
副本：考選部、銓敘部、公務人員保障暨培訓委員會、行政院人事行政局、經
　　　濟部人事處【以上均含考察紀錄及中油原函影本各一份】、中油公司


    部長　　○○○（蓋職章）
```

案例說明：
1. 本則密等欄位有誤，應留空。
2. 主旨之「大院」、「詧照」係不同體系且層級較高之平行函用語，作法正確。
3. 原蓋有「職章」係錯誤，因為平行函，修正為簽字章。
4. 副本之「各一份」更正為「各1份」。

三、書函

案例

<table>
<tr><td colspan="2" align="right">檔　　號：
保存年限：</td></tr>
</table>

教育部　書函

地址：臺北市中山南路5號
聯絡人：○○○
聯絡電話：(02)23566073
傳真：(02)23977022
E-mail：

000
○○市○○區○○路○段000號
受文者：○○○
發文日期：中華民國○年○月○日
發文字號：台人（三）字第○○○○○○○○○號
速別：
密等及解密條件或保密期限：普通
附件：如說明(36939A.TIF)

主旨：為利評估教育人員應計退休金負債及正常退休金成本，請協助提供在職人員資料及脫退人員資料，以利精算評估作業之進行，請查照惠復。

說明：
一、依本部人事處案陳○○企業管理顧問股份有限公司○年○月○日○基字第○○○○○○○○○○號函辦理。
二、本案係本部委託上開公司辦理評估，檢附所需資料內容及格式1份，請惠予提供。如有資料提供之疑義，請逕洽該公司簡琪珍小姐，連絡電話，○○○○○○○○○○轉分機1202。

正本：○○○○○○○○○○
副本：○○企業管理顧問股份有限公司、本部人事處（含附件）

部長　　○○○

案例說明：

同上列，但本則為個案性處理。密等及解密條件或保密期限：應留空，普通二字刪除。

四、公告
案例一

檔　　號：

保存年限：

高雄市政府　公告

發文日期：中華民國○年○月○日

發文字號：高市府主一字第○○○○○○○○○○號

發布中華民國96年度高雄市地方總預算「歲入來源別預算總表」、「歲出事政事別預算總表」、「歲出機關別預算總表」、「收支簡明比較分析表」、「高雄市政府附屬單位預算（業權基金）審定數」、「高雄市政府附屬單位預算（政事基金）審定數」。

附中華民國96年度高雄市地方總預算「歲入來源別預算總表」、「歲出事政事別預算總表」、「歲出機關別預算總表」、「收支簡明比較分析表」、「高雄市政府附屬單位預算（業權基金）審定數」、「高雄市政府附屬單位預算（政事基金）審定數」。

市長　○○○

案例說明：

本則以「令」辦理較為妥適，若以「公告」辦理則應依「公告」規格為之。

案例二

```
                                              檔　　號：
                                              保存年限：

                  高雄市政府　公告

發文日期：中華民國○年○月○日
發文字號：高市府工養三字第○○○○○○○○○○號

修正「高雄市公園管理自治條例」。
　　附修正「高雄市公園管理自治條例」。


市長　　○○○
```

案例說明：

本則「公告」應改為「令」。

案例三

```
                                              檔　　號：
                                              保存年限：

                  行政院衛生署　公告

100
台北市濟南路1段2之2號10樓
受文者：
發文日期：中華民國○年○月○日
發文字號：署授疾字第○○○○○○○○○○號
附件：廢止行政院衛生署於92年4月23日至93年5月10日期間訂頒之行政規則或
　　　公告案之彙整表
```

主旨：自94年1月1日起，廢止本署92年4月28日至93年5月10日期間訂
　　　頒之行政規則及公告計40案，彙整如附件。

依據：行政程序法第一百六十條、第一百六十二條。

說明：「嚴重急性呼吸道症候群防治及紓困暫行條例」之施行期限業於
　　　93年12月31日屆滿，爰配合廢止相關訂頒之行政規則及公告。

正本：

副本：行政院、內政部、外交部、國防部、財政部、法務部、教育部、經濟部、交通
　　　部、行政院農業委員會、行政院勞工委員會、行政院環境保護署、行政院人
　　　事行政局、行政院主計處、行政院研究發展考核委員會、行政院消費者保護
　　　委員會、行政院國軍退除役官兵輔導委員會、行政院新聞局、國防部軍醫局、
　　　中華民國醫師公會全國聯合會、中華民國牙醫師公會全國聯合會、中華民國中
　　　醫師公會全國聯合會、中華民國護理師護士公會全國聯合會、中華民國醫檢
　　　師公會全國聯合會、中華民國小兒科醫學會、臺灣醫院協會、中華醫學會、中
　　　華牙醫學會、臺灣醫學會、中華民國醫藥衛生記者聯誼會、臺灣省政府、直轄
　　　市及各縣市政府、直轄市及各縣市衛生局、本署主任秘書室、本署醫事處、本
　　　署醫院管理委員會、本署護理及健康照護處、本署藥政處、本署食品衛生處、
　　　本署企劃處、本署法規委員會、本署全民健康保險小組、中央健康保險局、
　　　本署全民健康保險監理委員會、本署全民健康保險爭議審議委員會、本署全
　　　民健康保險醫療費用協定委員會、本署中藥委員會、本署國民健康局、本署藥
　　　物食品檢驗局、本署管制藥品管理局、本署會計室、本署人事室、本署秘書
　　　室、本署公共關係室、本署疾病管制局

署長　○○○

案例說明：

1. 本則公告之「公告事項」係補充「主旨」之不足，故該公告規格改為「主旨、依據、說明」係正確作法。
2. 依據之「第一百六十條、第一百六十二條」更正為「第160條、第162條」。
3. 公告習慣上另有行文事實，故改以「副本」為之。

五、箋函

財政部用箋

台財人字第○○○○○○○○○○號

　　○○主任委員吾兄勛鑑：

　　弟○○前以專家學者身分受聘兼任貴會委員，聘期自○年○月○日至○年○月○日止。茲因受命出任財政部部長，依據「公務人員退休撫卹基金監理委員會委員產生辦法」第2條規定，為公務人員退休撫卹基金監理委員會之當然委員，爰請同意辭卸原已受聘兼任之貴會委員職務。專此敬懇，順頌

　　勛綏

弟○○○　　敬上

抄本：財政部部長室、人事處

案例說明：

1. 本則敬辭之「勛鑑」應改為「勛鑒」。
2. 自稱名字之後敬上宜改為「敬啟」。

第二節 公文實例與瑕疵解析

實例一

臺南市○○區○○○國民小學 函

地址：701台南市大同區○○路00號
傳真：
聯絡人及聯絡電話：
電子信箱：

708
台南市○○區○○路00號
受文者：台南市政府教育局
發文日期：中華民國00年00月00日
發文字號：○○○字第10400055211號
速別：普通件
密等及解密條件或保密期限：普通
附件：訓練課程說明1份(10400055211-1.pdf. 共1個電子檔案)

主旨：檢送校103年度第1期非消耗行物品增減結存表及非消耗行物品半年
　　　表，請查照。

正本：台南市政府教育局
副本：本校總務處

校長○○○ （簽字章）

實例二

檔 號：
保存期限：

立法院秘書長 函

地址：台北市湖口街1號
傳真：
聯絡人及聯絡電話：
電子信箱：

受文者：教育部

發文日期：中華民國00年00月00日
發文字號：台立院制字第10400055211號
速別：普通件
密等及解密條件或保密期限：普通
附件：如文

主旨：檢送新增「法律統一用字表」一則，請查照。
說明：
　　本案經提報本院第8屆第8會期第14次會議通過在案。

正本：總統府秘書長、立法院秘書長、司法院秘書長、考試院秘書長、監察院秘書長
副本：本院各委員會、議事處、法制局

實例三

<table>
<tr><td></td><td>檔　　號：</td></tr>
<tr><td></td><td>保存期限：</td></tr>
</table>

台灣自來水股份有限公司　函

地址：40455臺中市隻十路二段2-1號
承辦人：
傳真：
聯絡人及聯絡電話：
電子信箱：

受文者：臺灣區水管工程工業同業公會

發文日期：中華民國00年00月00日
發文字號：台水營字第10400055211號
速別：普通件
密等及解密條件或保密期限：普通
附件：1050120-02476水利署-用戶用水設備引用國家標準總號及名稱、1050120-
　　　02476水利署-用戶用水設備引用國家標準總號及名稱-1

主旨：函轉經濟部水利署之「用戶用水設備引用國家標準總號及名稱」，
　　　請轉知所屬會員配合辦理，請查照。

說明：
　　一、依據經濟部水利署105年1月20日經水事字第10531004850號函（詳
　　　　如附件）辦理。
　　二、依自來水法施行細則第5條規定：「自來水用戶依本法第五十條規定裝
　　　　設用戶用水設備，其設計圖說應經自來水事業審定後始得施工；工程完
　　　　竣，依自來水用戶用水設備標準檢驗合格後，始得供水。」
　　三、請各自來水事業單位確實於審圖時，加強「用戶用水設備引用國家
　　　　標準總號及名稱」之項目審查，並於供水前確認是否合乎財團法人
　　　　全國認證基金會國家標準確（TAF）所認可之實驗室出具之符合國
　　　　家標準檢驗文件。
　　四、請各公會會員於用戶用水設備設計圖送審、工程完竣後申請用水時
　　　　惠予配合辦理。

正本：中華民國全國建築師公會、中華民國電機技師公會、台灣區水管工程工業
　　　同業公會
副本：經濟部水利署、本公司營業處、各區管理處

總經理　胡南澤

實例四

　　　　　　　　　　　　　　　　　　　　　　　檔　　號：
　　　　　　　　　　　　　　　　　　　　　　　保存期限：

<h1 style="text-align:center">行政院　函</h1>

　　　　　　　　　　　　　　地址：台北市湖口街1號
　　　　　　　　　　　　　　傳真：
　　　　　　　　　　　　　　聯絡人及聯絡電話：
　　　　　　　　　　　　　　電子信箱：

受文者：國立高雄師範大學

發文日期：中華民國00年00月00日

發文字號：國院教字第10400055211號

速別：普通件

密等及解密條件或保密期限：普通

附件：如說明二【103年度通過案事項決議擬辦分工表.doc；立法院審查報告知
　　　（紙本另送）】（104LG00743_1_13376899.doc，共一個電子檔案）

主旨：103年度中央政府總預算案附屬單位預算營業及非營業部分立法院
　　　第8屆第6會期第17次會議通過，並奉總統公布，請查照辦理並轉知
　　　所屬。

說明：

一、依據總統104年2月4日華總一字第10400013441號令辦理。

二、檢附103年度中央政府總預算案附屬單位預算營業及非營業部分立
　　法院審查總報告（修正本）及立法院審查103年度附屬單位預算案
　　決議之通案事項擬辦分工表各1份。

三、立法院審議通過之各國營事業特種基金103年度營業（業務）收支
　　及資金運用等預算，各有關機關應據以辦理103年度附屬單位決算
　　柔預算保留相關事宜；另決議事項，應依權責參照現行法令研處因
　　應，或加強與立法院溝通。

四、各國營事業及非營業特種基金應於15天內，依據審查修正之項目內
　　容及應行調整事項，整編法定預算，並將有關書報由主管機關核轉
　　本院主計總處，審計部及財政部備查。

正本：總統府秘書長、立法院秘書長、司法院秘書長、考試院秘書長、監察院秘書長

實例五

檔　　號：
保存期限：

國家文官學院　函

機關地址：臺北市南港區忠孝東路7段576號
傳真：02-26531654
聯絡人：
電子郵件：

受文者：如行文單位
發文日期：中華民國104年4月1日
發文字號：國院數字第10408000671號
速別：普通件
密等及解密條件或保密期限：
附件：如說明八

主旨：本學院謹訂於本（104）年4月23日（星期四）舉辦「公務人員專書閱讀推廣觀摩活動」，敬請派員參加，請查照。

說明：
一、依據「公務人員專書閱讀推廣活動計畫」辦理旨揭活動，期藉由觀摩學習，瞭解辦理閱讀活動之理念與作法。
二、本活動安排「閱讀觀摩」與「領讀人培訓」主題，課程內容含括國際關係與古今經典主題，茲將本活動內容重點臚陳如下：
　　(一)閱讀觀摩：邀請國際關係權威－劉必榮教授，領讀《國際觀的第一本書》，期使參與人員，掌握看世界的方法、拓展國際視野，同時學習閱讀推廣活動之辦理方式。
　　(二)領讀人培訓：邀請長期著力於文化扎根工作的洪建全文教基金會－簡靜惠董事長及素直友會資深讀書會帶領人－張萍老師，探討讀書會之經營，並以《封建秩序的黃昏：左傳》與《台灣如何成為一流國家》等著作，帶領參與人員解析不同類型著作之閱讀方法與領讀技巧。
三、請貴機關依名額分配表薦送所屬負責「閱讀推廣活動」相關人員參加，並於本年4月17日（星期五）前逕至本學院全球資訊網站報名

（http://www.nacs.gov.tw），名額為150人，額滿為止。本活動係年度指標性閱讀推廣活動，各主管機關（含所屬機關）參與本活動人數，本學院將列入閱讀推廣績優機關競賽評分。

四、參加人員名單將於本年4月21日（星期二）中午前，公布於本學院全球資訊網站「最新消息」，不另函通知，請轉知所屬人員準時參加，並請核予參加人員公假，全程參與者由本學院核予6小時公務人員終身學習時數。

五、本項研習提供活動當日午餐（素食者請於報名時註明）。居住雙北市、桃園市及宜蘭縣以外地區學員得申請提前一日住宿，本學院另提供早餐，惟請自備盥洗用具及室內拖鞋。

六、另為擴大訓練效益，本學院活動當日提供「線上同步直播」，請鼓勵所屬踴躍參與，請於本年4月17日至23日逕至本學院「文官e學苑」網站報名（http://ecollege.nacs.gov.tw）。

七、基於環保考量，本學院不提供茶杯、紙、筆，敬請自備；另捷運板南線南港站及文湖線南港展覽館站步行至本學院約500公尺，請多加利用。

八、檢附活動計畫（含活動程序表）、名額分配表及本學院交通位置示意圖各1份供參。

正本：中央一級機關、中央二級機關、各縣市政府、各訓練機關構
副本：

實例六

檔　　號：
保存期限：

經濟部水利署　函

地址：臺中市黎明路2段501號
聯絡人：
聯絡電話：
電子信箱：
傳真：

受文者：教育部

發文日期：中華民國104年1月20日
發文字號：經水事字第10400055211號
速別：普通件
密等及解密條件或保密期限：
附件：（請至附件下載區下載附件，附件下載網址：http://wraopdl.wra.gov.tw/appendix【登入序號：100573】）

主旨：為落實節約用水之政策目標，並藉由深入校園及透過教育之宣導方式來推廣，本署已編製「尋找水精靈－國民小學寒暑假作業」及製作「愛水節水歌曲MV-甲伊惜命命」，擬敬請大部協助發文推廣至全國各國民小學，詳如說明，請　察照。

說明：
　一、有鑑於臺灣水資源日形惡化之狀況，政府除了全力推動節約用水之相關政策及措施持續改善以外，更需要的是全民的熱心參與以及提早建立節約用水之觀念，而藉由深入校園並透過教育之宣導方式來推廣至學童，更是提早向下落實及扎根節約用水教育之起始點。
　二、本署編製之「尋找水精靈－國民小學寒暑假作業」，乃期望藉由學校教育單位透過教育之宣導方式來推廣節約用水，將節水意識從學童開始培育及萌芽，期能扎根校園之節水教育，再逐漸擴散至家人及親友們，並進一步落實全面、全國、全民之「三全」節水行動。
　三、檢附「尋找水精靈－國民小學寒暑假作業」電子檔資料1份；另本署已印製有12,000本紙本，歡迎各國民小學免費索取（為響應環保故數量有限，索取完為止）。
　四、另本署全球資訊網（網址為：http://www.wra.gov.tw/default.asp）焦點新聞第4項及節約用水資訊網（網址為：http://www.wcis.org.tw/）節水快報有刊載本署製作之「愛水節水歌曲MV-甲伊惜命命」，歡迎一起上網欣賞及傳遞節約用水之理念。

正本：教育部
副本：

實例七

經濟部　函

地址：台○市○○路2段501號
傳真：
聯絡人及聯絡電話：
電子信箱：

受文者：花蓮縣政府
發文日期：中華民國00年00月00日
發文字號：國院教字第10400055211號
速別：普通件
密等及解密條件或保密期限：普通
網址：如文(00000.pdf.)

主旨：為配合行政院落實機關學校部隊抗旱水行動原則，請各機關學校部隊立即清查並汰換無省水標章之用水設備，每週五前將調查與處置情形逕至政府機關及學校節約用水填報網站（網址：http://www.ewater.org.tw/）填報，並請各部會及各縣市政府監督考核所屬機關辦理情形，於每週一匯出省水器材改善追蹤彙總表函送本部水利署彙整，詳如說明，請查照。

說明：

一、依據行政院○年○○月○○日以院授經水字第00000000號函頒「機關學校部隊抗旱水行動原則」。第1項辦理（影本如附）。

二、為便利各機關單位用水設備（包含馬桶、水龍頭及小便斗）數量及改善措施追蹤調查及管制層級（各部會、縣市政府）督導考核彙整所需，已將上述所填報相關表格，一併建置納入政府機關及學校節約用水填報網站（網址：http://www.ewater.org.tw/）填報，各單位上網填報方式及流程。

三、各機關學校部隊單位填報時請一併逐項完成四項基資料校正，例如機關聯絡人資料更新、機關單位上班人數估計確認、自來水錶資料數量確認、如有合署上班或與民間單位共用辦公場所，相關自來水錶資料與分攤比例需確認填報，以上相關基本資料關係爾後換算各機關學校部隊之每人每日用水量（LPCD），請確認填報。

四、有關用水設備改善追蹤調查，針對非省水器材之用水設備提供多種改措施，其中增加沖水凡而或三角凡而調整適當水量之選項，係考量各單位無法短時間採購省水器材或限於經費不足，為落實節約用水常態化，請各單位務必逐步優先汰換器材，以落實節水成效。

五、各機關學校部隊單位於填報改善措施調查，請每週五前將清查與汰換結果上網填報，管制層級（各部會及縣市政府）則透過填報網站，對所轄各單位填報情形，予以追蹤督導，惠請於每週一匯出省水器材改善追蹤彙總表函送本部水利署彙整。

六、另前案為掌握時效，本部水利署業已分別於○○年00月00日填妥縣府相關調查表格，就所轄各機關學校部隊單位於填報改善措施清查與汰換情形追蹤作業彙整與前上述相關表格已統一建置納入政府機關學校節約用水填報網站，惠請各部會及縣市政府轉知所屬單位，一併更新納入填報網站，俾利督導與彙整。

正本：交通部、衛生福利部、文化部、科技部、勞動部、行政院大陸委員會、原住民委員會、客家委員會、中央銀行政院、內政部、外交部、國防部、財政部、教育部、法務部、經濟部、蒙藏委員會、僑務委員會、行政院主計處、行政院人事行政總處、行政院海岸巡防署、國立故宮博物院、國家發展委員會、金融監督管理委員會

實例八

檔　　號：
保存期限：

經 濟 部　函

地址：臺北市福州街15號
電話：
傳真：
電子信箱：
承辦人：

受文者：教育部

發文日期：中華民國104年05月08日

發文字號：經授能字第10400055211號

速別：最速件

密等及解密條件或保密期限：

附件：如說明二（JCS41040500527.pdf，共1個電子檔案）

主旨：為協助各縣市政府推動「智慧節電計畫」，請貴單位惠予積極推動
　　　貴屬執行單位與權管目的事業配合節約用電，詳如說明，請查照。

說明：

一、因應我國近年即面臨缺電風險，全國能源會議後需求節流亦成為共
　　識，爰行政院推動「智慧節電計畫」，期藉中央與地方共同合作，
　　將節電觀念化為行動，鼓勵全民參與一起努力做節電，合先敘明。

二、前揭計畫業經本部提報本（104）年4月2日第3442次行政院院會通
　　過，並簽奉行政院於4月9日核定辦理，爰謹請貴單位配合「智慧節
　　電計畫」（其推動架構詳如附件）辦理下列事項：

(一)依「四省專案計畫」轉知所屬執行單位，落實「四省專案計
　　畫」節電要求，加強用電管理，定期檢討節電成效，並自我檢
　　核節電作法，汰換高耗能低效率設備。

(二)請所屬執行單位配合其位屬之縣市，共同落實其「智慧節電計
　　畫」之機關節電工作。

(三)另為協助各縣市政府達成機關與民生部門節電2%之目標，謹
　　請貴單位協助推動所管目的事業配合各縣市政府「智慧節電計
　　畫」，共同落實節電工作。

三、為辦理「智慧節電計畫」，本部能源局已設置「智慧節電計畫」專屬網頁(http://energy-smartcity.energypark. org.tw/)，歡迎貴單位參考運用及連結，並協助推廣周知。

正本：原住民族委員會、客家委員會、臺灣省政府、財政部、國家發展委員會、行政院公共工程委員會、行政院原子能委員會、行政院人事行政總處、勞動部、教育部、中央銀行、中央選舉委員會、國軍退除役官兵輔導委員會、行政院環境保護署、內政部、飛航安全調查委員會、行政院海岸巡防署、國防部、行政院農業委員會、科技部、衛生福利部、公平交易委員會、文化部、國家通訊傳播委員會、行政院大陸委員會、法務部、外交部、金融監督管理委員會、蒙藏委員會、交通部、僑務委員會、行政院主計總處、行政院秘書處、國立故宮博物院、經濟部總務司

副本：經濟部加工出口區管理處、經濟部中小企業處、經濟部水利署、經濟部國際貿易局、經濟部工業局、經濟部商業司、經濟部國營事業委員會、財團法人台灣產業服務基金會

實例九

檔　　號：

保存期限：

經濟部國際貿易局　函

地址：台北市湖口街1號
傳真：
聯絡人及聯絡電話：
電子信箱：

受文者：教育部

發文日期：中華民國00年00月00日
發文字號：國院教字第10400055211號
速別：普通件
密等及解密條件或保密期限：普通
附件：如文（計2頁）（請至附件下載區下載附件，附件下載網址：http：//wraopdl.
wra.gov.tw/appendix【登入序號：*********】）

主旨：修正「企業內部出口管控制度認定要點」第4點、第5點、第6點規
定，並自即起生效，請查照。

說明：檢附修正「企業內部出口管控制度認定要點」第4點、第5點、第6
點規定及發布令影本各1份。

正本：經濟部國際貿易局高雄辦事處、貿易服務組、貿易安全與管控小組、貿易
發展科多邊貿易組」、資訊中心
副本：司法院秘書長、行政院秘書處、行政院農業委員會、行政院原子能委員
會、外交部、交通部、法務部、法務部調查局、內政部、教育部、財政部
關務署

實例十

檔　　號：

保存期限：

衛生福利部　函

地址：11558台北市南港區忠孝東路六段188號
傳真：
聯絡人及聯絡電話：
電子信箱：

受文者：社團法人台灣感染管制學會
發文日期：中華民國00年00月00日
發文字號：國健教字第10400055211號
速別：普通件
密等及解密條件或保密期限：
附件：訓練課程說明1份(10400055211-1.pdf. 共1個電子檔案)

主旨：台端（貴單位）經評審榮獲104年度防疫績優獎，本部將安排公開
　　　儀式進行頒獎，詳細時間及地點將另行通知，請查照。

說明：

一、旨揭獎項係依「傳染病防治法」及「傳染病防治獎勵辦法」辦理，
　　並於本（104）年6月16日經「傳染病防治審議會獎補助組」評審完
　　畢，並計有10個非公務類團體及20個非公務類個人獲獎，名單詳如
　　附件1。

二、得獎者（個人與團體）均頒發獎狀／牌乙只，部分得獎者另頒發防
　　治獎金。請獎金得獎者於本年7月10日前填妥領據（如附件2）並註
　　明匯款帳號（團體請自行掣據，需含統一編號及大小章），以掛號
　　郵寄本部疾病管制署企劃組（10050臺北市中正區林森南路6號）以
　　辦理獎金核撥事宜。

三、得獎名單同步公布於本部疾病管制署網站（民眾版首頁＼政府資訊
　　公開＼其他＼防疫獎勵，http://www.cdc.gov.tw）

實例十一

```
                                            檔　　號：
                                            保存期限：
```

衛生福利部國民健康署　函

```
                              地址：10341臺北市大同區塔城街36號
                              傳真：
                              聯絡人及電話：
                              電子郵件信箱：
```

受文者：教育部國民及學前教育署

發文日期：中華民國105年7月19日

發文字號：國健教字第10599040701號

速別：普通件

密等及解密條件或保密期限：

附件：資源中心師資招募及增能課程訊息(10599040701-1.doc)各1份

主旨：有關本署委託社團法人中華民國工業安全衛生協會辦理「105年青少年場域戒菸教育資源中心增能訓練課程」，請貴署協助轉知北區與中區縣市教育局（處）及所屬國中、高中職學校踴躍參加，請查照。

說明：

一、本署委託社團法人中華民國工業安全衛生協會（以下簡稱工安協會）辦理105年「青少年場域戒菸教育種籽人員培訓計畫」在案。

二、檢送「105年青少年場域戒菸教育資源中心師資招募及增能課程訊息」各1份（詳如附件），本課程招募配合度高且有意願人員成為資源中心師資，以輔助有需求之青少年場域辦理戒菸教育。

三、本課程採網路報名，並核發參訓人員「公務人員終身學習時數」及「教師研習時數」6小時。若有任何問題，請逕洽工安協會吳○○小姐（聯絡電話：03-111-1006轉13；E-mail：1111006@mail.isha.org.tw）。

正本：教育部國民及學前教育署

副本：社團法人中華民國工業安全衛生協會

實例十二

檔　號：
保存期限：

經濟部中小企業處　函

地址：台北市羅斯福路2段○○○號
傳真：
聯絡人及聯絡電話：
電子信箱：

受文者：國立清華大學

發文日期：中華民國00年00月00日
發文字號：中企創字第0055211號
速別：普通件
密等及解密條件或保密期限：普通
附件：如說明二（106000001122_1_876660.jpg，共一個電子檔）

主旨：本處舉辦「第14屆新創事業獎」選拔活動，敬請貴單位協助公告或
　　　推薦符合資格之新創企業踴躍報名參加，請查照。

說明：

一、為鼓勵具備優質營運模式之新創事業蓬勃發展，提振國內創新創業
　　風氣，樹立新創事業成功典範，本處辦理旨揭活動簡述如次：

　　(一)參選對象：99年7月1日（含）之後成立之新創企業。

　　(二)參賽組別：科技產業組、傳統產業組、知識服務業組、微型企
　　　　業組。

　　(三)報名期間：000年00日至00年0月00日。

二、檢附申請須知、宣傳海報及DM各1份（另寄送），請協助惠予張貼
　　宣導。

三、本活動相關訊息請洽執行單位：中華民國全國中小企業總會徐○○
　　小姐/何○○先生，聯絡電話：02-23661111分機326/323，或至青年
　　創業圓夢網站（http：//smc.moeasmea.gov.tw/startup/）查詢。

正本：106年全國育成中心群組、各縣市中小企業服務中心、財團法人資訊工業
　　　策進會（北區創業創新育成中心）、財團法人中國生產力中心（中區創業
　　　創新育成中心）、財團法人金屬工業研究發展中心（南區創業創新育成中
　　　心）、各縣市工業會、各縣市商業會、財團法人中小企業信用保證基金
　　　會、臺灣中小企業銀行股份有限公司
副本：財團法人中華民國全國中小企業總會

第八章

相關法規

第一節　公文程式條例

修正日期：中華民國96年3月21日

第一條　　稱公文者，謂處理公務之文書；其程式，除法律別有規定外，依本條例之規定辦理。

第二條　　公文程式之類別如下：

一、令：公布法律、任免、獎懲官員，總統、軍事機關、部隊發布命令時用之。

二、呈：對總統有所呈請或報告時用之。

三、咨：總統與立法院、監察院公文往復時用之。

四、函：各機關間公文往復，或人民與機關間之申請與答復時用之。

五、公告：各機關對公眾有所宣布時用之。

六、其他公文。

前項各款之公文，必要時得以電報、電報交換、電傳文件、傳真或其他電子文件行之。

第三條　　機關公文，視其性質，分別依照左列各款，蓋用印信或簽署：

一、蓋用機關印信，並由機關首長署名、蓋職章或蓋簽字章。

二、不蓋用機關印信，僅由機關首長署名，蓋職章或蓋簽字章。

三、僅蓋用機關印信。

機關公文依法應副署者，由副署人副署之。

機關內部單位處理公務，基於授權對外行文時，由該單位主管署名、蓋職章；其效力與蓋用該機關印信之公文同。

機關公文蓋用印信或簽署及授權辦法，除總統府及五院自行訂定外，由各機關依其實際業務自行擬訂，函請上級機關核定之。

機關公文以電報、電報交換、電傳文件或其他電子文件行之者，得不蓋用印信或簽署。

法規一點靈

公文程式條例

第四條	機關首長出缺由代理人代理首長職務時，其機關公文應由首長署名者，由代理人署名。
	機關首長因故不能視事，由代理人代行首長職務時，其機關公文，除署首長姓名註明不能視事事由外，應由代行人附署職銜、姓名於後，並加註代行二字。
	機關內部單位基於授權行文，得比照前二項之規定辦理。
第五條	人民之申請函，應署名、蓋章，並註明性別、年齡、職業及住址。
第六條	公文應記明國曆年、月、日。
	機關公文，應記明發文字號。
第七條	公文得分段敘述，冠以數字，採由左而右之橫行格式。
第八條	公文文字應簡淺明確，並加具標點符號。
第九條	公文，除應分行者外，並得以副本抄送有關機關或人民；收受副本者，應視副本之內容為適當之處理。
第十條	公文之附屬文件為附件，附件在二種以上時，應冠以數字。
第十一條	公文在二頁以上時，應於騎縫處加蓋章戳。
第十二條	應保守秘密之公文，其制作、傳遞、保管，均應以密件處理之。
第十二條之一	機關公文以電報交換、電傳文件、傳真或其他電子文件行之者，其制作、傳遞、保管、防偽及保密辦法，由行政院統一訂定之。但各機關另有規定者，從其規定。
第十三條	機關致送人民之公文，除法規另有規定外，依行政程序法有關送達之規定。
第十四條	本條例自公布日施行。
	本條例修正條文第七條施行日期，由行政院以命令定之。

第二節　印信條例

修正日期：民國96年03月21日

法規一點靈

印信條例

第1條　印信之製發及使用，依本條例行之。

第2條　印信之種類如左：

一、國璽。

二、印。

三、關防。

四、職章。

五、圖記。

第3條　印信之質料及形式，規定如下：

一、質料：國璽用玉質；總統及五院之印用銀質；總統、副總統及五院院長職章，用牙質或銀質；其他之印、關防、職章均用銅質。但得適應當地情形，暫用木質或鋁質，並得以角質暫製職章；圖記用木質。

二、形式：國璽為正方形，國徽鈕；印、職章均為直柄式正方形；關防、圖記均為直柄式長方形。但牙質職章為立體式正方形。

前條第一款至第五款之印信字體，均用陽文篆字。

第4條　印信之尺度依附表之規定；附表所未規定者，比照相當機關印信之尺度。

第5條　國璽及總統之印暨職章，由立法院院長於總統就職時授與之；副總統職章之授與，亦同。

第6條　中央及地方機關之印信，其首長為薦任以上者，由總統府製發；為委任者，由其所屬主管部、會或省（市）縣（市）政府依定式製發。

經總統府製發印或關防之機關首、次長，得製發職章，未經總統府製發印或關防之特任、特派、簡任、簡派官員有應用職章之必要者，得由總統府予以製發。但薦任以下者，得分別由其所屬中央主管部、會或省（市）政府依定式製發。

永久性機關發印，臨時性或特殊性機關發關防。

第7條　邊遠地方機關或職官，或不及呈請總統製發印信者，得暫由直屬上級機關依定式製發，層報總統備案，並請補發。

第 8 條　　軍事機關、學校、部隊其主官編階為將級者,由總統府製發印或關防及職章;其主官編階為上校以下者,由國防部按軍事權責劃分原則,決定其印或關防及職章之製發機關。

國防部及各高級司令部直屬第一層幕僚機構,經國防部視其業務性質,有使用印信之必要者,得依前項之規定辦理。

依前二項規定,應由總統府製發之印或關防及職章,如因特殊情形不及製發時,得由國防部依定式暫為製發,層報總統備案,並請補發。

依前三項規定,由國防部逕行或暫為製發,或由其決定機關所製發之印或關防及職章,其製發及使用規則,由國防部擬訂,層呈總統核准施行。

第 9 條　　文職簡任以上,武職將級之幕僚長,為辦理公務有使用職章之必要時,得層請總統核准製發職章;其有對外行文之必要者,並得呈請總統核准製發印或關防。

第 10 條　　各級地方民意機關印或關防之製發,適用同級政府機關印信之規定;議長職章之製發亦同。

第 11 條　　公立專科以上學校,及全國性之教育、文化事業機構印信,由總統府製發;國立中等學校印信,由教育部製發;省(市)立中等學校及教育、文化事業機關印信,由省(市)政府製發;國民學校及縣(市)鄉(鎮)立教育、文化事業機關印信,由縣(市)政府製發。

私立專科以上學校,及全國性之教育、文化事業機構印信,由教育部製發,其餘私立學校及教育、文化事業機構印信,比照前項規定辦理。

各級私立學校,及教育、文化事業機構印信之質料、形式及尺度,比照公立者辦理。

第 12 條　　國營事業機構,其業務總主管人之職級,依其組織法所定相當於薦任以上並經總統任命者,由總統府製發印或關防及職章;依組織規程由主管院、部、會聘派者,由各該主管院、部、會製發關防及職章。

省(市)縣(市)公營事業機構,由省(市)政府或縣(市)政府製發關防及職章。

依公司法組織設立之公營事業機構，由其主管機關製發圖記，其質料、形式及尺度依本例之規定，分支機構之圖記，由其總機構自行製發，呈報備案。

第 13 條　蒙、藏地方特殊性質之機關或官職，必須製發印信者，得比照本條例之規定製發，或依向例辦理。

第 14 條　全國性人民團體圖記，由內政部製發；省（市）人民團體圖記，由省（市）政府社會行政機關製發；縣（市）鄉（鎮）人民團體圖記，由縣（市）政府製發。

民營公司之圖記，由其自行製用，報請主管機關備案，其質料、形式及尺度，比照本條例規定辦理。

私人事業機構印信，適用圖記，由其自行製用，報請主管機關備案，其質料、形式及尺度不予限制。

第 15 條　印信之使用規定如左：

一、國璽：中華民國之璽，蓋用於總統所發之各項外交文書；榮典之璽，蓋用於總統所發之各項褒獎書狀。

二、印及關防：印蓋用於永久性機關之公文；關防蓋用於臨時性或特殊性機關之公文。

三、職章：蓋用於呈文、簽呈各種證券、報表，及其他公務文件。

四、圖記：蓋用於公務業務，或各項證明文件上。

第 16 條　本條例施行前之原有印信，繼續使用。但與本條例規定不合者，應於一年內換發之。

印信之製發、啟用、管理、換發及廢、舊印信之繳銷辦法，以命令定之。

第 17 條　本條例自公布日施行。

第三節　國家機密保護法

公布日期：92年2月26日
施行日期：92年10月1日

第1章　總則

第 1 條　為建立國家機密保護制度，確保國家安全及利益，特制定本法。

第 2 條　本法所稱國家機密，指為確保國家安全或利益而有保密之必要，對政府機關持有或保管之資訊，經依本法核定機密等級者。

法規一點靈

**國家機密
保護法**

第 3 條　本法所稱機關，指中央與地方各級機關及其所屬機構暨依法令或受委託辦理公務之民間團體或個人。

第 4 條　國家機密等級區分如下：

一、絕對機密：適用於洩漏後足以使國家安全或利益遭受非常重大損害之事項。

二、極機密：適用於洩漏後足以使國家安全或利益遭受重大損害之事項。

三、機密：適用於洩漏後足以使國家安全或利益遭受損害之事項。

第 5 條　國家機密之核定，應於必要之最小範圍內為之。核定國家機密，不得基於下列目的為之：

一、為隱瞞違法或行政疏失。

二、為限制或妨礙事業之公平競爭。

三、為掩飾特定之自然人、法人、團體或機關（構）之不名譽行為。

四、為拒絕或遲延提供應公開之政府資訊。

第 6 條　各機關之人員於其職掌或業務範圍內，有應屬國家機密之事項時，應按其機密程度擬訂等級，先行採取保密措施，並即報請核定；有核定權責人員，應於接獲報請後三十日內核定之。

第2章　國家機密之核定與變更

第 7 條　國家機密之核定權責如下：

一、　絕對機密由下列人員親自核定：

（一）　總統、行政院院長或經其授權之部會級首長。

（二）　戰時，編階中將以上各級部隊主官或主管及部長授權之相關人員。

二、　極機密由下列人員親自核定：

（一）　前款所列之人員或經其授權之主管人員。

（二）　立法院、司法院、考試院及監察院院長。

（三）　國家安全會議秘書長、國家安全局局長。

（四）　國防部部長、外交部部長、行政院大陸委員會主任委員或經其授權之主管人員。

（五）　戰時，編階少將以上各級部隊主官或主管及部長授權之相關人員。

三、　機密由下列人員親自核定：

（一）　前二款所列之人員或經其授權之主管人員。

（二）　中央各院之部會及同等級之行、處、局、署等機關首長。

（三）　駐外機關首長；無駐外機關首長者，經其上級機關授權之主管人員。

（四）　戰時，編階中校以上各級部隊主官或主管及部長授權之相關人員。

前項人員因故不能執行職務時，由其職務代理人代行核定之。

第 8 條　國家機密之核定，應注意其相關之準備文件、草稿等資料有無一併核定之必要。

第 9 條　國家機密事項涉及其他機關業務者，於核定前應會商該其他機關。

第 10 條　國家機密等級核定後，原核定機關或其上級機關有核定權責人員得依職權或依申請，就實際狀況適時註銷、解除機密或變更其等級，並通知有關機關。

個人或團體依前項規定申請者，以其所爭取之權利或法律上利益因國家機密之核定而受損害或有損害之虞為限。

依第一項規定申請而被駁回者，得依法提起行政救濟。

第 11 條　核定國家機密等級時，應併予核定其保密期限或解除機密之
　　　　　條件。
　　　　　前項保密期限之核定，於絕對機密，不得逾三十年；於極機密，
　　　　　不得逾二十年；於機密，不得逾十年。其期限自核定之日起算。
　　　　　國家機密依前條變更機密等級者，其保密期限仍自原核定日
　　　　　起算。
　　　　　國家機密核定解除機密之條件而未核定保密期限者，其解除機密
　　　　　之條件逾第二項最長期限未成就時，視為於期限屆滿時已成就。
　　　　　保密期限或解除機密之條件有延長或變更之必要時，應由原核定
　　　　　機關報請其上級機關有核定權責人員為之。延長之期限不得逾原
　　　　　核定期限，並以二次為限。國家機密至遲應於三十年內開放應
　　　　　用，其有特殊情形者，得經立法院同意延長其開放應用期限。
　　　　　前項之延長或變更，應通知有關機關。

第 12 條　涉及國家安全情報來源或管道之國家機密，應永久保密，不適
　　　　　用前條及檔案法第二十二條之規定。
　　　　　前項國家機密之核定權責，依第七條之規定。

第3章　國家機密之維護

第 13 條　國家機密經核定後，應即明確標示其等級及保密期限或解除機
　　　　　密之條件。

第 14 條　國家機密之知悉、持有或使用，除辦理該機密事項業務者外，
　　　　　以經原核定機關或其上級機關有核定權責人員以書面授權或核
　　　　　准者為限。

第 15 條　國家機密之收發、傳遞、使用、持有、保管、複製及移交，應
　　　　　依其等級分別管制；遇有緊急情形或洩密時，應即報告機關長
　　　　　官，妥適處理並採取必要之保護措施。
　　　　　國家機密經解除機密後始得依法銷毀。
　　　　　絕對機密不得複製。

第 16 條　國家機密因戰爭、暴動或事變之緊急情形，非予銷毀無法保護
　　　　　時，得由保管機關首長或其授權人員銷毀後，向上級機關陳報。

第 17 條　不同等級之國家機密合併使用或處理時，以其中最高之等級為
　　　　　機密等級。

第 18 條　　國家機密之複製物，應照原件之等級及保密期限或解除機密之條件加以註明，並標明複製物字樣及編號；其原件應標明複製物件數及存置處所。

前項複製物應視同原件，依本法規定保護之。

複製物無繼續使用之必要時，應即銷毀之。

第 19 條　　國家機密之資料及檔案，其存置場所或區域，得禁止或限制人員或物品進出，並為其他必要之管制措施。

第 20 條　　各機關對國家機密之維護應隨時或定期查核，並應指派專責人員辦理國家機密之維護事項。

第 21 條　　其他機關需使用國家機密者，應經原核定機關同意。

第 22 條　　立法院依法行使職權涉及國家機密者，非經解除機密，不得提供或答復。

但其以秘密會議或不公開方式行之者，得於指定場所依規定提供閱覽或答復。

前項閱覽及答復辦法，由立法院訂之。

第 23 條　　依前二條或其他法律規定提供、答復或陳述國家機密時，應先敘明機密等級及應行保密之範圍。

第 24 條　　各機關對其他機關或人員所提供、答復或陳述之國家機密，以辦理該機密人員為限，得知悉、持有或使用，並應按該國家機密核定等級處理及保密。

監察院、各級法院、公務員懲戒委員會、檢察機關、軍法機關辦理案件，對其他機關或人員所提供、答復或陳述之國家機密，應另訂保密作業辦法；其辦法，由監察院、司法院、法務部及國防部於本法公布六個月內分別依本法訂之。

第 25 條　　法院、檢察機關受理之案件涉及國家機密時，其程序不公開之。

法官、檢察官於辦理前項案件時，如認對質或詰問有洩漏國家機密之虞者，得依職權或聲請拒絕或限制之。

第 26 條　　下列人員出境，應經其 (原) 服務機關或委託機關首長或其授權之人核准：

一、國家機密核定人員。

二、辦理國家機密事項業務人員。

三、前二款退、離職或移交國家機密未滿三年之人員。

前項第三款之期間，國家機密核定機關得視情形縮短或延長之。

第4章　國家機密之解除

第 27 條
國家機密於核定之保密期限屆滿時，自動解除機密。
解除機密之條件逾保密期限未成就者，視為於期限屆滿時已成就，亦自動解除機密。

第 28 條
國家機密核定之解除條件成就者，除前條第二項規定外，由原核定機關或其上級機關有核定權責人員核定後解除機密。

第 29 條
國家機密於保密期限屆滿前或解除機密之條件成就前，已無保密之必要者，原核定機關或其上級機關有核定權責人員應即為解除機密之核定。

第 30 條
前二條情形，如國家機密事項涉及其他機關業務者，於解除機密之核定前，應會商該他機關。

第 31 條
國家機密解除後，原核定機關應將解除之意旨公告，並應通知有關機關。
前項情形，原核定機關及有關機關應在國家機密之原件或複製物上為解除機密之標示或為必要之解密措施。

第5章　罰則

第 32 條
洩漏或交付經依本法核定之國家機密者，處一年以上七年以下有期徒刑。
因過失犯前項之罪者，處二年以下有期徒刑、拘役或科或併科新臺幣二十萬元以下罰金。
第一項之未遂犯罰之。

第 33 條
洩漏或交付依第六條規定報請核定國家機密之事項者，處五年以下有期徒刑。
因過失犯前項之罪者，處一年以下有期徒刑、拘役或科或併科新臺幣十萬元以下罰金。
第一項之未遂犯罰之。

第 34 條
刺探或收集經依本法核定之國家機密者，處五年以下有期徒刑。
刺探或收集依第六條規定報請核定國家機密之事項者，處三年以下有期徒刑。
前二項之未遂犯罰之。

第 35 條
毀棄、損壞或隱匿經依本法核定之國家機密，或致令不堪用者，處五年以下有期徒刑，得併科新臺幣三十萬元以下罰金。

因過失毀棄、損壞或遺失經依本法核定之國家機密者，處一年以下有期徒刑、拘役或新臺幣十萬元以下罰金。

第 36 條　違反第二十六條第一項規定未經核准而擅自出境或逾越核准地區者，處二年以下有期徒刑、拘役或科或併科新臺幣二十萬元以下罰金。

第 37 條　犯本章之罪，其他法律有較重處罰之規定者，從其規定。

第 38 條　公務員違反本法規定者，應按其情節輕重，依法予以懲戒或懲處。

第6章　附則

第 39 條　本法施行前，依其他法令核定之國家機密，應於本法施行後二年內，依本法重新核定，其保密期限溯自原先核定之日起算；屆滿二年尚未重新核定者，自屆滿之日起，視為解除機密，依第三十一條規定辦理。

第 40 條　本法施行細則，由行政院定之。

第 41 條　本法施行日期，由行政院定之。

第九章

應考國家公職人員之技能

 ## 第一節　公文寫作之關鍵技巧

一、制式簽的撰擬究竟採一段式、二段式或三段式的格式，應依其實際案情確實區分，茲說明如下，以供參考：

(一)**一段式**：案情簡單者，採「主旨」一段。

(二)二段式：案情較複雜者，採「主旨」、「說明」二段；或是「主旨」、「擬辦」二段。其中「主旨」係扼要說明簽的主要目的、期望或擬辦意見，不宜太長，以不超過60字為原則；至於其它需要讓首長或主管瞭解之案情來源、問題關鍵、法令依據、主要理由、可能產生之作用及影響等相關事項於「說明」段敘述，案情較複雜者，可分一、二、三、四……項敘述；「說明」段的內容，宜避免提出擬辦意見。如果首長或主管對該案之整個案情已經瞭解，該簽敘述的重點係注重在提出擬辦意見者，可採「主旨」、「擬辦」二段。擬辦的文字，避免與主旨重複。**「主旨」段之擬辦，應屬原則性、概況性或方向性之擬辦意見；而「擬辦」段之擬辦，則應提出具體作法或細節性之擬辦意見。**

(三)三段式：對於案情較複雜，且擬辦意見無法於「主旨」段容納者，則採「主旨」、「說明」、「擬辦」三段。

二、便箋的撰擬，係承辦人對於一般案件，使用便條紙直接簽擬處理意見，報請首長或主管核判時使用。便箋的格式，使用一、二、三、四、……**條列式格式撰寫之順序，應先敘明案由，再就相關事項逐一予以說明，最後才提出擬辦意見。**

三、為期精簡「簽」之頁數及篇幅，避免過於冗長，凡是需要長官瞭解之事項（包括案情來源、問題關鍵、法令依據、主要理由、可能產生之作用及影響等），均應依照規定格式，然後有組織、有系統、有條理的加以敘述，同時應注意前後連貫，避免有前後矛盾或有交代不清之情形，俾使核稿人員很容易看的懂，也很容易瞭解。至於無需簽出事項（包括來文日期、來文字號、瑣細的處理經過等），如認為仍有讓長官瞭解之必要，宜採最簡要敘述方式，並將相關資料，改列為附件一併陳核，以減少簽之篇幅。

四、簽內稱陳核長官為「鈞長」、自稱「職」。

五、簽的期望用語，應依該簽的主要用意選擇使用，例如：**請鑒核（係簽報長官瞭解，並兼有請示之意）、請鑒察（係將辦理情形簽報長官瞭解）、請核示（係提出擬辦意見，簽報長官核可）、請鈞閱（係檢陳相關資料，簽請長官過目時使用）、請核閱（亦係檢陳相關資料，簽請長官過目時使用）、請鈞參（係檢陳相關資料或提出建議供長官參考時使用）。**

六、函稿的撰擬，究竟採一段式、二段式或三段式的格式，亦應依實際案情確實區分（請併公文製作應行注意事項及常見之缺失第1項簽的撰擬），茲說明如下：

(一)**一段式**：案情簡單者，採一段。

(二)**二段式**：案情較複雜者，採「主旨」、「說明」二段；或是「主旨」、「辦法」二段。

(三)**三段式**：採「主旨」、「說明」、「辦法」三段。「辦法」可因公文內容改稱「建議」、「請求」、「擬辦」、「核示事項」。

七、函稿之「主旨」為全文精要，應力求簡明扼要，並具體提出行文目的與期望，或是答復意旨。除有特殊不得已的情形，宜儘量避免使用「復如說明」等方式答復。

八、函復的公文，通常在說明一引敘或說明來文機關之日期、文號，以方便受文機關調案處理。**引敘方式有二種，一種是答復對方的公文**，格式為：「復貴部○年○月○日○○字號0000000000號函」。**另一種是依據某某機關的公文辦理，或是依據某機關較早的來文辦理**，那麼答復的格式為「依據○○機關○年○月○日○○字第0000000000號函辦理」或「依據貴部（或貴署等）○年○月○日○○字第0000000000號函辦理」。如該來文曾經答復過，再次答復時之格式為「續復貴部（或貴署等）○年○月○日○○字第0000000000號函」。

九、公文應採用語氣肯定、用語堅定、互相尊重之語詞。宜避免使用艱深費解、威嚇性、情緒性、無意義或模稜兩可之詞句，例如「嗣後如再發生類似情事，將嚴懲不貸」，這是威嚇性用語，均不適宜。

十、函轉有關機關之規定時，如果來函字數不多時，可將其內容於函稿內引述清楚即可，不必再檢附來函影本。如果來函內容、字數較多，可在函稿摘述其主要內容、重點，並另檢附來函影本，俾便於受文機關詳細查閱。尤其應避免在函稿中，已經完全照抄來文，又再檢附來文影本，反而形成重複浪費。

十一、　**「主旨」不分項**，文字緊接段名冒號之下書寫；「說明」、「辦法」
　　　　段如無項次，文字應緊接段名冒號書寫；如有分項條例，應另列縮格
　　　　書寫。

十二、　下級機關請示上級機關時，主旨段末尾之期望語**不可用「請核復」**，應
　　　　用「請核示」、「請鑒核」以示敬意。

十三、　對於受文者並無要求或請其配合辦理事項，主旨段之期望語應用「請
　　　　查照」，不可用「請查照辦理」。

十四、　對於無隸屬關係之上級機關提出答辯或報告時（例如銓敘部答復監察
　　　　院之公文），主旨段之期望語應用「請察照」、「請詧照」。

十五、　「請查照」、「請核示」之概括性期望語，應僅列於「主旨」段，不
　　　　應在「說明」段、「辦法」段重複敘述。

十六、　上級機關要求下級機關表示意見，下級機關函復時，主旨段末尾之期
　　　　望語，應用「請鑒核」，不可用「請卓參。」

十七、　凡屬建議、准駁、採擇及判斷等性質之公文用語，應注意明確肯定。

十八、　提供意見供平行機關參考時，主旨段末尾之期望語應用「請卓參。」

十九、　公文分段要確實，不可將「說明」與「辦法」互相混淆。最常見的缺
　　　　失，就是將具體要求或辦法，混入「說明」段中。

二十、　凡屬通案性之公文，必須發文數個機關時，一律使用正本，不宜使用
　　　　副本。

二一、　為避免造成冒失，**副本不宜隨便抄送**上級長官或上級機關（除非上級
　　　　長官或機關要求副知）。

二二、　本機關行文所屬下級機關，並擬知會本機關內部單位時，**不得以內部
　　　　單位為正本收受者，應該以下級機關為正本收受者，內部單位為抄本
　　　　收受者。**

二三、　公文受文者應正確填列，對於以法人名義申請者，應函復該法人，不
　　　　應以其負責人為受文者。

二四、　機關內部單位問公文之會簽洽辦，應以便箋；原文影印分送會簽，或
　　　　以電子方式處理，不宜以對外正式發文方式處理。

二五、　凡屬具有強制性之公文，要求他機關或下級機關依法令規定辦理者，
　　　　應於文稿內直接敘明，不宜使用「請協助配合」之類有彈性詞語。

二六、　公文各段及各分項，如係以「鈞院」、「鈞長」、「臺端」等稱謂為
　　　　行文開頭時，應頂格書寫，不必空一格書寫。

二七、　本機關所訂之作業規定，如擬於行文他機關之文稿中敘及時，應稱
　　　　「本（部、處、局）……作業規定」，不應稱為「（機關全銜）……
　　　　作業規定」。又本機關內部之作業規定，係規範本機關之內部作業，
　　　　對外行文時應儘可能不要引用。

二八、　公文稿內如同時引用兩個以上機關文號時，上級機關之文號在前，下
　　　　級機關之文號在後；時間早者在前，時間晚者在後。

二九、　**公文的每一項起頭，可用「關於」、「查」、「依」等做為起首語；**
　　　　「又」、「至」、「另」、「惟」等係屬轉折語或連接詞，不宜做為
　　　　起首語，放置於各項之起頭。

三十、　凡屬工作計畫、會議記錄、專題報告、各種表報等之標題用語，應力
　　　　求簡單明確，不可加註標點符號。

三一、　公文內，如有引用機關名稱或報表名稱，應用全銜，不宜省略，如須
　　　　多次引用時，可於文內首次引用時敘明「以下簡稱○○」或以「該
　　　　部」、「該會」稱之。

三二、　對於他機關轉來之會議紀錄等，於簽陳首長時，應就需要配合事項
　　　　及預定辦理進度陳簽，不宜僅簽「檢陳○○會議紀錄，如奉核可，
　　　　擬……。」

三三、　答復立法委員國會辦公室之案件，說明段內應寫「復貴委員國會辦公
　　　　室○年○月○日○函」避免簡稱「復貴辦公室○年○月○日○函」，
　　　　以示尊重。

三四、　對於立法委員接受選民陳情或請託之案件，已經處理完竣者，於答復
　　　　時，應將詳細處理經過情形，完整予以答復；如尚在研處階段，除
　　　　應敘明「現正函詢各機關意見」或「正審慎處理中」外，並應再加上
　　　　「俟有結果當儘速函復」或「俟處理完竣即函復」。

三五、　對於擬簽請存查之案件，得於原件文中空白處簽擬，並應摘要簡述
　　　　案由，以及有無本機關應行辦理事項或擬處意見，不宜僅簽「文擬
　　　　存查」。

三六、　下級機關首長簽請上級機關首長核示案件，簽末對象詞的排列順序，應
　　　　依職務位階排列，位階最高者放在最後，不必寫長官之姓氏或名字。

三七、　公文採行由左至右之橫行格式，公文、法規、要點等之項次，以分款
　　　　方式敘述時，應稱「下列」、「如下」、不稱「左列」、「如左」。

三八、 公文中以阿拉伯數字書寫金額、數量時，同一組數字應書寫在同一行，不宜拆成兩行書寫，且**數字超過三位以上者，應以「，」區隔**。

三九、 簽之首行「於○○」字樣，係書寫承辦單位或所屬機關名稱，非寫簽辦之時間或地點。

四十、 「代行」與「決行」公文用語意義不同，使用時應注意下列規定：

(一)「代行」為機關首長因故不能視事，由代理人代行首長職務，其機關公文，依照公文程式條例規定除署首長姓名註明不能視事之原因（包括公假、公出、請假，或事由）外，應由代行人附署職銜、姓名於後，並加註「代行」兩字。

(二)「決行」為單位主管依該機關分層負責逐級授權規定代決公文，於對外行文時，應以該被授權者之名義為之，並在公文上加註「代決」兩字。

四一、 下級機關以上級機關名義代擬文稿時，簽或稿內之用字遣詞，應注意要以上級機關之立場及語氣撰寫。

四二、 以機關首長箋函行文時，應以「首長」之立場撰擬，不得使用機關內部單位之口吻，如「本司（處）」、「本科」或「本科科長」等詞語。

四三、 法規、行政規則制（訂）定，法律統一用語規定如下：

(一)**法律**：制定、公布、施行。

(二)**法規命令**：訂定、發布、施行。

(三)**行政規則**：訂定、函頒（自90年1月1日行政程序法施行後屬該法第159條第2項第2款規定者改為發布）、實施。

四四、 法律用語要特別注意使用，例如：**機關用「設」、人員用「置」**，自由刑之處分用「處」，罰金用「科」、罰鍰用「處」等。

四五、 依行政程序法第159條第2項第2款規定，凡屬統一解釋法令、認定事實及行使裁量權，而訂頒之解釋性規定或裁量基準，應另刊登政府公報。

四六、 引用法律條文用「條、項、款、目」；引用作業要點用「點、項、款、目」。

四七、 引用法規、統計數據等相關資料時，應力求正確無誤，並附卷隨案陳核，以利核稿人員查閱。

四八、 行政規則之條次不列「第○條」字樣，而以一、二、三……等數字為之，各點內得參酌法規格式，分項或以(一)、(二)、(三)……及1.、2.、3.……等定之。

四九、　行政規則應依性質，**以要點、注意事項、作業程序、作業須知、作業原則等定其名稱，如其性質特殊者，並得以章程、範本、方案、補充規定等定其名稱。**

五十、　公文之用語應考量受文者的立場，一文有幾個受文機關時，文稿內稱呼受文機關，應使用「貴機關」，而不是「各機關」。

五一、　公文書、表、證照、冊、據等之製成用「製定」與「製作」，不用「制定」或「制作」。

五二、　「申請」與「聲請」均係就某事項對機關提出說明或要求，惟在適用上，依行政院函頒「統一法律用字表」規定，對法院用「聲請」，對行政機關用「申請」。

五三、　「準用」與「適用」有別，「適用」係完全依其規定而適用，「準用」則只就某事項所定之法規，於性質不相牴觸之範圍內，適用於其他事項之謂。換言之，「準用」非完全適用所援引之法規，而僅在應予準用事項之性質所容許之範圍內，始得類推適用而已。

五四、　答復民眾查詢事項，不宜用「**所囑**」或「**函囑**」等字句。「**囑查**」2字，亦僅適用於函復上級機關或民意代表之交辦事項，不適用於答復下級機關請示或民眾陳情事項。

五五、　「**交下**」2字僅適用於直屬上級對下級的關係。對於民意代表轉交人民陳情案件，於函復民意代表時不宜用「交下」2字。

五六、　以首長箋函答復立法委員時，稱謂應得宜。例如：對男性立法委員應稱兄，如「○○（名）委員吾兄勛鑒」；其名為單字者稱「○（姓）委員吾兄勛鑒」，首長自稱「弟○○○」。對於女性立法委員稱「○○（名）委員勛鑒」，首長自稱「○○○」，可免去「弟」字。

五七、　公文應以直敘方式撰擬，形容詞或雙重否定句，如「似可照准」、「似可同意」、「尚無不合」等不肯定的語氣，應盡量避免使用。

五八、　**使用引號「」引敘法令規定，或有關機關函釋內容時，應照錄原文，不必引用之文字，可以刪節號…略過，切莫自行予以重新組合。如果僅係引敘期大意，則用略以……或略稱……。不可使用引號。**

五九、　公文中引敘原來文，如未使用引號「」引敘時，其直接語氣均應改為間接語氣，如「貴部」應改為「本部」，「本局」應改為「該局」等。

六十、　**公文中敘及金額數字，如係以國字大寫壹、貳、參、肆、……表示時，其金額單位亦應大寫「仟」、「佰」、「拾」書寫，而非「千」、「百」、「十」。**

六一、　機關首長以「公文」、「便條」、「口頭」、「會議」時所做的指示，其用語應分別為「批示」、「指示」、「諭示」、「裁示」。

六二、　**「諭」是上級吩咐下級，無上下隸屬關係不能用「諭示」。**

六三、　公文內敘及「鈞長」、「貴部」等字，業已表示敬意，該字前面可免再空一格。

六四、　「百分比」與「百分點」意義不同。「百分比」係指兩個數字相除，稱百分之幾，例如「百分之五」；「百分點」係指兩個百分比相減，稱增加或減多少個百分點，例如「增加五個百分點」。

六五、　公文用語應注意前後一貫原則，同一公文內，例如前面使用「張先生」，其後即不宜改為「張君」、「張員」等，或是前面使用「格式及內容」，其後即不宜改為「內容及格式」等不一致之情形。

六六、　公文內敘及機關名稱或法規名稱，應全部套用不可簡略；但於文內首次引用時，應敘明（以下簡稱○○），如此在該文中第2次引用時，即可使用簡稱，才不致太過累贅。

六七、　公文內敘述辦理經過情形，宜儘量少用「在卷」、「在案」或「各在卷」、「各在案」等用語。

六八、　「記錄」、「紀錄」用法不同，動詞用「記錄」，名詞用「紀錄」。

六九、　結尾用語如「為要」、「為荷」、「為禱」等宜取消不用。

七十、　「業」與「已」同義，固可使用「業已」做完，惟「業已於」則應修正為「業於」或「已於」。

七一、　各項會議紀錄，如部（局）務會議紀錄、○○研討會、座談會、協調會紀錄，無須重復「會議」2字。

七二、　**「按語」用在一段的起頭，主要係在點出該段的意旨；「轉接詞」則用在公文中間，主要係用以承上啟下，使語意更加順暢。**因此，撰擬公文時，不論是簽或函等，宜如何正確、巧妙使用按語及轉接詞，確實十分重要。茲將常見之按語及轉接詞之用法列舉如下，以供參考：

(一)查—在第二段之後，要引敘有關依據、規定、狀況或事實時用。

(二)復查（或再查）—要繼續敘述其他有關依據、規定、狀況或事實時用。

(三)另查─要敘述不同面向之有關規定、狀況及事實時用。

(四)經查─於敘述指示或背景之後,接續要敘述所查明之有關規定、狀況或事實時用。

(五)案查─要敘述以往曾經做過之處理情形、或曾經辦理之有關檔存資料時用。

(六)惟查─要敘述所查明之反面有關規定或不同事實時用。

(七)惟─要敘述不合之規定、困難所在、或需要顧慮之處等等反面因素時用。

(八)茲─「茲」為起敘語或在行文中開始導入正題時使用。另作「此處」、「現在」用。

(九)乃─為因應上述原因,接著要敘述採行之作法時用。

(十)以─要敘述理由時用。

(十一)茲以─要轉向敘述緣由時用。

(十二)案經─要敘述有案可稽之處理經過情形時用。

(十三)甫經─要敘述於近期內,已經做的處理情形時用。

(十四)頃經─要敘述剛剛所做的處理情形時用。

(十五)經─要敘述已經做了怎樣之處理時用。

(十六)茲據─在說明緣由後,要提出實施辦法或建議意見前,先引據有關依據時用。

(十七)茲經─於事故發展過程中,要敘述已經做了怎樣處理時用。

(十八)復經─要繼續敘述已經做了怎樣之處理時用。

(十九)嗣經─要接續敘述時間在後,同時有銜接性、階段性或步驟性之處理情形時用。

(二十)復以─要敘述另一個併列之因素時用。

(二一)按─在公文內,要分析道理時用。

(二二)爰─在公文內,承接上述事實或理由,要提出因應之做法時用。

(二三)至於─要轉向敘述另一個問題或部分時用。

七三、　公文的表達方式,應讓受文者清楚明白,不得過分簡略,例如「各機關之文書收發,應由編制內職員擔任。」其中之「文書收發」宜加上「人員」兩個字,改為「文書收發人員」較妥。

七四、　為使公文中的每個句子,讀起來流暢順口,宜妥善運用虛字(例如:有、才、的、了、於)等,虛字不足或虛字太多,都會讓人有不順暢、不調和的感覺。例如:「函稿內重要數字,應用大寫。」應改為「函稿內有重要數字,應用大寫。」亦即加上一個「有」字。

第二節 近年度試題

一、測驗題型（初等或五等特考約佔12～20分）

(一)101年度

101年地方五等（一般行政）

( ) 1. 公文寫作時，密等的分類，下列選項，正確的是： (A)祕密 (B)機密 (C)甚機密 (D)相對機密。

( ) 2. 下列選項中的稱謂，何者正確？ (A)學生對老師可自稱「受業」 (B)部屬對長官應自稱「閣下」 (C)對他人稱自己的父親可稱「翁父」 (D)對他人稱自己的弟弟宜稱「令弟」。

( ) 3. ○○大學發文教育部，其中寫道：「依據 鈞部民國101年2月20日○字第○號函辦理。」這段文字應置於何處？ (A)主旨 (B)說明 (C)辦法 (D)擬辦。

( ) 4. 公文應採法律統一用字用語，下列選項恰當的是：
(A)對行政機關用「聲請」，對法院用「申請」
(B)制作行政命令用「訂定」，創制法律用「制定」
(C)「計畫」「紀錄」是動詞，「規劃」「記錄」是名詞
(D)「設」機關，「置」人員；「處」罰金，「科」罰鍰。

( ) 5. 公家機關回覆民眾問題時，下列公文中，適用的選項是：
(A)呈 (B)簽 (C)咨 (D)函。

( ) 6. 公文格式中，有關期望及目的用語，下列選項，不恰當的是：
(A)於平行文時，用「請查照」
(B)於上行文時，用「請鑒核」
(C)於上行文時，用「希轉行照辦」
(D)於下行文時，用「希辦理見復」。

解答　1. **B**　2. **A**　3. **B**　4. **B**　5. **D**　6. **C**

↘ 101年地方五等（非一般行政）

( )　1. 公文用語中，不宜用以指稱對方機關的是：　(A)大院　(B)鈞部 (C)貴會　(D)尊署。

( )　2. 下列關於各機關行文時所使用的稱謂，正確的選項是：
(A)銅鑼鄉公所行文苗栗縣政府時，稱對方為「大府」
(B)水上鄉公所行文嘉義縣政府時，稱對方為「貴府」
(C)嘉義縣政府行文水上鄉公所時，稱對方為「鈞公所」
(D)苗栗縣政府行文銅鑼鄉公所時，稱對方為「貴公所」。

( )　3. 下列公文製作之分段要領，不正確的是：
(A)「說明」在補充「主旨」未盡事宜，須詳細敘述，故應分項
(B)「辦法」在於具體提出有效內容，故除文字說明外，亦可使用 表格
(C)「主旨」為全文重點所在，說明行文之目的與期望，故應力求 簡潔扼要
(D)「主旨」、「說明」、「辦法」雖稱為三段式，然可視實際情 形調整為一段式或兩段式。

( )　4. 下列公文用語，錯誤的選項是：
(A)無隸屬關係的機關，對上級稱「大」
(B)機關（或首長）對屬員稱「台端」
(C)各機關首長間，上級對下級稱「貴」
(D)有隸屬關係的機關，上級對下級稱「鈞」。

( )　5. 鄉長行文給縣長時，應稱呼縣長為：　(A)台端　(B)長官　(C)鈞 座　(D)縣長。

解答　1. **D**　2. **D**　3. **A**　4. **D**　5. **C**

101年原住民五等

( )　1. 下列選項，有關「函」與「公告」的結構，何者正確？
　　　(A)公告的三段式包括主旨、說明、辦法
　　　(B)函的三段式包括主旨、依據、公告事項
　　　(C)函與公告，可視情況採用三段式、二段式、一段式書寫
　　　(D)不論函或公告，可用「說明」一段完成者，不必勉強湊成兩段。

( )　2. 公文用語會隨著發文者與受文者的關係而改變。下列選項中的
　　　稱謂語，何者屬於下對上的關係？　(A)職　(B)本校　(C)台端
　　　(D)貴課長。

( )　3. 下列選項有關公文擬稿的敘述，何者錯誤？
　　　(A)簽宜載明年月日及單位
　　　(B)擬稿以一文一事為原則
　　　(C)如有添註塗改，應於騎縫處蓋章
　　　(D)遇譯文且關係重要者，應以括弧加註原文。

( )　4. 花蓮市公所行文花蓮縣政府，應稱對方：
　　　(A)大府　　　　　　　　(B)貴府
　　　(C)臺府　　　　　　　　(D)鈞府。

( )　5. 下列選項，有關公文程式的類別，敘述錯誤的是：
　　　(A)行政院對總統報告，用「呈」
　　　(B)行政院公布人事獎懲，用「公告」
　　　(C)總統與監察院公文往復，用「咨」
　　　(D)行政院原住民族委員會向行政院報告，用「函」。

( )　6. 下列選項對公文主旨期望語的敘述，何者正確？
　　　(A)「交通部」行文至「內政部」，採用「希查照」
　　　(B)「南澳鄉公所」行文至「大同鄉公所」，採用「請照辦」
　　　(C)「行政院原住民族委員會」行文至「行政院」，採用「請鑒核」
　　　(D)「法務部」行文至其所屬「矯正人員訓練所」，採用「請查核」。

解答　1. C　　2. A　　3. C　　4. D　　5. B　　6. C

↘ **101年調查局五等**

( )　1. 有關「公文」之敘述，下列何者正確？
　　　(A)公文應記明國曆年、月、日。機關公文，應載明發文字號
　　　(B)兩人基於權利義務關係所製作的書據契約，也是公文的一種
　　　(C)公文的製作，雖有一定的格式，但也可略作變化，才能引人注意
　　　(D)凡是人與人、機關和機關之間處理事務的文書，皆可稱之為
　　　　「公文」。

( )　2. 下列有關便條的敘述，何者正確？
　　　(A)便條即簡短之書信，蓋求其簡單而便捷
　　　(B)可用信封郵寄，故撰寫的內容、格式與書信無異
　　　(C)雖常用於知友，但對於新交或尊長也可使用
　　　(D)遣詞用字雖簡明扼要，但應酬語、客套話不可省略。

( )　3. 關於公文中的「函」的敘述，何者正確？
　　　(A)「主旨」說明要詳細，故可分段、分項書寫
　　　(B)「說明」、「辦法」中分項條列時，每項表達一意
　　　(C)都必須具備「主旨」、「說明」、「辦法」三段
　　　(D)「辦法」段乃要求有所作為，故文末可加「請照辦」之期望語。

解答　1. **A**　　2. **A**　　3. **B**

↘ **101年司法五等**

( )　1. 國道三號走山事件，造成四人活埋慘劇，北區工程處欲替受難
　　　者家屬向法務部申請國賠，所使用之公文應為：　(A)呈　(B)函
　　　(C)令　(D)公告。

( )　2. 下列公文用語，何者錯誤？
　　　(A)對無隸屬關係之機關：上級稱「大」；平行稱「貴」；自稱「本」
　　　(B)對有隸屬關係之機關：上級對下級稱「貴」；下級對上級稱
　　　　「鈞」；自稱「本」
　　　(C)行文數機關或單位時，如於文內同時提及，可通稱為「貴機
　　　　關」或「貴單位」
　　　(D)機關對人民稱「先生」、「女士」或通稱「君」、「鈞長」；
　　　　對團體稱「貴」，自稱「本」。

( )　3. 公文「期望語」的選用，常與目的、行文層級有關。下列何者不恰當？
　　　(A)請求平行機關辦理，可用「希照辦」
　　　(B)陳請上級機關明示，可用「謹請鑒核」
　　　(C)要求下級機關答復，可用「請查照見復」
　　　(D)請受文機關轉知所屬，可用「請轉行照辦」。

( )　4. 公文中上行函之期望與目的語，下列選項何者正確？
　　　(A)希查照　　　　　　　　(B)請照辦
　　　(C)請核示　　　　　　　　(D)查核辦理。

　[解答]　1. B　　2. D　　3. A　　4. C

⬎ 101年鐵路佐級

( )　1. 當個人撰寫申請函時，下列何者非必要內容？　(A)署名與蓋章
　　　(B)年齡與性別　(C)學歷與血型　(D)職業與地址。

( )　2. 當公文「函」中有附件時，對上級機關所使用的附送語最適當的
　　　是：　(A)檢陳　(B)檢附　(C)檢送　(D)附送。

( )　3. 下列有關公文稱謂語的說明，錯誤的是：　(A)教育部稱立法院為
　　　「大院」　(B)行政院長對交通部長可稱「鈞座」　(C)臺灣大學
　　　行文教育部可自稱「本校」　(D)人民對機關自稱時，可用自己的
　　　「名字」。

( )　4. 一般案情簡單，或例行承轉之案件，通常採用何種公文擬辦方
　　　式？　(A)先簽後稿　(B)簽稿併陳　(C)逕行公告　(D)以稿代簽
　　　或於原件文中空白處簽擬。

( )　5. 下列有關公文用語的使用，敘述正確的選項是：　(A)在期望語的
　　　使用上，對上級機關可使用「請查照」　(B)在引敘語的使用上，
　　　開始引敘下級機關的公文時用「奉」　(C)在請示語的使用上，屬
　　　員對其機關首長宜用「敬請照辦」　(D)在稱謂語的使用上，有隸
　　　屬關係的下級機關，對上級機關稱「鈞」。

　[解答]　1. C　　2. A　　3. B　　4. D　　5. D

↘ **101年身障五等**

(　)　1. 某縣市家畜疾病防治所將行文農委會，回報轄內養雞場禽流感監測結果。以下公文書寫格式，何者有誤？
(A)行文農委會之公文類別應使用「呈」
(B)某縣市家畜疾病防治所應自稱「本所」
(C)受文者應書寫為「行政院農業委員會」
(D)期望語應用「請 備查」。

(　)　2. 某縣政府動物防疫所將公告流浪動物處理辦法。公告格式下列何者正確？
(A)公告日期應書寫為「中華民國 一百零一年三月二十三日」
(B)公告結構應分「主旨」、「依據」、「公告事項」3段
(C)依據應寫為「依據：農委會第○○○○○○○○來函」
(D)登載於機關電子公布欄，應蓋用機關印信、署機關首長職銜、姓名。

(　)　3. 臺北市文山區公所行文臺北市政府，陳報該區公所本年度滅蟑滅鼠週工作計畫，請問主旨該怎麼寫？
(A)檢陳本區辦理滅蟑滅鼠工作執行計畫乙份，請鑒核。
(B)檢送本區辦理滅蟑滅鼠工作執行計畫乙份，請查照。
(C)檢陳本區辦理滅蟑滅鼠工作執行計畫乙份，請查照。
(D)檢送本區辦理滅蟑滅鼠工作執行計畫乙份，請鑒核。

(　)　4. 國立臺灣大學行文教育部時，正確的稱謂應是：
(A)對教育部稱「貴部」，自稱「敝校」
(B)對教育部稱「令部」，自稱「敝校」
(C)對教育部稱「大部」，自稱「本校」
(D)對教育部稱「鈞部」，自稱「本校」。

(　)　5. 在正式公文中，上級機關對所屬下級機關有所指示、交辦時，應使用下列何者？　(A)咨　(B)函　(C)令　(D)簽。

解答　　1. **A**　　2. **B**　　3. **A**　　4. **D**　　5. **B**

( )　1. 基隆關稅局行文財政部關稅總局，請求增派人力支援業務，應採
用何種公文類別為之？
(A)函　(B)呈　(C)咨　(D)書函。

( )　2. 下列符合「公文書橫式書寫數字使用原則」的是：
(A)國小3年級　　　　　　　(B)八八水災
(C)一再強調　　　　　　　(D)第1夫人。

( )　3. 如果銓敘部發函給考試院，下列敘述錯誤的選項是：
(A)稱考試院為「貴院」
(B)受文者寫「考試院」
(C)發文機關寫「銓敘部函」
(D)由銓敘部長署職銜、姓名、蓋職章。

( )　4. 行政院致函交通部，所使用之公文用語，不應出現的是：
(A)貴部　(B)請鑒察　(C)准予備查　(D)請辦理見復。

( )　5. 臺灣大學行文教育部，文中提及教育部時，應如何稱呼？
(A)本部　(B)鈞部　(C)貴部　(D)大部。

( )　6. 下列何種類別的公文，不需有受文者？
(A)函　　　　　　　　　　(B)書函
(C)公告　　　　　　　　　(D)開會通知單。

( )　7. 下列公文用語何者與「法律統一用語」不合？
(A)「科」五千元以下罰金
(B)「處」五年以下有期徒刑
(C)司法院「設」秘書長一人，特任……
(D)教育部「設」左列各司、處、室……。

解答　1.A　2.C　3.A　4.B　5.B　6.C　7.C

↘ 101年初等考試（一般行政）

(C) 1. 教育部對國立臺灣大學行文時，下列稱謂何者正確？　(A)鈞校　(B)大校　(C)貴校　(D)該校。

(D) 2. 學生寫信給老師時，最適合使用以下那一個「提稱語」？　(A)大鑒　(B)惠鑒　(C)雅鑒　(D)道鑒。

(D) 3. ○○科技大學接受行政院衛生署委託進行研究計畫，將行文行政院衛生署函送「○○○研究計畫」之結案報告，下列主旨的寫法最適當的選項是：
  (A)檢送　貴署委託敝校執行「○○○研究計畫」之期末報告乙式○份如附，請　查收
  (B)奉陳　大署委託本校執行「○○○研究計畫」之期末報告乙式○份如附，請　審閱
  (C)檢附　尊署委託敝校執行「○○○研究計畫」之期末報告乙式○份如附，請核示
  (D)檢陳大署委託本校執行「○○○研究計畫」之期末報告乙式○份如附，請鑒核。

(B) 4. 依現行公文程式條例，不屬於「其他公文」者為：　(A)書函　(B)公告　(C)證明書　(D)公務電話紀錄。

(C) 5. 關於公文類別，以下何者錯誤？　(A)同級機關行文用「函」　(B)總統與立法院公文往復時用「咨」　(C)下級機關對上級機關有所請求時用「呈」　(D)「公告」是向公眾或特定對象宣布周知時使用。

(A) 6. 高雄市政府發函給所屬各區公所，依據行政院秘書處《文書處理手冊》規定，「正本」欄應如何填寫最正確？
  (A)一一列舉各區公所全銜
  (B)直接填上「如受文者」即可
  (C)只要填寫「本府所屬機關」即可
  (D)應寫明「苓雅區公所等」，以市政府所在地列首位為代表。

(A) 7. 下列何者是對上級機關公文所使用的期望語或目的語？　(A)請核備　(B)希查照　(C)請查照備案　(D)請　查核辦理。

解答　1. **C**　2. **D**　3. **D**　4. **B**　5. **C**　6. **A**　7. **A**

◢ **101年初考（非一般行政）**

( )　1. 下列何者不應該出現在交通部致行政院函的「主旨」中？
　　　(A)鈞院　　　　　　　　　　(B)本部
　　　(C)請 核備　　　　　　　　 (D)希 轉行照辦。

( )　2. 幕僚處理公務，表達意見，以供上級了解案情，並作抉擇的依據
　　　時使用：
　　　(A)簽　　　　　　　　　　　(B)通知
　　　(C)書函　　　　　　　　　　(D)申請函。

( )　3. 下列有關公文的敘述，何者錯誤？
　　　(A)公務未決階段，需要磋商及徵詢意見、通報等，使用「說帖」
　　　(B)公文用語中，下級機關首長對上級機關首長自稱時，須用「職」
　　　(C)公文有固定結構體式，就一般公文主體言，首當具列發文機關
　　　　　全銜及文別
　　　(D)公文三段式結構的「辦法」，可因公文內容改用建議、請求、
　　　　　擬辦、核示事項等名稱。

( )　4. 臺北市立○○國民中學擬由○○○老師帶領學生○○人前往動物
　　　園參觀，發文臺北市立動物園時，當如何稱對方與自稱？
　　　(A)鈞園／敝校　　　　　　　(B)貴園／鄙校
　　　(C)貴園／本校　　　　　　　(D)大園／小校。

( )　5. 下行文的「函」末機關首長簽署用印，應使用：
　　　(A)關防　　　　　　　　　　(B)職章
　　　(C)職銜簽字章　　　　　　　(D)個人印鑑章。

　解答　　1. **D**　　2. **A**　　3.**(#)**　　4. **C**　　5. **C**

(二)102年度

↘ 102年地方五等（一般行政）

( )　1. 上級機關對所屬下級機關有所指示、交辦、批復時所用的公文類別是：　(A)令　(B)函　(C)咨　(D)公告。

( )　2. 下列有關機關公文電子交換作業的說明，錯誤的選項是：
(A)機關公文以電子交換行之者，得不蓋用印信或簽署
(B)行文單位兼有電子交換及非電子交換者，應列示其清單，以資識別
(C)發文作業人員應輸入識別碼、通行碼或其他識別方式，始可進行發文作業
(D)透過電子交換的公文，至遲應在一週後在電腦系統檢視發送結果，並為必要之處理。

( )　3. 關於公文「期望語」或「目的語」，下列選項何者不得使用於平行機關？
(A)請查照辦理　　　　　　　　(B)請核准辦理
(C)請查明見復　　　　　　　　(D)請同意見復。

( )　4. 各機關間於公務未決階段需要磋商、徵詢意見或通報時，常用何種公文？　(A)函　(B)簽　(C)呈　(D)書函。

( )　5. 依〈文書處理手冊〉規定，下列有關公文撰擬之要領說明，何者錯誤？
(A)說明、辦法分項條列時，每項表達一意
(B)具體詳細要求有所作為時，請列入辦法段內
(C)使用概括之期望語，如「請核示」等應列入主旨
(D)文末首長簽署、敘稿時，首長職銜之後應僅書「姓」，以求簡化。

解答　　1. B　　2. D　　3. B　　4. D　　5. D

◥ **102年地方五等（非一般行政）**

( )　1. 公告內容要求簡明扼要，下列何者不必在公告中套敘？
(A)主旨
(B)依據
(C)公告事項
(D)會商過程。

( )　2. 下列關於「文書保密」之規定，何者錯誤？
(A)機密文書區分為國家機密文書及一般公務機密文書
(B)經核定機密等級、解密條件之文書，屬彙編性質者，應於文書
首頁說明保密要求事項
(C)保密期限或解除機密條件之標示，應以括弧標示於機密等級之右
(D)國家機密文書區分為「絕對機密」、「極機密」，一般公務機
密文書區分為「機密」、「密」。

( )　3. 有關公文的「稱謂語」，下列選項不恰當的是：
(A)平行機關首長相互間的稱呼用「貴」字
(B)機關、學校、社團或首長的自稱用「敝」字
(C)機關對人民稱「先生」、「女士」，或通稱「君」、「台端」
(D)有隸屬關係的下級機關首長對上級機關首長行文時的稱呼用
「鈞」字。

( )　4. 函之正文，除按規定結構撰擬外，訂有辦理或復文期限者，應於
那一段內敘明？
(A)說明
(B)辦法
(C)主旨
(D)擬辦。

( )　5. 凡機關與機關或機關與人民往來之公文書，其製作之格式為：
(A)應採由左至右之橫行書寫
(B)應採由上至下之直行書寫
(C)以由左至右橫行為主，由上至下直行為輔
(D)以由上至下直行為主，由左至右橫行為輔。

解答　1. **D**　2. **D**　3. **B**　4. **C**　5. **A**

↘ **102年原住民五等**

( ) 1. 關於公文「函」的寫作，下列選項何者不可缺少：
(A)主旨
(B)主旨、說明
(C)主旨、辦法
(D)主旨、說明、辦法。

( ) 2. 標點符號之運用，可以使公文句讀清楚，便於閱讀，避免讀者曲解文意。下列敘述何者正確？
(A)用在一個意義完整文句後面的是點號
(B)用在連用的單字、詞語、短句中間的是分號
(C)夾註號，用在文句有省略或表示文意未完的地方
(D)破折號，表示下文語意有轉折或下文對上文的註釋。

( ) 3. 關於公文寫作格式之敘述，下列選項何者錯誤？
(A)說明部分如無項次，則文字緊接段名冒號之下書寫即可
(B)辦法部分，其分項內容如過於繁雜，或有表格型態時，應編為附件
(C)一般公文以「函」為主，結構採取「主旨」、「說明」、「辦法」三段式
(D)主旨為全文精要，以說明行文目的及期望，故須分項陳述，以利理解及閱讀。

( ) 4. 公文「函」之正文，除按照規定結構撰擬外，並應注意若干事項，下列選項何者錯誤？
(A)如有附件，得在文內敘述附件名稱及份數
(B)訂有辦理或復文期限者，請在「辦法」內敘明
(C)「說明」、「辦法」分項條列時，每項表達一意
(D)要求副本收受者作為時，請在「說明」段內列明。

( ) 5. 下列那一個詞彙適合發文與受文機關為平行關係時使用？
(A)貴校
(B)鈞部
(C)請核示
(D)請查辦。

解答　1. **A**　2. **D**　3. **D**　4. **B**　5. **A**

↘ 102年司法五等

( )　1. 關於公告寫作要點，下列敘述，何者有誤？
(A)「公告事項」應將公告內容分項條列，同時冠以數字
(B)公告之結構可分為「主旨」、「依據」、「公告事項」三段
(C)公告各段段名之上宜冠上數字，方便閱讀與區分
(D)公告一律使用通俗、淺顯文字製作，避免使用艱深費解的詞彙。

( )　2. 有關公文副本的說明，下列選項何者錯誤？
(A)副本之性質，仍為公文，故有一定之格式
(B)副本可加強各機關間之聯繫，增進行政效率
(C)為求簡便扼要，副本之內容節略正本之重點即可
(D)副本之受文者，為正本受文者以外之有關機關或人民。

( )　3. 下列有關公文製作，敘述錯誤的選項是：
(A)對無隸屬關係的上級機關行文，稱謂上應加「鈞」字
(B)擬稿以一文一事為原則，來文如係一文數事者，得分為數文答復
(C)擬辦復文或轉行之稿件，應敘入來文機關之發文日期及字號，俾便查考
(D)事情簡單的公文，可使用「主旨」一段完成；能一段完成的，勿強分為二段、三段。

( )　4. 下列關於「公文夾」的顏色功用，何者錯誤？
(A)速件用藍色　　　　　　　　(B)最速件用紅色
(C)普通件用白色　　　　　　　(D)機密件用黑色。

( )　5. 下列何者屬於公文用語中之「准駁語」？
(A)應予照准　　　　　　　　　(B)是否可行
(C)敬請查照　　　　　　　　　(D)查明見復。

解答　1. **C**　　2. **C**　　3. **A**　　4. **D**　　5. **D**

↘ **102年鐵路佐級**

( )　1. 公文「函」之行文目的，如僅係檢送文件，通常在那一段內敘明即可？
　　　(A)主旨　　　　　　　　　　(B)辦法
　　　(C)說明　　　　　　　　　　(D)附件。

( )　2. 行政院衛生署擬行文各縣市衛生局，請依法加強取締誇大不實的藥品與健康食品。下列選項的說明何者正確？
　　　(A)期望、目的語應用「請准予備查」
　　　(B)簽署用印應使用署長職銜、簽字章
　　　(C)稱謂用語，自稱「行政院衛生署」
　　　(D)此次行文旨在發布法規命令，應使用「令」文。

( )　3. 我國現行公文格式與管理，下列敘述何者有誤？
　　　(A)現行為橫式書寫，由左而右，A4公文紙直式列印
　　　(B)公文電子資料交換僅一頁時，無須用電子騎縫章
　　　(C)檔案管理資料區於公文右上角，含檔號、保存年限
　　　(D)「受文者」「主旨」之間，列明收文機關的管理資料。

( )　4. 「公文」是處理公務的應用文書。下列選項，何者不屬於「公文」？
　　　(A)○○系學會 公告　　　　(B)○○市政府社會局 函
　　　(C)○○員生消費合作社 箋　(D)國立○○高級中學 書函。

( )　5. 公文寫作時，「依本院00年00月00日第○○次會議決議辦理」應置於何處？
　　　(A)主旨　　　　　　　　　　(B)說明
　　　(C)辦法　　　　　　　　　　(D)附件。

解答　1. A　　2. B　　3. D　　4. C　　5. B

◥ 102年身障五等

( )　1.　公文的期望語「請核示」、「請查照」、「請照辦」等,應寫在何處?
　　　(A)「主旨」開頭　　　　　　(B)「主旨」最後
　　　(C)「說明」最後　　　　　　(D)「說明」開頭。

( )　2.　行文上級機關,其「附送語」應使用:
　　　(A)檢送　　　　　　　　　　(B)檢陳
　　　(C)檢附　　　　　　　　　　(D)附送。

( )　3.　下列行文之「直接稱謂用語」,何者正確?
　　　(A)教育部稱監察院為「貴院」
　　　(B)國立教育廣播電臺稱教育部為「鈞部」
　　　(C)花蓮縣光復鄉稱花蓮縣政府為「貴府」
　　　(D)宜蘭縣員山鄉公所稱新北市烏來區公所為「大所」。

( )　4.　按公文書寫規定,下列那一種情形,適合以「台端」作為稱呼對方的「稱謂語」?
　　　(A)臺中市政府回復市民陳情書
　　　(B)國立歷史博物館回復啟聰學校書函
　　　(C)臺灣大學回復行政院國家科學委員會函
　　　(D)行政院海岸巡防署回復行政院催辦案件通知單。

( )　5.　關於公文的寫作,下列說明何者錯誤?
　　　(A)為求便捷,行文時對於受文者可以用簡稱
　　　(B)在發送公文時都要編列發文字號,以便於檢查
　　　(C)寫作公文,文字應簡淺明確,立場應清楚確定
　　　(D)公文蓋用印信及首長簽署,旨在防止偽造、變造。

解答　1. B　　2. B　　3. B　　4. A　　5. A

↘ **102年初考（一般行政）**

( )　1. 行政院各部會對臺北市政府行文，屬下列那一種？　(A)上行函
　　　　(B)平行函　(C)下行函　(D)申請函。

( )　2. 下列關於「公告」的敘述，何者錯誤？
　　　　(A)公告之結構分為「主旨」、「依據」、「公告事項」（或說明）
　　　　　　3段
　　　　(B)公告分段數應加以活用，段名之上不冠數字，亦可用「主旨」
　　　　　　1段完成
　　　　(C)公告有2項以上「依據」者，每項應冠數字，並分項條列，另
　　　　　　列低格書寫
　　　　(D)公告登載時，得用較大字體簡明標示公告之目的，並署機關首
　　　　　　長職稱、姓名。

( )　3. 下列對於「簽」、「稿」撰擬之說明，何者錯誤？
　　　　(A)有關政策性或重大興革案件，宜「先簽後稿」
　　　　(B)須限時辦發不及先行請示之案件，可「以稿代簽」
　　　　(C)依法准駁，但案情特殊須加說明之案件，應「簽稿並陳」
　　　　(D)「擬辦」部分，為「簽」之重點所在，應針對案情，提出具體
　　　　　　處理意見，或解決問題之方案。

( )　4. 公文製作的一般原則，其作業要求，不包含下列那一選項？
　　　　(A)正確、清晰　　　　　　　(B)簡明、整潔
　　　　(C)詳細、委婉　　　　　　　(D)完整、一致。

( )　5. 下列關於公文使用原則之敘述何者正確？
　　　　(A)下級對上級之稱謂為表尊敬應統稱「貴」
　　　　(B)為避免爭議，應以國字大寫註明承辦月日時分
　　　　(C)公文「主旨」為求清楚無誤，應以二至三項加以敘述為佳
　　　　(D)行文數機關或單位時，如於文內同時提及，可通稱為「貴機
　　　　　　關」或「貴單位」。

解答　1. **B**　2. **D**　3. **B**　4. **C**　5. **D**

↘ 102年初考（非一般行政）

( )　1. 承辦人員辦稿時，處理附件的注意事項，下列何者有誤？
　　　(A)附件有2種以上時，分別標以附件1、附件2、……
　　　(B)附件除附卷者外，如係隨文附送，辦稿時，用「檢送」、「檢附」等字樣
　　　(C)有時間性之公文，其附件不及隨文送出者，請註明「文先發，附件請向承辦人員洽取」字樣
　　　(D)如需以電子文件發出，辦稿時請書「附電子檔」字樣，並註明「原本存卷，另以電子檔發出」。

( )　2. 下列機關間之公文往復，何者屬於平行文？
　　　(A)臺北市政府／行政院
　　　(B)署立玉里醫院／行政院衛生署
　　　(C)國立臺灣大學／教育部
　　　(D)行政院國家科學委員會／教育部。

( )　3. 下列敘述，何者正確？
　　　(A)公文分為「令」、「呈」、「咨」、「函」、「公告」5種
　　　(B)向受文者提出之具體要求無法在「主旨」內簡述時，用「說明」列舉
　　　(C)當案情必須就事實、來源或理由，作較詳細之敘述，無法於「主旨」內容納時，用「辦法」說明
　　　(D)「主旨」、「說明」、「辦法」3段，得靈活運用，可用1段完成者，不必勉強湊成2段或3段。

( )　4. 下列關於「會稿」作業的敘述，何者錯誤？
　　　(A)非政策性之緊急文稿，為爭取時效，得先發後會
　　　(B)會稿單位對於文稿有不同意見時，應由主辦單位綜合修改後，再送決定，會銜者亦同
　　　(C)凡先簽後稿之案件已於擬辦時會核者，如稿內所敘與會核時並無出入，仍應再送會，以完備手續
　　　(D)各單位於其他單位送會之簽稿，如有意見應即提出，如未提出意見，一經會簽，即認為同意，應共同負責。

(　)　5. 公文橫式書寫數字有一定之使用規範，下列選項何者為非？
　　　　(A)週二
　　　　(B)延後2週辦理
　　　　(C)事務管理規則共分15編、415條條文
　　　　(D)行政院令：修正「事務管理規則」第110條條文。

解答　　1. **C**　　2. **D**　　3. **D**　　4. **C**　　5. **D**

(三)103年度

↘ 103年初考（一般行政）

(　)　1. 下列關於「公文夾」使用的敘述，何者錯誤？　(A)文書之陳核、陳判等過程中，均應使用公文夾　(B)公文夾顏色做為機關內部傳送速度之區分，機密件公文應用特製之機密件袋　(C)公文夾之應用，必須與夾內文書之性質相稱，「最速件」之使用比例不受限制　(D)公文夾正中間標明「（機關）公文夾」，中間下方標示「承辦單位」，左上角預留透明可插式空間，以標示會核單位或視需要加註其他例如「提前核閱」或「即刻繕發」等訊息。

(　)　2. 有一公文主旨如下：內政部、外交部會銜函報「跨國境人口販運防制及被害人保護辦法」草案一案，奉交貴機關研提意見，於文到7日內見復，請查照。請問本公文「文別」應為下列何項？
　　　　(A)行政院 令　　　　　　　(B)行政院 函（稿）
　　　　(C)行政院 移文單　　　　　(D)行政院交辦（議）案件通知單。

(　)　3. 依公文間接稱謂用語規定，對職員稱：
　　　　(A)簡銜　(B)職稱　(C)台端　(D)○○君。

(　)　4. 依《文書處理手冊》簽稿的撰擬，下列敘述何者正確？
　　　　(A)簽的「主旨」簡述目的與擬辦，並分項完成
　　　　(B)簽的「說明」是重點所在，針對案情提出處理方法
　　　　(C)「簽稿併陳」用於文稿內容須另為說明，或對以往處理情形須酌加析述之案件
　　　　(D)簽的「主旨」、「說明」、「擬辦」可因內容繁多，條列敘述之。

( )　5.　依「法律統一用字表」，下列何者用字錯誤？　(A)復查　(B)規劃　(C)賸餘　(D)征稅。

( )　6.　根據「法律統一用語表」，下列那一選項「」內用語錯誤？
(A)「設」機關　　　　　　　(B)「第六十五條」
(C)「訂定」兒童福利法　　　(D)「處」五千元以下罰鍰。

解答　1. **C**　2. **D**　3. **B**　4. **C**　5. **D**　6. **C**

103年初考（非一般行政）

( )　1.　有關公文的處理與時效，下列敘述何者錯誤？
(A)專案管制：處理須30日以上辦結者得申請
(B)處理時限：最速件1日、速件3日、普通件6日
(C)會簽會核：最速件1小時、速件3小時、普通件6小時
(D)公文夾：最速件紅色、速件藍色、普通件白色、機密件黃色。

( )　2.　依現行〈公文程式條例〉規定，公文可分為「令」、「呈」、「咨」、「函」、「公告」及「其他公文」等六類。下列敘述何者正確？
(A)各機關間公文往復可用「函」
(B)上級機關對下級機關可用「咨」
(C)總統與立法院公文往復可用「呈」
(D)六者皆有上行、平行、下行文之分。

( )　3.　關於公文之准駁語，下列何者不適用於平行機關？
(A)應毋庸議　(B)敬表同意　(C)同意照辦　(D)無法照辦。

( )　4.　依「法律統一用字表」，下列字詞何者正確？
(A)僱員　(B)儘量　(C)粘貼　(D)電錶。

( )　5.　依「法律統一用字表」，下列不符規定的選項是：
(A)占有　(B)牴觸　(C)徹底　(D)蒐證。

(　)　6. 依「法律統一用語表」，下列選項何者使用錯誤？
　　　(A)轉讓第一級毒品，「科」一年以上七年以下有期徒刑
　　　(B)違反第二十條規定者，「科」新臺幣五千元以下罰金
　　　(C)機車駕駛人未依規定戴安全帽者，「處」駕駛人新臺幣五百元罰鍰
　　　(D)公園曝曬衣服，得「處」行為人新臺幣一千二百元以上六千元以下罰鍰。

解答　1. C　　2. A　　3. A　　4. B　　5. C　　6. A

▶ 103年地方特考五等（一般行政）

(　)　1. 關於公文製作中，下列何者為下行文之「期望及目的語」？　(A)請　鑒核備查　(B)請　查核辦理　(C)希　查照　(D)請　核備。
(　)　2. 行政院環境保護署行文行政院，稱謂宜用：　(A)鈞院　(B)大院　(C)貴院　(D)本院。
(　)　3. 下列公文用語中，使用不恰當的是：　(A)市政府發文給區公所，自稱稱謂可用「本」　(B)市政府發文給區公所之准駁語可用「應予不准」　(C)區公所發文給市政府的期望及目的語可用「請查照見復」　(D)區公所發文給民眾可直接用「臺端」作為稱呼對方的稱謂語。

解答　1. C　　2. A　　3. C

▶ 103年地方特考五等（非一般行政）

(　)　1. 關於公文下行文之用語，下列選項何者錯誤？　(A)轉知所屬照辦　(B)轉告所屬照辦　(C)轉陳所屬切實辦理　(D)轉行所屬切實辦理。
(　)　2. 開會通知單上不應列有那一項資料？　(A)主持人　(B)聯絡人　(C)末啟詞　(D)受文者。

解答　1. C　　2. C

(四)104年度

↘ 104年初考（一般行政）

( )　1. 文化部所屬「國立傳統藝術中心」，擬向文化部申請經費辦理活動，行文需附企畫書；應該使用下列那一選項的附送語？
(A)檢陳　　　　　　　　　　(B)檢送
(C)檢附　　　　　　　　　　(D)附送。

( )　2. 下列使用於公文書橫式書寫之數字，何者形式不宜？
(A)核四廠　　　　　　　　　(B)「○○法」草案，計51條
(C)中山路1段2號3樓　　　　(D)921大地震。

( )　3. 機關之間的直接稱謂用語，下列選項何者錯誤？
(A)機關（或首長）對屬員稱「臺端」
(B)機關首長之間：上級對下級稱「某」；下級對上級稱「貴」
(C)無隸屬關係之機關：上級稱「大」；平行稱「貴」；自稱「本」
(D)有隸屬關係之機關：上級對下級稱「貴」；下級對上級稱「鈞」；自稱「本」。

　解答　　1. **A**　　2. **B**　　3. **B**

↘ 104年初考（非一般行政）

( )　1. 臺北市政府發函給所屬各相關單位，要求配合防疫宣導的公文書；應該使用下列那一選項的期望語？　(A)請核示　(B)請查照　(C)請鑒查　(D)請核備。

( )　2. 關於公文類別的敘述，下列何者正確？　(A)總統與立法院公文往復用「函」　(B)對總統有所呈請或報告時用「呈」　(C)對於妨害國家或社會之事物出示禁止用「令」　(D)發表人事任免、調遷、獎懲、考績用「公告」。

( )　3. 關於「機密件」的公文夾顏色，正確的選項是：　(A)白色　(B)黃色　(C)藍色　(D)紅色。

　解答　　1. **B**　　2. **B**　　3. **B**

↘ 104年地方特考（一般行政）

( ) 1. 依「法律統一用字表」，下列法規之用字何者正確？
(A)抵觸 (B)雇員 (C)佔有 (D)身份。

( ) 2. 公文夾顏色用途，除各機關視情形訂定之外，通常按照處理時限，其先後依序是：
(A)紅→藍→白 (B)藍→紅→黃 (C)綠→黃→藍 (D)白→綠→紅。

( ) 3. 下列有關公文的敘述，何者錯誤？
(A)文書製作應採由左至右之橫行格式
(B)公文之正本及副本，均用規定公文紙繕印，並蓋用印信或章戳
(C)遇特別案件，必須為緊急之處理時，次一層主管得依其職掌，先行處理，再補陳核判
(D)各層決定之案件，凡性質以用單位名義為宜者，可由單位主管逕行決定，但仍應以機關名義行文。

解答　1. **B**　2. **A**　3. **D**

↘ 104年地方特考（非一般行政）

( ) 1. 公文重視機關間的隸屬關係，下列單位何者直接隸屬於行政院？ (A)國史館 (B)中央研究院 (C)國家安全會議 (D)國立故宮博物院。

( ) 2. 下列有關公文之敘述何者錯誤？
(A)呈：對總統有所呈請或報告時使用
(B)咨：為總統與行政院、立法院公文往返使用
(C)函：各機關的公文往來，以及人民與機關的申請答復
(D)簽：可供承辦人員表達意見，供上級參酌之用。

( ) 3. 下列有關公文書簡化原則，何者錯誤？
(A)內容簡單無須書面行文者，可用電話接洽
(B)屬公告周知之文書，以公布刊載代替行文
(C)無轉行必要之文書，若無意見則回文宜簡要
(D)不同機關之來文，案由若相同，可併辦一稿。

解答　1. **D**　2. **B**　3. **C**

↘ **104年原住民五等**

(　) 1. 下列法律統一用字，何者正確？　(A)公布　(B)僱主　(C)搜集　(D)澈底。

(　) 2. 下列那一稱謂用語不適用於公文？　(A)君　(B)鈞　(C)先生　(D)本席。

(　) 3. 關於公文用語的敘述，下列何者錯誤？　(A)內政部對考試院稱「大院」　(B)內政部對行政院院長稱「鈞長」　(C)教育部對大學稱「貴校」　(D)大學校院對教育部稱「貴部」。

(　) 4. 關於「公告」的書寫格式，不包含下列何項：　(A)主旨　(B)辦法　(C)依據　(D)公告事項。

(　) 5. 有關公文程式之類別，下列選項之敘述，何者正確？
(A)對總統有所呈請或報告時使用「呈」
(B)總統與立法院、監察院公文往復時使用「書函」
(C)上級機關對所屬下級機關有所指示應使用「令」
(D)下級機關對上級機關有所請求或報告應使用「報告」。

解答　1. **D**　2. **D**　3. **D**　4. **B**　5. **A**

(五)105年度

↘ **105年初考（一般行政）**

(　) 1. 現行「公文程式條例」第九條規定「公文，除應分行者外，並得以副本抄送有關機關或人民；收受副本者，應視副本之內容為適當之處理。」有關副本的注意事項，下列選項何者正確？
(A)各案件主要受文者用正本，其他有關機關與個人，除上行者外一概以副本送達
(B)事關通案者，對需分行之機關可悉用副本
(C)使用副本時，應於文本「副本」項下，列明所有收受者
(D)已抄送副本之機關單位，如續有有關來文，其內容已在前送副本中明列者，仍需答覆。

( )　2. 多種法令同時發布或廢止，下列敘述何者正確？
　　　(A)必須一種法令以一種令文處理
　　　(B)多種法令可併入同一令文處理
　　　(C)發布時一種法令以一種令文處理，廢止時則可將多種法令併入同一令文處理
　　　(D)發布時可以多種法令併入同一令文處理，廢止時則必須一種法令以一種令文處理。

( )　3. 若教育部發文給臺南市政府，應用何種准駁語？
　　　(A)應予駁回　　　　　　　(B)礙難同意
　　　(C)應從緩議　　　　　　　(D)礙難照准。

解答　1. **C**　　2. **B**　　3. **B**

105年初考（非一般行政）

( )　1. 唐代「諍臣」魏徵作〈諫太宗十思疏〉，勸唐太宗當居安思危，厚積德義，勿因帝業已成而怠忽。若以今日公文來看，較接近下列那一類？　(A)令　(B)呈　(C)咨　(D)函。

( )　2. 下列關於公文製作之原則，何者錯誤？
　　　(A)擬稿以一文一事為原則
　　　(B)採用由左至右之橫行格式
　　　(C)字跡若有添註塗改，應於添改處蓋章
　　　(D)公文夾依其用途有紅、白、藍三色之分。

( )　3. 下列對公文的敘述，何者錯誤？
　　　(A)人民對機關有所申請的時候，使用「申請函」
　　　(B)上行函，期望語通常用「請鑒核」「請查照」
　　　(C)公務人員辭職轉任，可以使用「報告」，請求長官同意
　　　(D)縣市政府與國立大學之間，公文往來，使用「平行函」。

解答　1. **B**　　2. **D**　　3. **B**

◥ **105年原住民特考五等**

( )｜ 1. 新北市政府家庭教育中心於民國104年10月發函市內中小學，辦理某某研習活動，於「說明」處的文字如下：「□教育部104年4月29日臺教社(二)字第999999號函辦理。」請問，□內的用語應為下列何者？　(A)依　(B)復　(C)據　(D)查。

( )｜ 2. 當公務尚處未決階段，仍需磋商、徵詢意見或協調、通報時，最適合使用下列那一種公文類別？
　　　(A)函　　　　　　　　　　　(B)書函
　　　(C)便函　　　　　　　　　　(D)公告。

( )｜ 3. 文化部無法配合學生社團活動場地申請，回復文書應使用下列何者准駁語較為恰當？
　　　(A)未便照准　　　　　　　　(B)歉難同意
　　　(C)應從緩議　　　　　　　　(D)礙難照准。

( )｜ 4. 關於公文格式用語與規範，下列選項何者有誤？
　　　(A)機關對團體稱「貴」
　　　(B)「咨」為總統與立法院公文往復時使用
　　　(C)對無隸屬關係之機關而言，上級稱「大」
　　　(D)「說明」為「簽」之重點所在，應針對案情，提出具體處理意見，或解決問題之方案。

( )｜ 5. 下列有關公文用語的說明，何者正確？
　　　(A)向上級機關或首長請示案件時，可用：「請核示」
　　　(B)審核或答復平行機關請求時，可用：「如擬」、「准如所請」
　　　(C)請下級機關知悉辦理之期望目的語，可用：「請查明惠復」
　　　(D)於審核或答復受文者請求時，對下級機關可用：「同意照辦」。

解答　　1. **A**　　2. **B**　　3. **B**　　4. **D**　　5. **A**

⬇ 105年司法特考五等

( )　1. 依據「法律統一用字表」，下列選項何者正確？
　　　　(A)名詞用「僱」，動詞用「雇」
　　　　(B)名詞用「畫」，動詞用「劃」
　　　　(C)名詞用「記錄」，動詞用「紀錄」
　　　　(D)對法院用「申請」，對行政機關用「聲請」。

( )　2. 若交通部發文給考選部，應用何種期望及目的語？
　　　　(A)請鑒核　　　　　　　　　(B)希備查
　　　　(C)請查照　　　　　　　　　(D)請照辦。

( )　3. 下列公文表達期望及目的用語，何者不宜用於上行文？
　　　　(A)請惠允見復　　　　　　　(B)請核示
　　　　(C)請核備　　　　　　　　　(D)請鑒核。

( )　4. 總統對立法院行文時，使用的公文類別是：
　　　　(A)函　(B)咨　(C)呈　(D)令。

( )　5. 某動物保護協會行文給臺北市動物保護處，詢問本年度流浪動物絕
　　　　育補助計畫，應用何種公文？　(A)令　(B)函　(C)呈　(D)咨。

( )　6. 「函」的結構分為主旨、說明與辦法三段。其中「辦法」可依內
　　　　容改為何種名稱？　(A)依據　(B)建議　(C)經過　(D)正本。

( )　7. 任職縣政府的陳大可回覆王議員來函詢問公事的電子郵件，下列
　　　　提稱語何者正確？
　　　　(A)王議員「鈞鑒」　　　　　(B)王議員「禮鑒」
　　　　(C)王議員「青覽」　　　　　(D)王議員「收覽」。

解答　　1. B　　2. C　　3. A　　4. B　　5. B　　6. B　　7. A

↘ 105年地方特考五等（一般行政）

( )｜1. 公文中「期望及目的語」，如為平行文，下列選項中何者正確？
　　　(A)請查核　(B)請查明見復　(C)請辦理見復　(D)請照辦。

( )｜2. 撰寫公文時應先根據行文事項之性質選用公文類別，下列選項，
　　　何者敘述正確？
　　　(A)人事命令任免使用「咨」
　　　(B)總統頒布法規使用「呈」
　　　(C)市政府行文區公所使用「上行函」
　　　(D)行政院行文經濟部使用「下行函」。

( )｜3. 公文三段式結構的「辦法」，可因公文內容改用其他名稱。下列
　　　選項中，錯誤的是：
　　　(A)建議　　　　　　　　　(B)請求
　　　(C)擬辦　　　　　　　　　(D)通報。

> 解答　1. 答B或C或BC均給分　　　2. D　　3. D

↘ 105年地方特考五等（非一般行政）

( )｜1. 從下列法律用字、用語，選出使用正確的選項：
　　　(A)執行計劃　　　　　　　(B)市政府僱員
　　　(C)對法院申請羈押　　　　(D)科五千元以下罰金。

( )｜2. 依據公文書橫式書寫數字使用原則，有關阿拉伯數字的用法，下
　　　列選項那一個正確？
　　　(A)3級3審　　　　　　　　(B)國小3年級
　　　(C)恩史瓦第3世　　　　　(D)第3次會議紀錄。

( )｜3. 下列有關公文製作，何者錯誤？
　　　(A)機關（或首長）對屬員稱：「臺端」
　　　(B)引敘來文或法令條文，必須提供詳細全文
　　　(C)「咨」為總統與立法院公文往復時使用
　　　(D)「節略」為對上級人員略述事情之大要，亦稱「綱要」。

> 解答　1. D　　2. D　　3. B

(六)106年度

↘ 106年初考（一般行政）

( )　1. 下級機關在上行公文中，需使用附送語時，下列何者正確？
(A)附送　(B)附呈　(C)檢陳　(D)檢送。

( )　2. 某高中合唱團要向校外文化中心申請活動場地，該校所撰公文，下列用語錯誤的是：
(A)自稱為「本校合唱團」
(B)稱呼文化中心為「貴中心」
(C)主旨的期望語用「希辦理見復」
(D)文末蓋校長「職銜簽字章」。

( )　3. 有關公文書寫，下列何者正確？
(A)「咨」：對總統有所呈請或報告時使用
(B)「函」：民眾與機關間之申請或答復時使用
(C)「呈」：總統與立法院、監察院公文往復時使用
(D)「簽」：上級機關首長對下級機關首長有所陳述建議時使用。

解答　1. C　　2. C　　3. B

↘ 106年初考（非一般行政）

( )　1. 對上級機關行文時，下列用語不正確的是：
(A)檢陳　(B)請核示　(C)請查照　(D)鈞部、鈞長。

( )　2. 臺灣大學致函教育部申請補助款項，應用何種期望語？
(A)請查照　　　　　　　(B)請鑒核
(C)請照辦　　　　　　　(D)請辦理惠復。

( )　3. 函末機關首長署名用印，因行文對象或狀況不同而有所差異。如果是上行文時，如何用印？
(A)蓋機關首長姓名章　　(B)蓋機關首長簽字章
(C)蓋機關首長職銜簽字章　(D)署機關首長職銜、姓名，蓋職章。

解答　1. C　　2. B　　3. D

二、申論題型（高考一、二、三級考試；普考、三等、四等特考公文一則20分）

(一)101年度

1.101年地方三等

試擬交通部函所屬公路總局，請就所主管之：「遊覽車檢查維修、駕駛管理、每日工時」等事項，進行檢討，並落實稽查工作，建立縝密之安全管制機制，以維護遊客生命安全。

2.101年地方四等

試擬某縣市政府函所轄鄉鎮市區：擇期舉辦「最佳伴手禮」競賽活動，評選具地方代表性之優秀產品，配合相關文化資源，以吸引中外遊客，提振地方經濟，發展觀光產業。

3.101年原住民三等

近年來「全球化」蔚為強勢潮流；不過，也出現呼籲「在地特色」的一股清音。試擬行政院原住民族委員會致各地方政府函：請協助辦理發掘、整合各地區原住民族之人文資源，以充實觀光內涵及文化創意產業之推展。

4.101年原住民四等

為強化原住民族文化之生根與拔擢優秀人才蔚為國用。試擬行政院原住民族委員會致文化部函，請向有關單位踴躍提報原住民族特考「文化行政」等相關類科名額。

5.101年司法官第二試三等

針對不肖官員與業者同流合汙，盜採河川砂石，竊取國家資源，破壞水文、環境，影響民眾安全，此等行徑應予遏止。請試擬法務部所屬各級檢察署函復法務部，提出因應方案。

6.101年外交、調查、國安、民航、專利商標三等

21世紀是「人才競爭的時代」，重在人才的培育與網羅。試擬行政院致教育部函：為提升國家競爭力，強化國家整體實力，應加強教育革新，培育優質人才，以蔚為國用。

7.101年專利商標二等

試擬行政院致所屬各機關函：政府機關應依機關內部之電腦數量，採購足額作業系統或辦公室自動化等軟體，並以適當軟體管理機制，定期清查每部電腦，確保完全使用正版合法軟體，以建立公務同仁使用合法軟體觀念。

8.101年司法三等

近來酒駕肇禍事件頻傳，對於人民之生命財產造成重大威脅，試擬法務部致各直轄市、縣（市）政府函：請持續加強宣導正確之行車觀念，維護民眾之權益。

9.101年司法四等

試擬內政部警政署致所屬各警察機關函：國內近年自行車環島活動風行，為維護遊客安全，請各所屬單位依地區特性，提供自行車遊客諮詢、加水、充氣等服務，以善盡人民保母之責任。

10.101年高考二級

近來國小學生犯罪率逐年增加，已成為國家社會未來治安之隱憂。據查去年國內六至十一歲兒童、少年之犯罪案件，以妨礙性自主為最多，其次則傷害、恐嚇取財及毒品等。試擬教育部致函各縣市政府教育局，加強教師講習、補足輔導人力，並落實三級輔導（即班級教師發現學生問題，繼而引進輔導人力，最後延請心理師或社會工作師支援），期能及早導正國家幼苗，有效解決社會問題。

11.101年高考三級

民國○年○月○日行政院第○○○次院會中，院長鑑於邇來各界對於預定民國103年實施的十二年國教，多所質疑，甚而有反對的聲浪，遂指示教育部應即加強宣導。你是教育部的承辦人，請試擬教育部致各縣市政府函：請配合本部規劃時程，辦理說明會，以釋疑；並廣蒐各界建言，送部參考。

12.101年普考

中華民國消費者文教基金會於日前公布大臺北地區20所國民小學校園遊樂設施安全性調查，發現諸多缺失，學童若使用此類設施，恐有陷入危險之虞。試擬臺北市政府教育局致各國民小學函：對於校園遊樂設施，應指派專人負責每日檢視安全無虞，並於採購新設施時，必須符合國家安全標準，以確保學童安全。

13.101年警察二等

試擬行政院致內政部函：個人資料保護法於99年4月27日三讀通過，並於100年10月27日公告個人資料保護法施行細則草案，不僅擴大適用對象及保護範圍，同時也提高處罰額度。為使本法順利實施，請轉知所屬機關加強宣導，儘速研擬相關因應措施，以減少施行的阻力與紛爭。

14.101年警察三等

試擬行政院致行政院勞工委員會函：針對暑假期間學生打工之勞動條件、環境，應予以全面調查並加以督導改善，以維護青少年打工權益。（勞動條件：勞動者與資方對工時、工資、休假、休息、醫療、安全衛生、撫卹等的約定。亦作「工作條件」。）

15.101年警察四等

最近酒駕肇事事件頻傳，經新聞媒體大幅報導，引發社會譁然，立委關切。試擬內政部致警政署函，應嚴格取締酒駕並推動修法加重刑責，以保障國人行的安全。

16.101年身障三等

試擬教育部函行政院：檢陳「國中、小學校營養午餐品質暨經費管控辦法」草案一份，報請核示。

17.101年身障四等

試擬內政部致各直轄市、縣（市）政府函：請逐年增加經費預算，加強福利設施，提供身心障礙人士居家及就醫、就學之便利。

18.101年關務、移民行政三等

都市居大不易，近來「居住正義」成為多數都會居民共同的心聲。試擬行政院致內政部函：請妥善規劃住宅政策，落實關注國人住房需求。

19.101年關務、移民行政四等

試擬內政部致各直轄市、縣（市）政府函：請依據本部公告之「青年安心成家方案」及「青年安心成家作業規定」，積極宣導並受理在籍民眾之申請。

(二)102年度

1.102年地方三等

試擬○○縣政府致所轄各鄉鎮市公所函：為建構傳統市場優質新風貌，應整體規劃改善轄區內各市場購物環境，並積極輔導各攤位提升行銷手法，發揚固有之人情味、地區文化等特色，於3個月內將具體成果報府備查。

2.102年地方四等

針對各地甚多設置於人行道上之交通號誌控制箱、電信控制箱、變電箱及監視器箱等龐然大物，不僅有礙觀瞻，甚而影響行人安全。試擬○○縣政府致所轄各鄉鎮市公所函：清查轄區內各單位設置於人行道上之各

類箱型突出物,於文到1個月內函送本府彙整後,將責成設置單位限期進行遷移或整體性美化作業,以改善街道景觀。

3.102年原住民三等

試擬行政院致行政院原住民族委員會函:推動原住民族健康部落生活,強化部落嬰幼兒及老人照護功能,並倡導節酒、體育等活動。

4.102年原住民四等

試擬臺北市政府教育局致臺北市各小學函:今年三月起,教育部舉辦「送書香到原鄉」活動,徵集各式書籍充實原鄉部落小學圖書館,請各小學協助徵募圖書。

5.102年司法官第二試三等

法務部全國法規資料庫青少年版已建置完成,並掛於網站。試擬該部致教育部函:請轉知各中小學善加利用,多加宣導,以加強法治教育。

6.102年司法三等

外交部為推動我國與邦交國及友好國家之青年交流,增進各國青年對我國國情及文化之認識,訂有「國際青年大使交流計畫」,每年甄選大學校院師生組成之團體,赴國外參訪及服務。102年度計畫已開始接受申請。為此,該部特致函教育部,請其轉知所屬大學校院踴躍組團參加,請試擬此函。

7.102年司法四等

擬行政院致所屬各機關函:希加強提升電子公文交換比率達70%以上,藉收節能減紙,加速行文之效。

8.102年外交行政、調查、國安、民航、專利商標三等

試擬內政部警政署致所屬各直轄市、縣(市)警察局函:請依據本署公告之「全國反詐騙活動日方案」,積極宣導並鼓勵民眾參加活動。

9.102年高考二級

因應颱風季節即將來臨,為健全災害防救體制,強化災害防救功能,以確保人民生命、身體、財產之安全及國土之保全,試擬內政部致各直轄市政府及各縣市政府函,要求落實「災害防救法」,儘速設置災害防救會報,以擬訂地區災害防救計畫、重要災害防救措施及對策,及轄區內災害之緊急應變措施。各直轄市及縣市政府除增加對於轄下鄉鎮市(區)的援助及各項教育訓練外,並應責成鄉鎮市(區)加強執行「正

確的災情查報」、「受災初期的緊急簡易處理」、「災民初期收容」及「引導與協助支援單位救災工作」，尤應針對地處偏遠或災害潛勢較為嚴重之鄉鎮市（區）公所加強督導。必要時得請求國防部運用後備軍人支援災害防救，以提升救災戰力。本公文另以副本發送經濟部、行政院農業委員會、交通部、行政院環境保護署。

10.102年高考三級

近年來，外交部致力推動與先進國家簽署「青年打工度假協定」，其宗旨在鼓勵國內18到30歲青年走向國際社會，以「度假」為前提，藉由短期「打工」賺取旅遊生活費，俾能拓展視野，體驗異國文化，並培養語文與獨立自主能力。試擬行政院致外交部函：國內青年到國外進行打工度假活動，人身安全至為重要，應會同教育部、本院勞工委員會等有關機關提供完備資訊，並加強宣導所應注意事項，如在國外打工度假青年遇有急難救助之需求，亦當掌握時效，儘速提供必要協助。

11.102年普考

行政院於102年5月10日以行環字第10200589483號函致所屬機關及直轄市、縣市政府略以：函送環境教育法，請轉知所屬依法推動環境教育工作，以期落實政府節能減碳政策，並請於文到二個月內提出環境教育工作計畫書報院核備實施。請試擬臺北市政府復行政院之函文。

12.102年警察二等

試擬行政院致內政部函：隨著人口老化，需要照顧的人數將逐年攀升，宜及早研擬相關法規及規劃因應措施，解決失能者照顧問題，以減少棄養老人的社會問題與人倫悲劇發生。

13.102年警察三等

試擬行政院農業委員會致各縣市政府農業局（處）函：請有效執行禁止活禽屠宰及販售措施，以確保環境衛生及國民健康。

14.102年警察四等

五月九日菲律賓漁業局巡 船對我國漁船掃射，一船員中彈身亡。我政府強烈要求菲國道歉、賠償、緝凶，然菲國政府態度傲慢，毫無誠意解決問題。有些國人因而遷怒在臺菲籍人士。政府呼籲國人冷靜、理性，因在臺菲籍人士與此事件無關。試擬行政院函各縣市政府：請轄區公司、行號、工廠負責人勸導本國員工共同保護菲籍員工人身安全，尊重人權，並維護中華民國良好形象。

15.102年身障三等

根據身心障礙者權益保障法第57條規定:「新建公共建築物及活動場所,應規劃設置便於各類身心障礙者行動與使用之設施及設備。」今查各地方公共建築及活動場所,仍有未能符合無障礙空間設計之處。試擬內政部致各直轄市、縣(市)政府函:應確實執行身心障礙者權益保障法規定,改善公共設施與設備。

16.102年身障四等

文化部辦理「老樹尋根」活動,徵求各地推薦特色老樹與相關歷史文物,以提升文化資產保護之觀念。試擬文化部致各直轄市、縣(市)政府函,宣達活動辦法。

17.102年關務、稅務、海巡、移民、退除役三等

試擬內政部致所屬入出國及移民署函:為全面提升國境線證照查驗效能,應加強貴署國境事務大隊人員對於人臉、身材等特徵辨識及證照真偽判別等訓練課程,以防止中外籍旅客違法入出境,確保國境安全。

18.102年關務、稅務、海巡、移民、退除役四等

今年入春以來,降雨現象不如預期,各地區都出現可能缺水之現象。試擬經濟部水利署致所屬機關函:為因應春雨不如預期,應加強用水調度管理,務必研擬妥善因應方案。

(三)103年度

1.103年關務三等

財政部關務署為了解所轄基隆、臺北、臺中、高雄等4關,有關業者、報關商民及入出境旅客,對各關所提供各項通關服務措施滿意度,以及為民服務工作績效。請試擬財政部關務署致函所轄基隆、臺北、臺中、高雄等4關,辦理103年度第1次為民服務問卷調查,以改善及提升整體關務之服務品質與效率。

2.103年關務四等

自102年1月菸酒管理法第46條修正實施裁罰以來,鑑於多有入出境旅客攜帶超量菸酒隱匿不申報之違法行為,試擬財政部關務署致函所轄基隆、臺北、臺中、高雄等4關,加強宣導進出國門之旅客及領隊導遊,應注意入境時,不得未申報攜帶超過免稅菸酒限量規定,以免受罰。

3.103年身障四等

擬臺北市政府教育局致本市各中小學函：檢送「臺北市國民中小學辦理校外教 學實施原則」一份，請配合辦理，並加強校外教學安全。

4.103年身障三等

試擬教育部致各直轄市與縣市教育機關函請所屬各級學校：近年來因受「少子化」之衝擊，學校招生班級數銳減，為使校園空間及設備，不至於因閒置而荒廢，請依據本部公告之「活化校園空間及設備方案」，積極宣導，以達「物盡其用」之目的。

5.103年警察二等

根據行政院主計總處調查，國內有近五十萬人從事攤販工作，其輔導與管理必須與時俱進。試擬○○縣政府致各鄉鎮市公所函：請積極落實攤販之輔導與管理工作。

6.103警察三等、鐵路高員三級

試擬交通部觀光局致各直轄市、縣市政府函：請將轄區內足以引人入勝之景點，簡要說明其特色及交通路線，於1個月內報由本局統整、宣傳。

7.103年警察四等、鐵路員級

據報章媒體報導：搭乘大眾運輸工具，有人在車廂內喧鬧，或大聲講手機，甚至脫鞋、赤腳翹到前方椅背上。試擬教育部致各直轄市、縣市政府教育局（處）函：加強學生品德教育，搭乘大眾運輸工具必須遵守公共秩序，不得有足以影響他人之行為。

8.103年高考三級

試擬行政院致交通部函：持續加強載客船舶航行、救生與消防等安全設備檢查，並督促業者落實航行前安全檢查、平時救生與消防演練及強化船員緊急應變能力。

9.103年普考

試擬○○市政府教育局致所屬各國民中小學函：加強學生中途輟學預防、通報及復學輔導工作，以落實國民教育機會均等理念。

10.103年司法、調查、國安、海巡、移民三等

行政院農業委員會「103年度學生暑期農業打工實施作業計畫」已於民國103年6月5日公告，並正式推動辦理，申請期限至同年6月30日止，該計

畫提供年齡18歲以上學生或領有畢業證書之應屆畢業生打工機會。該會函請教育部轉知各級學校協助宣導周知。請擬此函。

11.103年司法、調查、移民四等

日前，美國南加州大學最新的研究指出，青少年若每天都飲用含糖飲料，可能會影響腦部記憶、學習力。根據衛生福利部調查指出，臺灣有超過半數的國、高中學生，每週超過4天會喝含糖飲料，尤其是二到四成的青少年，拿飲料當水喝。試擬教育部致縣市教育局函：請敦促所屬各級學校，加強宣導正確飲食觀念，俾師生瞭解含糖飲料對身體之危害。

12.103年外交、國際經濟商務、民航及原住民三等

為尊重動物生命及保護動物，依「動物保護法」規定，中央主管機關為行政院農業委員會，地方為各直轄市、縣（市）政府。試擬行政院農業委員會致各直轄市、縣（市）政府函：落實未辦理寵物登記稽查及飼主責任教育工作，以禁絕隨意棄養行為之發生。

13.103年外交、國際經濟商務、民航及原住民四等

試擬衛生福利部致函各直轄市、縣（市）政府衛生局：近日天氣轉涼，流感疫情漸有增加趨勢，請以各鄉（鎮、市、區）為單位，加強對民眾宣導，並做好有效防疫工作，以維護國民身體健康。檢附「流行性感冒防治要點」1份，以利宣導。

14.103年高等考試一級暨二級

試擬行政院函衛生福利部：為維護民眾健康，請就食品及藥品相關管理工作，確實稽查審核，嚴格取締不法，並按月陳報執行情形。本函副本抄送行政院○○○政務委員、法務部、內政部、經濟部、財政部、行政院農業委員會。

15.103年司法官第二試三等

司法官一紙判決，往往關係人民生命財產等重大權益。司法官考試錄取人員，雖經嚴格培訓，然而結業上任，歷練有限，經驗不多，一有偏失，常致民怨沸騰，輿論譁然。試擬法務部致所屬司法官學院函，請針對上述情事，擬具培訓改進辦法。

16.103年警察升官等、鐵路升資考（員級晉高員級）

有鑑於國內房價持續高漲，引發社會不滿，政府正研擬相關措施以落實居住正義。試擬財政部致所屬國有財產署函：依據民國○○年○○月○○日行政院第○○○○次會議決議，請國有財產署清查各縣市公有宿舍利用狀況，彙整閒置或低度利用之公有宿舍土地及房舍清冊，以作為改建社會住宅可行性評估之依據。

17.103年警察三等

試擬教育部致各高中函：為端正社會風氣，舉辦「只要青春不要毒」全國高中徵文比賽，請各高中配合推廣辦理。

18.103年地方三等

針對季節交替期間，極易造成因蚊蟲叮咬所引發之流行性傳染病，造成民眾健康之重大威脅。請試擬衛生福利部發函，要求全國各縣市衛生單位提高警覺，面對可能發生之疫情，預先提出各種有效方案，如清理環境，掃除髒亂死角，定期噴藥，清理水溝、積水容器，以減少蚊蟲孳生等等。各單位應徹底執行，防止疫情擴大，以保障民眾之健康及生命安全。

19.103年地方四等

衛生福利部國民健康署（原國民健康局），自民國100年推動健康體重管理計畫，結合中央各部會及地方政府，跨部門跨領域合作，在職場、社區、學校及醫院等場域，營造健康的支持性環境，鼓勵民眾實踐「聰明吃、快樂動、天天量體重」的健康生活型態，為自己找回健康，也節省國家醫療支出。試擬衛生福利部國民健康署致各直轄市、縣（市）衛生機關函：請持續推動健康體重管理計畫，提供營造健康的支持性環境，以促進國人的健康及福祉。

(四)104年度

1.104年關務、身障三等

桃園國際機場為臺灣國際航班起降的門戶，截至103年底，國際客運量排名居全球第11位。有鑑於「世界地球村，疫病無國界」，而旅客在旅途中，會有20～70%出現健康與疾病傳染癥候，請試擬衛生福利部疾病管制署函直轄市及各縣市旅行商業同業公會，配合辦理檢疫、防疫措施，派員參加「104年度導遊、領隊旅遊醫學教育訓練課程」，並檢附該署修正發布之「港埠檢疫規則」，以收宣導之效。

2.104年關務、身障四等

為因應全球氣候異常，環境變遷，資源逐漸耗竭，試擬行政院函直轄市及各縣市政府，積極宣導四省（省電、省油、省水、省紙）觀念，鼓勵發揮創意，將環保節能措施融入日常生活，並視推動成效予以獎勵補助。

3.104年警察、鐵路、退除役轉任三等

試擬衛生福利部國民健康署致各直轄市、縣（市）政府衛生局函：為推動「104年校園周邊健康飲食輔導示範計畫」，請選擇國中、小學為示範學校（不限示範校區數目），對於校園周邊之超商、早餐店、速食店及飲料店，積極輔導業者開發及提供少油、少鹽、少糖之營養早餐，以維護學生身體健康。

4.104年警察、鐵路、退除役轉任四等

每到秋冬季節，臺灣經常出現「霾害」現象，主要是因空氣中細懸浮微粒（簡稱 PM2.5）超標所導致。試擬行政院致行政院環境保護署函：加強宣導工作，持續辦理「淨化空氣小學堂」活動，除依往年透過解說、有獎問答外，可規劃增加讓民眾現場實際檢測、體驗日常生活中如吸菸、焚香、燒紙錢、燃放鞭炮等習慣所產生之細懸浮微粒濃度，進而建立正確防護空氣污染之觀念。

5.104年警察二等

有鑑於經由閱讀可吸取前人智慧及經驗，提高思考層次。國家文官學院爰持續舉辦公務人員專書閱讀心得寫作競賽活動，特函請各級政府機關協助鼓勵同仁參加該活動。試代擬國家文官學院致各級政府機關函一件。

6.104年高考三級

齊柏林先生拍攝的紀錄影片「看見臺灣」，讓國人驚見臺灣國土之美，但也暴露土地濫墾、濫伐及河川污染之嚴重，令人怵目驚心，為免引發更大浩劫，亟待設法導正與杜絕。試擬行政院環境保護署致各直轄市政府、縣市政府函：請加強宣導正確環保觀念，針對轄區內之土地及河川，建置完善的監測、預警、通報及應變系統，對於違反環保法令事件，應依法嚴辦，並於三個月內查處完竣，以提昇國人生活品質。

7.104年普考

行政院為因應高齡化社會需求，推動老人健康與生活照顧之「長期照顧服務法」，業奉總統於本（104）年6月3日明令公布，並自公布後2年實施。依該法規定之長期照顧服務模式，分為居家式、社區式、機構住宿式、家庭照顧者支持服務、其他經中央主管機關公告之服務方式等5種，為因應該法正式實施時之實際需求，實有詳加規劃、預為綢繆之必要。試擬衛生福利部致各直轄市政府、縣市政府、各大專院校相關系所及各從業機構函，為期長期照顧服務體系之規劃更加周妥完善，請貴機關（構）惠予提供辦理長期照顧有關之寶貴經驗、建議及需求，並於文到20日內惠復，俾供研訂長期照顧服務法施行細則暨相關配套法規之參考，以嘉惠老人。

8.104年司法、調查、國安、海巡、移民三等

近來部分縣市政府頻傳財政困窘，甚或舉債應急，令國人擔憂。試擬行政院致各直轄市、縣（市）政府函：請嚴守財政規範，妥善規劃年度預算，戮力開源節流，有效因應難關。

9.104年司法、調查、國安、海巡、移民四等

試擬交通部致交通部民用航空局函：自各廉價航空公司開闢臺灣與外國間國際航線以來，因契約問題與旅客發生紛爭之情事，時有所聞。請重新審核各公司相關契約是否有違反法規或不盡合理處，以保障旅客權益。

10.104年外交、民航、原住民、稅務三等

民國103年，因各級政府共同努力，整體來臺旅客已突破990萬人次，創歷史新高。試擬交通部觀光局致各直轄市政府、縣（市）政府函：請以文化、美景、美食、民俗、樂活、生態等主題，發展社區及地方特色，吸引外國旅客到訪。相關計畫，請於本（104）年12月31日前函送本局，俾便彙整，並代為宣傳。

11.104年外交、原住民、稅務四等

試擬○○市政府教育局致所屬各國民中、小學函，要求各校於104學年度加強珍惜水資源教育，並限期回報教學成果。

12.104年高等考試一級暨二級

為解決日益嚴重的電信詐欺問題，內政部警政署自93年成立「165反詐騙諮詢專線」，迄104年7月為止，受理民眾來電632萬9,323通、檢舉221萬784件、報案11萬9,727件。民眾財物損失，以95年財損金額新臺幣185.9億餘元為最高，103年財損金額降至新臺幣33.8億餘元，足見已有成效，惟仍有加強防範的必要。試擬內政部警政署致各直轄市政府及各縣市政府函，繼續加強宣導「165反詐騙諮詢專線」，期能避免民眾受騙而衍生社會問題。

13.104年司法官第二試三等

行政院○○○政務顧問於104年00月00日「院長與政務顧問座談會」提出建言：政府應持續依據「海峽兩岸共同打擊犯罪及司法互助協議」合作機制，強烈要求陸方積極協助，使逃匿大陸地區尚未歸案之重大罪犯早日緝捕遣返。試擬行政院致法務部函，請針對上述情事，切實檢討、研議，於文到1個月內擬具策進方案報院。

14.104年公務人員、關務人員升官等（薦任），交通事業公路、港務人員升資考（員級晉高員級）

國人一向熱衷棒球運動，各級球隊在國際比賽中迭獲佳績，職棒球季也屢屢掀起熱潮，堪稱國球。然近些年來，重要賽事之表現往往不如預期，優秀選手出現斷層之危機，球隊數目也逐漸萎縮，令識者憂心。試擬教育部體育署致各直轄市及縣市政府函，擬訂具體措施，培育相關人才，塑造良好環境，發展基層棒球，以重振棒球王國之美譽。

15.104年公務人員、關務人員升官等，交通事業公路、港務人員升資考（佐級晉員級）

試擬臺北市政府教育局函本市各國中、小學：鼓勵學生參訪市內名勝古蹟，認識土地，厚植人文教養。

16.104年地方三等

假設桃園市市民許大維先生於104年10月25日以電子郵件，向行政院院長電子信箱陳情，為其子女就讀桃園市甲乙國民小學，憂心遭禽流感感染及營養午餐蛋類食材安全問題，請行政院確實督促防範。本案經行政院於104年10月26日院長信箱轉桃園市政府後，經該府研究發展考核委員會列

管，並於同年月27日轉請該府教育局，請該局就許先生陳情事項，所採行之具體防範措施，以及增設「快樂午餐、吃出健康」學校營養午餐食材登錄網站之訊息，一併逕復陳情人，試擬桃園市政府教育局答復許先生函。

17.104年地方四等

假設臺東縣政府為拓展資訊教育，函請教育部補助104年度資訊教育經費，案經教育部於104年4月10日教資字第1234567890號函復，同意核定補助經費五十萬八千元，並請於年度內支用後，將執行情形檢附相關資料核銷。嗣經該府依104年度教育計畫分別辦理「資訊教育訓練」、「資訊器材增設汰舊換新」、「提升資訊等級」及「配合影音媒體頻道擴建計畫」等，實支四十八萬三千元。試擬臺東縣政府致函教育部，彙報上開資訊教育補助經費執行情形，檢附補助經費收支結算表、成果報告表等相關資料辦理核銷，並請同意結餘款納入該府教育基金，免予繳回。

(五)105年

1.105年關務、身障三等

查交通部、內政部會同訂定之「道路交通標誌標線號誌設置規則」第181條規定略以，行車分向線之劃設，路面寬度應在6公尺以上之路段，但寬度在5公尺以上不及6公尺，全年平均每日交通量在400輛以上之路段，亦得劃設。二、假設桃園市八德區公正里玫瑰社區前之康樂街，近來車輛激增，但因路面不寬，未劃設行車分向線，造成交通混亂，影響社區住戶安全，該社區管理委員會爰於民國105年1月12日以玫管字第0123號申請書，向桃園市政府交通局申請在康樂街劃設行車分向線。交通局於105年2至3月間會同八德區公所、當地陳里長及鄰近甲、乙兩社區管理委員會共同進行3次實地會勘，經測量結果，該路段路面寬度雖僅5.6公尺，惟全年平均每日交通量達475輛以上，符合「道路交通標誌標線號誌設置規則」規定，並訂於105年4月底前完成劃設。

問題：請依上開情境敘述，試擬桃園市政府交通局函，以最速件答復玫瑰社區管理委員會，並副知各相關會勘單位及人員。

2.105年關務、身障四等

(1) 查著作權法規定，影印他人著作，除有符合著作權法第44條至第65條規定之合理使用情形外，應事先取得著作財產權人之同意或授權。

(2) 假設經濟部智慧財產局接獲民眾投訴，近來部分大專院校學生影印國內、外書籍，以整本、大部分或化整為零影印之情形日趨嚴重，此種行為均已超出合理使用範圍，恐構成著作權之侵害行為，如遭權利人依法追訴，須負擔刑事及民事之法律責任，實有加強宣導學生尊重智慧財產權觀念之必要。該局乃於民國105年4月1日第15次業務會報決議，應儘速建請教育部轉知各大專院校舉辦宣導會，積極輔導學生使用正版教科書（含二手書），勿非法影印他人著作，以免觸法。

問題：請依上開情境敘述，試擬經濟部智慧財產局函，以最速件建請教育部轉知及協助辦理，並副知各直轄市政府教育局及各縣（市）政府教育局。

3.105年警察二等

針對業者為求營利，常舉辦各種演唱會等大型表演活動，雖可吸引人潮，相對亦易衍生問題，請試擬內政部警政署致各直轄市、縣（市）政府警察局函：於各項大型活動舉行期間，宜加強預防及宣導工作，以減少各種問題發生。

4.105年警察三等、鐵路高員三級

諾羅病毒為一群病毒，可感染人類而引起腸胃道發炎，在國外已迭有發生。其要感染途徑為食入被病毒感染之食物、飲水，或接觸被感染者之排泄物、嘔吐物等。衛生福利部編印有《學校病毒性腸胃炎防治手冊》，可供參考。試擬衛生福利部致教育部、直轄市及各縣（市）政府教育局函，請各機關轉知所屬各級學校加強諾羅病毒防治宣導，以維護學生身體健康。

5.105年警察四等、鐵路員級

科技部為提升大學研究能量，鼓勵產學合作，特訂定「106年大學校院產學合作獎勵辦法」，歡迎各大學提出申請。申請日期自105年9月1日起至10月31日止，審查結果將於106年1月15日公布。相關資料及申請表件已公布於該部網站，申請者可逕行查閱及下載。試擬科技部針對此案致各大學校院函。

6.105年高考三級

(1) 本（105）年6月5日新北市坪林山區發生民眾溯溪時遭瞬間暴雨侵襲，造成重大意外事件，由於現行相關法規，尚無有關溯溪活動之明文規範，嚴重影響民眾溯溪遊憩之安全。

(2) 假設針對上開情事，教育部體育署承辦單位經詳慎檢討結果，為加強宣導民眾參與溯溪活動之安全認知，建置完善之防護機制，認為有函請各地方政府配合辦理之必要，爰於該署105年6月20日第101次署務會議決議，擬函請各直轄市政府及縣（市）政府於公文到達後20日內，研訂溯溪活動之具體作法及相關規定公告周知，以避免再發生溯溪意外。

(3) 前項溯溪活動之具體作法及相關規定，教育部體育署建請各地方政府積極研訂溯溪自治條例，並將製作警告標語、設置預警裝置、定期舉辦教育訓練及防災模擬演練、相關禁止措施及罰則等應行注意事項納入規範，俾供參與溯溪活動之相關業者及遊客共同遵循。另各地方政府辦理本項業務，如有經費需求，得專案向該署申請補助，執行成效優良者，將列入爾後補助經費之重要參考。

問題：請依上述情境敘述，試擬教育部體育署函，將該署希望各地方政府辦理之有關事項，以最速件請各直轄市政府及縣（市）政府配合辦理。

7.105年普考

國立臺灣文學館於105年4月22日至106年2月5日舉辦「純真童心—兒童文學資深作家與作品展」。所謂「兒童文學」係指以18歲以下讀者為對象之文學作品，該等作品必須站在兒童的立場，以兒童的心理、生理及社會觀點出發，並以兒童理解之語言表達內容，包括故事、童詩及兒歌等形式；而「資深作家」則指民國34年以前出生之作家。該館所有展覽均屬免費參觀，並設有專人導覽，相關資料，均登載於該館網站。為推廣前述展覽，國立臺灣文學館特分函○○市各國民中學及國民小學，呼籲其組團至該館參觀。試擬此函。

8.105年司法、調查、國安、海巡、移民三等

中小學校園因發生霸凌事件而廣受媒體報導者時有所聞。受害學生常致人格扭曲、憤世疾俗，因之或自殘或傷人者並不罕見，甚至衍生重大事件，造成社會不安。試擬臺南市政府教育局致轄下各中小學函，敦促校內行政、教學、輔導人員密切注意，以防範校園霸凌現象。

9.**105年司法、調查、國安、海巡、移民四等**

我國各地寺廟、書院、傳統建築等古蹟,歷史悠久,文化深厚,若能探討研究 其歷史文化,必能提升人文素養,陶冶審美情操,了解先民開墾經營的歷程,激發國人熱愛鄉土的情懷。試擬文化部致各縣市政府文化局函,要求擬具周詳計畫,籌辦「古蹟研習營」,以加強民眾對古蹟的認知與關懷。

10.**105年外交領事、國際經濟商務、民航及原住民四等**

試擬行政院致教育部函:為提升學生就業能力與國際移動力,大專校院海外專業實習業已推行多年,為確實掌握施行績效,了解跨國專業實習的機會與困境,請提報近三年海外專業實習之成果報告,分項敘述,具體說明,並研擬後續推動之規畫。

11.**105年外交四等**

試擬外交部致各駐外使館函:請利用國際情資,掌握國內外毒梟勾結串連狀況,以杜絕毒品走私入境,俾維護全民健康。

12.**105年原住民三等**

試擬交通部觀光局致各直轄市、縣(市)政府函:發展原住民部落觀光,應落實「原住民族基本法」,尊重原住民族生活方式,保障原住民族尊嚴及基本人權,保存與維護原住民族文化,以免破壞部落生態和族人生活。

13.**105年原住民四等**

試擬原住民族委員會致各地方政府函:請協助改善原住民族所在地區交通系統,以利原鄉生產作物順利運銷各地,而居民出入城鄉亦能更加便捷。

14.**105年高等一級暨二級**

現今電腦網路與通訊行動載具普及,霸凌行為得以透過網路媒體傳遞,例如:電子郵件、網路貼文、手機簡訊等方式,在校園中蔓延。這種透過現代網路科技而進化的霸凌行為,即稱為「網路霸凌(Cyber-bullying)」,又稱「電子霸凌」、「簡訊霸凌」、「數位霸凌」、「線上霸凌」或「網路暴力」。有別於傳統霸凌恃強凌弱、以大欺小的面對面威嚇,霸凌者以匿名方式寄送,免除面對面的對峙壓力,讓霸凌者更快速、更輕易地傷害他人。這種欺壓行為,常為校園莘莘學子身心帶來極大傷害,其嚴重性有時更勝於傳統校園霸凌。對霸凌者而言,若不加以防範、矯治其行為與態度,最後極有可能惡化成觸法行為。

請參考以上資料，試擬教育部致各直轄市、縣市政府教育局（處）函：請轉知所屬，加強「防杜網路霸凌」教育，營造健康友善的校園學習環境，讓學生安心就學。

12. 105年司法官第二試三等

巴拿馬文件曝光及恐怖攻擊事件頻傳，使各國反洗錢機制日益嚴格。我國將於明年第四季第二度接受亞太洗錢防制組織（APG）評鑑。由於前次為六十分勉強及格，若此次評鑑結果不佳，臺灣將可能被視為「洗錢黑名單」國家，期間長達十年。一旦被列入黑名單，則影響金融、外貿及國家形象至鉅。試擬行政院致函金融監督管理委員會，針對目前洗錢防制措施之有效性進行深入研究，並限期提出具體應對辦法。

13. 105年警察人員升官等考、交通事業郵政人員升資考

試擬教育部函請各直轄市暨縣市政府教育局（處）轉致所屬各級學校：當前社群網站盛行，屢有學生任意將手機拍攝之相片、影片及所見所聞放上網路公布、肉搜，造成洩露個資、侵害人權等現象。請加強學生法治觀念，教導正確使用手機、網路之方法，避免誤蹈法網。

14. 105年郵政升資考（佐級晉員級）

試擬臺北市政府致所屬國民中小學函：邇來環保團體、家長團體多次反映校園內攜帶行動電話的使用情況浮濫，甚至有引發治安問題之虞，請各校加強宣導並確實執行「校園攜帶行動電話使用規範原則」，以維持學校團體秩序，促使學生專心學習。

15. 105年地方三等

基因改造食品早已在臺灣市面上泛濫成災（如豆類製品95%以基因改造黃豆為原料），飲食非基因改造食物為大勢所趨，請以臺北市政府致函教育局通令全市國民中小學營養午餐所有飲食禁用基因改造原料製品。

16. 105年地方四等

交通部今年9月起，修訂相關規定並加重罰則，凡民眾行駛國道高速公路或快速道路，駛離主線車道若沒有依序排隊且插隊，影響交流道出口匝道的行車秩序，都會開罰3000元至6000元。但雖修法及加重罰則，未能有效遏止民眾開車行經匝道出口插隊行為。試擬交通部致臺灣區國道高速公路局函：為改善高速公路出口匝道違規插隊情形，以維持車行之通暢，並保障民眾行車之安全，請加強宣導並嚴格取締舉發違規插隊的車輛。

三、名師精解公文範例（參考夏進興部落格）

(一)101高考三級

> 民國○年○月○日行政院第○○○次院會中，院長鑑於邇來各界對於預定民國103年實施的十二年國教，多所質疑，甚而有反對的聲浪，遂指示教育部應即加強宣導。你是教育部的承辦人，請試擬教育部致各縣市政府函：請配合本部規劃時程，辦理說明會，以釋疑；並廣蒐各界建言，送部參考。

教育部　函

地址：000○○市○○路000號
聯絡方式：（承辦人、電話、傳真、e-mail）

000
○○市○○區○○路○段000號
受文者：各直轄市及縣市政府
發文日期：中華民國00年00月00日
發文字號：○○字第0000000000號
速別：最速件
密等及解密條件或保密期限：
附件：「十二年國教宣導說明會大綱及時程表」1份

主旨：請配合本都規劃時程，辦理十二年國教宣導說明會，以釋群疑；並廣蒐建言於本年12月20日前送部參考，請查照辦理見復。

說明：
一、依行政院民國○年○月○日第○○次院會院長指示辦理。
二、邇來各界對於預定103年實施之十二年國教各項配套措施，多所質疑，甚而有反對的聲浪。為使學生家長及各界人士對十二年國教之規劃理念及內涵，有清楚的認識，應妥善提出說明，加強溝通，以釋群疑。

辦法：
一、各直轄市及縣市政府相關單位請配合本步規劃之時程，舉辦宣導說明會，相關大綱及時程清參考附件。

二、說明會應邀請學者、校長、教師、家長及學生代表等相關人士參加，由本部派員作政策說明，並應留空適當時間聽取各界建言，蒐集整理後於旨揭時限內送部參考研議。

三、說明會發言紀錄，請依附件所列格式彙集整理。

正本：各直轄市及縣市政府
副本：行政院研究發展考核委員會

部長　○○○（簽字章）

(二)101年普考

中華民國消費者文教基金會於日前公布大臺北地區20所國民小學校園遊樂設施安全性調查，發現諸多缺失，學童若使用此類設施，恐有陷入危險之虞。試擬臺北市政府教育局致各國民小學函：對於校園遊樂設施，應指派專人負責每日檢視安全無虞，並於採購新設施時，必須符合國家安全標準，以確保學童安全。

臺北市政府教育局　函

地址：000○○市○○路000號
聯絡方式：(承辦人、電話、傳真、e-mail)

000
○○市○○區○○路○段000號
受文者：本市各國民小學
發文日期：中華民國00年00月00日
發文字號：○○字第0000000000號
速別：
密等及解密條件或保密期限：
附件：

主旨：為確保學童安全，校園遊樂設施，應指派專人負責每日檢視安全無虞，並於採購新設施時，必須符合國家安全標準，請照辦。

說明：
一、中華民國消費者文教基金會於日前公布大臺北地區20所國民小學校園遊樂設施安全性調查，發現諸多缺失，如設備老舊破損、安全空間不足等嚴重缺失，學童若使用此類設施，恐有陷入危險之虞。
二、校園遊樂設施為學童下課時間玩耍遊戲之重要場所，短暫下課時間內必會爭先恐後，彼此拉扯碰撞，極易發生意外事故，若再使用不合國家安全標準之遊樂設施，危險性必然增高。

辦法：
一、請在各項遊樂設施內，設置「檢查紀錄卡」，每日指派專人負責檢查並做成紀錄；如發現有破損時，應立即停止使用並進行維修。本局將不定期派員查考。
二、採購各項新遊樂設施時，須符合國家安全標準，並一規定再設施周邊區域保留足夠安全空間，地面並應鋪設符合標準之防護地墊。
三、各校應定期舉辦安全宣導活動，以確保學童安全無虞。

正本：本市各國民小學
副本：臺北市政府

局長　○○○（簽字章）

(三)102高考三級

近年來，外交部致力推動與先進國家簽署「青年打工度假協定」，其宗旨在鼓勵國內18到30歲青年走向國際社會，以「度假」為前提，藉由短期「打工」賺取旅遊生活費，俾能拓展視野，體驗異國文化，並培養語文與獨立自主能力。試擬行政院致外交部函：國內青年到國外進行打工度假活動，人身安全至為重要，應會同教育部、本院勞工委員會等有關機關提供完備資訊，並加強宣導所應注意事項，如在國外打工度假青年遇有急難救助之需求，亦當掌握時效，儘速提供必要協助。

行政院　函

地址：000○○市○○路000號
聯絡方式：（承辦人、電話、傳真、e-mail）

000
○○市○○區○○路○段000號
受文者：外交部
發文日期：中華民國00年00月00日
發文字號：○○字第0000000000號
速別：
密等及解密條件或保密期限：
附件：

主旨：有關國內青年到國外進行打工度假活動，人身安全至為重要，貴部應會同教育部、本院勞工委員會等有關機關提供完備資訊，並加強宣導所應注意事項，如在國外打工度假青年遇有急難救助之需求，亦當掌握時效，儘速提供必要協助。請照辦

說明：
一、依本院民國○年○月○日第○○次院會決議辦理。
二、近年來，貴部致力推動與先進國家簽署「青年打工度假協定」，其宗旨在鼓勵國內18到30歲青年走向國際社會，以「度假」為前提，藉由短期「打工」賺取旅遊生活費，俾能拓展視野，體驗異國文化，並培養語文與獨立自主能力，對活化人力，培養青年國際適應能力與競爭力甚有貢獻。

辦法：
一、貴部對於國內青年到國外進行打工度假活動，賺取旅遊生活費時，應特別注重人身安全，因此應將人身安全相關資訊成立專屬網頁，並囑櫃屬領事局於該等人員辦理簽證時，隨案附送該等資訊文件。
二、請部會同教育部所屬國民教育署、青年發展署、國際文教處及勞工委員會所屬勞工資訊處等有關機關組成專案小組，配合提供「打工度假」之完備資訊，匯集編印成冊交由高中職以上學校參考輔導。
三、貴部對於上述辦法之作業方案應定期追蹤考核，並列為績效評比。

正本：外交部
副本：教育部、本院勞工委員會

院長　○○○（簽字章）

(四)102年普考

> 行政院於102年5月10日以行環字第10200589483號函致所屬機關及直轄市、縣市政府略以：函送環境教育法，請轉知所屬依法推動環境教育工作，以期落實政府節能減碳政策，並請於文到二個月內提出環境教育工作計畫書報院核備實施。請試擬臺北市政府復行政院之函文。

檔　　號：
保存年限：

<h2 style="text-align:center">行政院　函</h2>

地址：000○○市○○路000號
聯絡方式：(承辦人、電話、傳真、e-mail)

000
○○市○○區○○路○段000號
受文者：○○○
發文日期：中華民國00年00月00日
發文字號：○○字第0000000000號
速別：
密等及解密條件或保密期限：
附件：

主旨：檢陳「環境教育工作計畫書」1種，請　核備。
說明：
一、復　鈞院102年5月10日行環字第10200589483函。
二、遵依鈞院落實政府節能減碳政策，經本府所屬各機關彙陳「環境教育工作計畫書」1種，俾作為日後實施之依據。
三、附前述計畫書1式3份。

正本：○○○
副本：

市長　○○○（蓋職章）

(五)103年高考

試擬行政院致交通部函：持續加強載客船舶航行、救生與消防等安全設備檢查，並督促業者落實航行前安全檢查、平時救生與消防演練及強化船員緊急應變能力。

檔　　號：
保存年限：

行政院　函

地址：
聯絡方式：

受文者：交通部
發文日期：中華民國00年00月00日
發文字號：○○○字第00000000000號
速別：普通件
密等及解密條件或保密期限：
附件：

主旨：為確保海上運輸安全，應持續加強載客船舶航行、救生與消防等安全設備檢查，並督促業者落實航行前安全檢查、平時救生與消防演練及強化船員緊急應變能力，請照辦。

說明：

本（103）年4月16日，韓國「世越號」客貨輪於航行中沈沒，造成近三百人罹難之慘劇，震驚國際。據查該客貨輪係超載貨物，且未固定所載物品，導致輪船急轉彎時，傾斜翻覆；再以，船員缺乏應變能力，船長未盡指揮逃生責任，致犧牲眾多無辜乘客。我國亦有多艘與「世越號」同等級，且航行於本島與外島之客貨輪，為防範類似事件，請貴部要求主管機關督促業者，作好航行前安全檢查及強化船員緊急應變能力。

辦法：

一、請針對國內各航線載客船舶，視其適航性，依《船舶法》規定實施不定期抽查；如有影響航安之項目者，請要求船方於完成改善後，始得航行。

二、請訂定時間表，派員督導航行於本島與外島之客貨輪，依據各該船舶緊急應變計畫，辦理救生、消防及船員緊急應變能力演練。

三、請督促船方，絕對禁止超載，並應注意貨艙貨物及車輛之繫固；航行前，應詳細檢覈船員及乘客名單，及播放安全宣導示範影片；必要時，要求乘客參與消防及救生之演練。

正本：交通部
副本：交通部航港局

院長　○○○

(六)103年普考

試擬○○市政府教育局致所屬各國民中小學函：加強學生中途輟學預防、通報及復學輔導工作，以落實國民教育機會均等理念。

檔　　號：
保存年限：

○○市政府教育局　函

地址：
聯絡方式：

受文者：○○○○國民中學
發文日期：中華民國00年00月00日
發文字號：○○○字第00000000000號
速別：普通件
密等及解密條件或保密期限：
附件：

主旨：為落實國民教育機會均等理念，應加強學生中途輟學預防、通報及復學輔導工作，請照辦。

說明：
　依教育部統計，上（000）學年全國國中、小學中輟生近萬人，業已引發社會輿論關切。按中輟生之產生，原因極為複雜；其所涉及社會與教

育資源之浪費,以及中輟生個人生涯發展,影響至鉅;尤以中輟生涉及犯罪案件,對社會傷害更為嚴重。本局為落實國民教育機會均等理念,除請各校務須預防學生中途輟學外,並應加強通報及復學輔導工作,以免再次發生中途輟學情事。

辦法:

一、請要求教師著重教材及教法之改進,以引起學生學習動機及興趣,並訂定合宜學習標準,協助學生建立自信心;對於有學習困難者,應主動關懷,避免發生中途輟學情事。

二、對無故未到校達3日之學生,應即通知其家長及提報本局,並向當地警察單位報備。另於次日後,由輔導人員協同學校相關人員併同協尋,或實施家庭訪問。

三、經勸導願意返校之中輟生,應安排適當班級復學,除由富有經驗之教師專責學習輔導外;並請各校輔導室進行生活及生涯規劃輔導,至回歸正常狀態為止。

正本:各國民中、小學
副本:

局長　　○○○

(七)104年高考

齊柏林先生拍攝的紀錄影片「看見臺灣」,讓國人驚見臺灣國土之美,但也暴露土地濫墾、濫伐及河川污染之嚴重,令人怵目驚心,為免引發更大浩劫,亟待設法導正與杜絕。試擬行政院環境保護署致各直轄市政府、縣市政府函:請加強宣導正確環保觀念,針對轄區內之土地及河川,建置完善的監測、預警、通報及應變系統,對於違反環保法令事件,應依法嚴辦,並於三個月內查處完竣,以提昇國人生活品質。

<table>
<tr><td></td><td>檔　號：</td></tr>
<tr><td></td><td>保存年限：</td></tr>
</table>

行政院環境保護署　函

地址：
聯絡方式：

受文者：○○市政府

發文日期：中華民國00年00月00日
發文字號：○○○字第00000000000號
速別：普通件
密等及解密條件或保密期限：
附件：

主旨：為提升國人生活品質，請針對轄區內之土地及河川，建置完善之監測、預警、通報及應變系統，對於違反環保法令事件，應依法嚴辦，並於3個月內查處完竣，請查照。

說明：

齊柏林先生所拍攝紀錄影片「看見臺灣」，於前（102）年上映以來，獲得民眾廣大迴響，讓國人驚見臺灣國土之美。由於該紀錄片以高空鳥瞰方式拍攝，臺灣各處土地濫墾、濫伐及河川污染之嚴重，亦暴露無遺，令人怵目驚心。為提升國人生活品質，日前院長於行政院院會中特別指示本署，除加強宣導正確環保觀念外，並對臺灣各地土地及河川，應建置完善之監測、預警、通報及應變系統，以免引發更大浩劫。

辦法：

一、請針對轄區內之土地及河川，檢視現有各項防災措施，如有不足或欠缺之處，應儘速建置更為完善監測、預警、通報及應變系統，以提高整體防災能力。

二、請加強轄區內之土地及河川之巡查，如發現有違反環保法令事件，除對違法者應依法嚴辦外；必要時，並應要求違法者恢復原狀或限期改善。

三、請藉「看見臺灣」紀錄影片，所形成之風潮；再利用大眾傳播媒體，加強宣導正確環保觀念，引導民眾理解環境、尊重環境及愛護環境。

正本：各直轄市政府、縣市政府
副本：

署長　　○○○

(八)104年普考

> 行政院為因應高齡化社會需求，推動老人健康與生活照顧之「長期照顧服務法」，業奉總統於本（104）年6月3日明令公布，並自公布後2年實施。依該法規定之長期照顧服務模式，分為居家式、社區式、機構住宿式、家庭照顧者支持服務、其他經中央主管機關公告之服務方式等5種，為因應該法正式實施時之實際需求，實有詳加規劃、預為綢繆之必要。試擬衛生福利部致各直轄市政府、縣市政府、各大專院校相關系所及各從業機構函，為期長期照顧服務體系之規劃更加周妥完善，請貴機關（構）惠予提供辦理長期照顧有關之寶貴經驗、建議及需求，並於文到20日內惠復，俾供研訂長期照顧服務法施行細則暨相關配套法規之參考，以嘉惠老人。

檔　　號：

保存年限：

衛生福利部　函

地址：

聯絡方式：

受文者：○○市政府

發文日期：中華民國00年00月00日

發文字號：○○○字第00000000000號

速別：普通件

密等及解密條件或保密期限：

附件：

主旨：為期長期照顧服務體系之規劃更加周妥完善，請貴機關（構）於文到20日內，提供辦理長照之經驗、建議及需求，俾供研訂相關配套法規之參考，請辦理見復。

說明：

一、行政院為因應高齡化社會需求，推動老人健康與生活照顧之「長期照顧服務法」，業奉總統於本（104）年6月3日明令公布，並自公布後2年實施。

二、依該法規定之長期照顧服務模式，分為：居家式、社區式、機構住宿式、家庭照顧者支持服務，及其他經中央主管機關公告之服務方式等5種。該5種服務方式，所需人力、經費及服務作法，均有差別；再以，臺灣各地城鄉差異頗鉅，非都會區對於長照之需求，

高於都會區，而所獲得之資源則較少。未來研訂長期照顧服務法施行細則，及規劃相關配套法規時，均須未雨綢繆，考量各種不同需求，方能符合實際需求，嘉惠老人。

三、據查目前地方政府已有部分長照業務，且有一定成效；尤以，慈善團體對於孤苦無依及身心障礙者之照顧，業已行之有年，而為社會所讚譽；再者，學術單位對於長期照顧理論與實務之研究，成績卓著，均能提供本部寶貴之經驗，請貴機關（構）惠示高見，俾便擬訂相關配套措施之重要參考，以落實政府照護老人之美意。

正本：各直轄市政府、縣市政府、各大專院校相關系所、各從業機構
副本：

部長　○○○

(九)105年高考

情境敘述：

一、本（105）年6月5日新北市坪林山區發生民眾溯溪時遭瞬間暴雨侵襲，造成重大意外事件，由於現行相關法規，尚無有關溯溪活動之明文規範，嚴重影響民眾溯溪遊憩之安全。

二、假設針對上開情事，教育部體育署承辦單位經詳慎檢討結果，為加強宣導民眾參與溯溪活動之安全認知，建置完善之防護機制，認為有函請各地方政府配合辦理之必要，爰於該署105年6月20日第101次署務會議決議，擬函請各直轄市政府及縣（市）政府於公文到達後20日內，研訂溯溪活動之具體作法及相關規定公告周知，以避免再發生溯溪意外。

三、前項溯溪活動之具體作法及相關規定，教育部體育署建請各地方政府積極研訂溯溪自治條例，並將製作警告標語、設置預警裝置、定期舉辦教育訓練及防災模擬演練、相關禁止措施及罰則等應行注意事項納入規範，俾供參與溯溪活動之相關業者及遊客共同遵循。另各地方政府辦理本項業務，如有經費需求，得專案向該署申請補助，執行成效優良者，將列入爾後補助經費之重要參考。

問題：請依上述情境敘述，試擬教育部體育署函，將該署希望各地方政府辦理之有關事項，以最速件請各直轄市政府及縣（市）政府配合辦理。

檔　號：

保存年限：

教育部體育署　函

地址：

聯絡方式：

受文者：○○市政府

發文日期：中華民國00年00月00日

發文字號：○○○字第00000000000號

速別：最速件

密等及解密條件或保密期限：

附件：

主旨：為加強宣導民眾參與溯溪活動之安全認知，請於文到20日內，研訂溯溪活動之具體作法及相關規定公告周知，以免再發生溯溪意外事件。請查照。

說明：

一、依本署105年6月20日第101次署務會議決議辦理。

二、本（105）年6月5日新北市坪林山區發生民眾溯溪時遭瞬間暴雨侵襲，造成重大意外事件，由於現行相關法規，尚無有關溯溪活動之明文規範，嚴重影響民眾溯溪遊憩之安全。按溯溪具有探險刺激及遊賞休閒等多元趣味，業已成為熱門戶外活動之一，參與人數有逐年攀升之趨勢。值此暑假期間，各地方政府實有配合辦理，儘速建置完善防護機制之必要。

辦法：

一、請針對溯溪活動之具體作法及相關規定，積極研訂溯溪自治條例公告周知，並請利用傳播媒體加強宣導。

二、請將製作警告標語、設置預警裝置、定期舉辦教育訓練及防災模擬演練、相關禁止措施及罰則等應行注意事項納入前項自治條例內，俾供參與溯溪活動之相關業者及遊客共同遵循。

三、各地方政府辦理溯溪活動相關業務，如有經費需求，得專案向本署申請補助，執行成效優良者，將列入爾後補助經費之重要參考。

正本：各直轄市政府及縣（市）政府

副本：

署長　○○○

(十) 105年普考

國立臺灣文學館於105年4月22日至106年2月5日舉辦「純真童心—兒童文學資深作家與作品展」。所謂「兒童文學」係指以18歲以下讀者為對象之文學作品，該等作品必須站在兒童的立場，以兒童的心理、生理及社會觀點出發，並以兒童理解之語言表達內容，包括故事、童詩及兒歌等形式；而「資深作家」則指民國34年以前出生之作家。該館所有展覽均屬免費參觀，並設有專人導覽，相關資料，均登載於該館網站。為推廣前述展覽，國立臺灣文學館特分函○○市各國民中學及國民小學，呼籲其組團至該館參觀。試擬此函。

檔　　號：
保存年限：

國立臺灣文學館　函（書函）

地址：00000
聯絡方式：承辦人、電話、傳真、電子郵件

受文者：○○市○○國民中小學（詳如發文清單）

發文日期：中華民國00年00月00日
發文字號：○○○字第00000000000號
速別：普通件
密等及解密條件或保密期限：
附件：

主旨：為推廣兒童文學，本館於105年4月22日至106年2月5日舉辦「純真童心—兒童文學資深作家與作品展」，歡迎踴躍組團參觀，請查照。

說明：

一、本館自民國96年成立以來，不時以舉辦展覽及活動等方式，讓文學親近民眾，帶動國內文化發展。為使文學向下紮根，本館除設有「兒童文學書房」，提供兒童溫馨閱覽空間外，並於日前推出「純真童心—兒童文學資深作家與作品展」，藉以穿越時空之方式，認識上一代的「兒童文學」。

二、本次展覽，主要介紹民國34年以前出生之「資深作家」；而所展覽之文學作品，係以18歲以下讀者為對象，並站在兒童立場，以兒童心理、生理及社會觀點為出發點；另就兒童所能理解之語言，表達

展覽內容，包括：故事、童詩及兒歌等形式。期能透過此次展覽，讓生活在21世紀之年輕世代，了解父祖輩的兒童文學作品，達到世代間心靈溝通的目標。

三、本館所有展覽均屬免費參觀，並設有專人導覽。值此暑假期間，歡迎各校邀請學生及家長踴躍組團參觀。參觀團體均採網路預約報名，相關資料，均登載於本館網站，網址為：http://www.nmtl.gov.tw/。

正本：○○市各國民中學及國民小學

副本：

館長　○○○（簽字章）（或國立臺灣文學館館戳）

(十一) 106年高考三級

情境說明：

落實推動生涯與技藝教育，可增進學生自我認識，也能對多元的技藝職群有所了解；透過課程的實作與體驗，可讓學生探索自己的性向、興趣，有助於未來生涯發展。爰新竹縣政府教育處依據教育部國民及學前教育署○○年○○月○○日國字第○○○○○號函，研擬「推動國民中學學生生涯與技藝教育方案」，以符應因材施教、多元進路、適性揚才的教育目標，案經縣務會議討論通過。該府復於○○年○○月○○日府教字第○○○○○號函，致所屬各公私立國民中學（含高級中學附設國中部），請其依該方案研提實施計畫，據以執行並報府備查。　假如你是新竹縣立中山國民中學承辦人員，請擬此函。

檔　　號：

保存年限：

新竹縣立中山國民中學　函

地址：○○○○○

聯絡方式：（承辦人、電話、傳真、電子郵件）

○○○○○

新竹縣○○竹北市○○路○○號

受文者：新竹縣政府

發文日期：中華民國○○年○○月○○日

發文字號：○○○○字第○○○○○○○○○○號

速別：普通件

密等及解密條件或保密期限：

附件：如主旨

主旨：檢陳「新竹縣立中山國民中學生涯與技藝教育實施計畫（草案）」
　　　1份，請核備。

說明：

一、依鈞府○○○年○月○日府教字第○○○○○○○○○○號函轉教育
　　部國民及學前教育署○○○年○月○日國字第○○○○○○○○○○
　　號函辦理。

二、為落實推動生涯與技藝教育，符應因材施教、多元進路及適性揚才
　　之教育目標，本校已按鈞府「推動國民中學學生生涯與技藝教育方
　　案」，擬訂本實施計畫（草案），針對有志於技藝學習之學生，開
　　設技藝職群相關課程，透過課程實作與體驗，讓學生探索自己性向
　　及興趣，有助於未來生涯發展。

三、本計畫（草案）參酌國民教育九年一貫課程架構，及辦理學校現存
　　科班課程及地區產業需求等因素，兼顧學制縱向連貫和橫向聯繫，
　　重點摘述如下：

　（一）全學年度規劃12個職群，由參加之學生任選2至4個職群參與授
　　　　課，每個職群授課內容包含職群概論及2個主題以上。

　（二）實施對象以技藝表現優異，或對技藝學習較具性向及興趣之國三
　　　　學生；師資由本校辦理技藝教育學程之職群科目教師兼任為限；
　　　　必要時，得聘請具有實務經驗之效外專業人士為授課教師。

　（三）上課時間以學生每週選修3到5節為原則，另視實際需要，外加
　　　　若干時數至合作之高中職及勞動部所屬職訓中心上課。

(四) 相關職群教材依本校地區之特性、學生特質與需求，採「學程綱要」自編或選編合適教材。

(五) 本計畫所需經費在一般教育補助經費項下支應。

(六) 本計畫每期程結束後，除由本校自評外，屆時再請鈞府派員參與評鑑。

正本：新竹縣政府
副本：

校長　○○○（蓋職章）

(十二) 106年普考

情境說明：
苗栗縣南庄鄉、三義鄉，花蓮縣鳳林鎮及嘉義縣大林鎮，皆獲得國際慢城認證。其中，花蓮縣政府為呈現慢城的魅力，特責成觀光處研擬建構兼具慢活、慢食、慢遊的地方特色計畫，期吸引國內外觀光客前往觀光體驗。

問題：請依上述情境說明，試擬花蓮縣政府致所屬各鄉鎮市公所函：請其提供辦理慢活、慢食、慢遊之經驗、建議與需求，並協助廣為宣傳慢城獲獎資料。

檔　　號：
保存年限：

花蓮縣政府　函

地址：○○○○○
聯絡方式：（承辦人、電話、傳真、電子郵件）

○○○○○
花蓮縣吉安鄉○○村○號
受文者：本縣吉安鄉公所

發文日期：中華民國○○年○○月○○日
發文字號：○○○○字第○○○○○○○○○○號
速別：普通件
密等及解密條件或保密期限：
附件：

主旨：為展現本縣各鄉鎮市慢城魅力，請提供辦理慢活、慢食、慢遊之經驗、建議與需求，並協助廣為宣傳慢城獲獎資料，以吸引國內外觀光客前來縣觀光體驗，請照辦。

說明：

一、時序進入21世紀，人類文明高度發展，生活步調亦隨之加快，嚴重影響身心健全，以致西方國家力倡之「慢活運動」，已蔚為風氣。鑑於我國勞動者工時長、生活壓力大，在身心緊繃情況下，每年過勞死者，日益增多；尤以近年折損多位業界菁英，最為社會所關切。是以，有識之士開始著眼於生活步調與養生之道，其中「慢活、慢食、慢遊」逐漸形成新潮流，強調除日常工作外，並應注重生活品味，注意生活飲食。

二、日前，苗栗縣南庄鄉、三義鄉，嘉義縣大林鎮及本縣鳳林鎮，已獲得國際慢城認證，顯示前述鄉鎮為緩慢生活之理想地點。茲以本縣瀕臨太平洋，風景優美、物產豐饒；再以，歷年規劃眾多登山步道及自行車專用道路，適合都市居民嘗試「慢活」之舒適與樂趣。為吸引國內外觀光客前來體驗，請各鄉鎮市公所提供旨揭之經驗、建議與需求，俾便本府觀光處研擬與建構兼具地方特色之觀光計畫。

辦法：

一、各鄉鎮市公所請針對轄區內之地區，選擇1至2處足以作為慢遊之景點，以及1至2項堪為細細品嚐之料理，提供本府觀光處研擬計畫之參考；如該景觀及料理有名人加持，或具有引人入勝之傳奇故事，亦請將其經驗詳加敘述，以顯示該地方之特色，吸引觀光客前來體驗。

二、各鄉鎮市公所可以鳳林鎮獲得國際慢城認證之資料為典範，協助廣為宣傳；其他鄉鎮市如有類似獲獎項目，亦請提供建議與需求，以便將來再向國際社會申請「國際慢城認證」，使本縣成為我國可供慢活、慢食、慢遊之觀光大縣。

正本：本縣各鄉鎮市公所
副本：
抄本：本府觀光處

縣長　○○○（簽字章）

(十三) 107年高考三級

請視需要擷取下列資訊,撰擬衛生福利部疾病管制署致交通部觀光局函。

1. 國內近期發生麻疹境外移入及接觸者群聚感染事件。
2. 麻疹為傳染力極強之病毒性疾病,可經由空氣、飛沫傳播,或接觸病人鼻咽分泌物而感染。
3. 我國之「傳染病防治法」,將麻疹列為第二類傳染病。
4. 最近發生麻疹的國家及地區如下:亞洲:印尼、菲律賓、泰國、印度、中國大陸、哈薩克、烏克蘭;非洲:剛果民主共和國、幾內亞、奈及利亞、獅子山;歐洲:法國、英國、羅馬尼亞、希臘、義大利、塞爾維亞。
5. 衛生福利部疾病管制署在「國際間旅遊疫情建議等級表」中,將本次麻疹疫情列為第一級:注意。提醒出國民眾遵守當地的一般預防措施。
6. 雖然得過麻疹者可終生免疫,但仍建議民國70年以後出生者,在出國前應注射疫苗一劑。疫苗注射兩週之後,方發生效力。
7. 衛生單位建議,平時應注意勤洗手、呼吸道衛生與咳嗽禮節;從麻疹疫區回國後,應自主健康管理21天。
8. 衛生福利部疾病管制署去函交通部觀光局,請其轉知旅行業提醒出國旅客做好各項防疫措施。

檔　　號:
保存年限:

衛生福利部疾病管制署　函

地址:○○○○○
聯絡方式:(承辦人、電話、傳真、電子郵件)

○○○○○
○○市○○區○○路○○號
受文者:交通部觀光局

發文日期:中華民國○○年○○月○○日
發文字號:○○○○字第○○○○○○○○○○號
速別:普通件
密等及解密條件或保密期限:
附件:

主旨:國內近期發生麻疹境外移入及接觸者群聚感染事件,請轉知旅行業者提醒出國旅客做好各項防疫措施,請查照。

說明：

一、依據本署○○○年○月○日第○次署務會議決議辦理。

二、我國「傳染病防治法」規定，已將麻疹列為第二類傳染病。由於麻疹為傳染病極強之病毒性疾病，可經由空氣、飛沫傳播，或接觸病人鼻咽分泌物而感染。

三、最近發生麻疹的國家及地區如下：

  (一) 亞洲：印尼、菲律賓、泰國、印度、中國大陸、哈薩克、烏克蘭。

  (二) 非洲：剛果民主共和國、幾內亞、奈及利亞、獅子山。

  (三) 歐洲：法國、英國、羅馬尼亞、希臘、義大利、塞爾維亞。

辦法：

一、本署在「國際間旅遊疫情建議等級表」中，已將本次麻疹疫情列為第一級：注意。

二、請提醒各旅行業者，出國民眾應遵守當地的一般預防措施。

三、雖得過麻疹者可終身免疫，但疫苗預防注射需兩週以後，方發生效力。故建議民國70年以後出生者，在出國前兩週應注射疫苗一劑。

四、請依衛生單位建議：平時應注意勤洗手、呼吸道衛生與咳嗽禮節。

五、出國旅客從麻疹疫區回國後，應自主健康管理21天。

正本：交通部觀光局
副本：

署長　○○○（簽字章）

(十四) 107年普考

國立傳統藝術中心將於107年○月○日至○日於宜蘭傳藝文化園區舉辦「臺灣宗教文化表演藝術週」，發函邀請「宋江陣創意大賽」得獎之○○大學宋江陣隊伍至園區表演，每日二場，相關之交通、住宿、膳食等費用，由該中心補助，希該校於文到兩週內復文，並提出預算需求。請擬該中心致○○大學函。

檔　　號：
保存年限：

國立傳統藝術中心　函

地址：○○○○○
聯絡方式：（承辦人、電話、傳真、電子郵件）

○○○○○
○○縣（市）○○鄉○○村○號
受文者：○○大學
發文日期：中華民國○○年○○月○○日
發文字號：○○○○字第○○○○○○○○○號
速別：
密等及解密條件或保密期限：
附件：

主旨：誠摯邀請貴校「宋江陣創意大賽」得獎之宋江陣隊伍至本文化園區
　　　表演，並請於文到兩週內復文及提出預算需求、參與人員名單，請
　　　查照。
說明：
　　一、依據本中心107年○月○日第○次會議決議辦理。
　　二、本中心將於107年○月○日至○日於本中心文化園區舉辦「臺灣宗教
　　　　文化表演藝術週」。
　　三、貴校宋江陣隊伍於○年○月○日參加「宋江陣創意大賽」得獎，備
　　　　受各界肯定，足以表現台灣宗教文化特色，期盼該隊伍能至本園區
　　　　表演。
辦法：
　　一、貴校宋江陣隊伍至園區表演，每日二場。
　　二、本活動相關之交通、住宿、膳食等費用由本中心補助。

正本：○○大學
副本：

主任　○○○（簽字章）

(十五) 108年高考三級

鑑於邇來各界對於公務人員不能體察民意掌握輿情，致陳情案件有明顯增加之趨勢，請參考下列資訊，試擬行政院致所屬各機關及各直轄市、縣（市）政府函：為落實「人民的小事，是政府的大事」之施政理念，應本同理心等觀念妥適處理民眾陳情案件，以紓解民怨、保障人權，讓人民有感。

一、陳情，可說是人民向政府表達意見最簡便的管道與方式，有其制度的特性、重要性和功能。
二、依行政程序法規定，人民對於行政興革建議、行政法令查詢、行政違失舉發或行政上權益維護，均可陳情。
三、妥適處理民眾陳情案件，已是公部門優質服務與民眾滿意度的重要指標之一。
四、據統計近三年民眾較常陳情的問題，例如違建、食安、工程弊案……，請行文時至少列舉六項以上（可含上述類型）你認為可能之問題（次序不拘），並檢送該統計表供參。
五、行政程序法陳情專章、行政院及所屬各機關處理人民陳情案件要點，以及各部會、各地方政府自行訂定之處理陳情案件作業規範，希適時檢討。
六、應本良心、同理心行事，不可先入為主。對案情抽絲剝繭，有錯認錯，沒錯詳加說明，並注意品性操守，依法遵期處理陳情案件。
七、對於非理性之陳情行為，仍應抱持親切態度，尊重對方，以專業知能公正處理案件。

檔　　號：
保存年限：

行政院　函

地址：○○○○○
聯絡方式：（承辦人、電話、傳真、電子郵件）

○○○○○
○○市○○區○○路○○號
受文者：○○部

發文日期：中華民國○○年○○月○○日
發文字號：○○○○字第○○○○○○○○○號
速別：普通件

密等及解密條件或保密期限：
附件：如說明三

主旨：為落實「人民的小事，是政府的大事」之施政理念，應本同理心等觀念妥適處理民眾陳情案件，以紓解民怨、保障人權，請照辦。

說明：

一、隨著電腦網路科技發達，民眾日常生活所遭遇之問題，透過網路管道向政府部門陳情，為最簡便的管道與方式。各機關對於各式各樣陳情案件，所屬公務人員常有不能體察民意、掌握輿情之情事，致使陳情案件有明顯增加趨勢。據本院統計，近3年民眾較常陳情之問題，例如：違建、食安、工程弊案、詐騙案件、交通執法疑義、噪音管制、空氣汙染及流浪貓犬……等，足見問題之多元而複雜。

二、由於民主國家選舉制度選票考量，各級政府機關首長無不重視民意，目前中央及地方機關，均建有首長民意電子信箱，以作為廣納民意之途徑；並將妥適處理民眾陳情案件，視為公部門優質服務與民眾滿意度的重要指標之一。

三、檢附本院近3年民眾較常陳情之案件統計表1份，請參考統計表分析民意取向，確實體察民意，讓人民有感。

辦法：

一、希適時檢討民眾陳情相關法規，包括：行政程序法陳情專章、行政院及所屬各機關處理人民陳情案件要點，以及各部會、各地方政府自行訂定之處理陳情案件作業規範，以能符合時代潮流及民意取向。

二、對於民眾陳情案件，請要求公務人員應本良心、同理心行事，不可先入為主。尤應對案情抽絲剝繭，有錯認錯，沒錯詳加說明，並注意品性操守，依法如期處理。

三、遇有民眾非理性之陳情行為時，應抱持親切態度，尊重對方，以專業知能公正處理案件。

正本：本院所屬各機關及各直轄市、縣（市）政府
副本：

院長　　○○○（簽字章）

(十六) 108年普考

一、某立法委員在第9屆第7會期質詢中，針對日前在新竹市發生驚悚的比特犬咬人事件，籲請主管機關應速謀有效的管制辦法，並要求行政院應正視此問題，而且法規已將比特犬列為危險犬種，該種犬隻若有出入公共場所時，應繫上牽繩並配戴嘴套，以免發生意外。

二、動物保護法第20條第2項規定：「具攻擊性之寵物出入公共場所或公眾得出入之場所，應由成年人伴同，並採取適當防護措施」。

三、為強化危險性犬隻飼主責任，行政院農業委員會前於108年3月14日以農牧字第1400043358號函請各直轄市、縣（市）動物保護主管機關，要求針對轄內飼養危險性犬隻飼主，明訂相關責任歸屬。

本案經行政院交請所屬農業委員會卓處，假設你是本案農委會承辦人，請將立法委員質詢案，以速件轉知地方政府落實執法，並副知質詢委員。

檔　　號：
保存年限：

行政院農業委員會　函

地址：○○○○○
聯絡方式：承辦人、電話、傳真、電子郵件

○○○○○
○○縣○○市○○路○○號
受文者：○○縣政府

發文日期：中華民國○○年○○月○○日
發文字號：○○○○字第○○○○○○○○○○號
速別：速件
密等及解密條件或保密期限：
附件：如說明四

主旨：請依立法委員質詢內容及本會本年3月14日農牧字第1400043358號函之意旨，強化危險性犬隻飼主責任，確實要求所屬動物保護主管機關，針對轄內飼養危險性犬隻飼主，明訂相關責任歸屬，請查照。

說明：

一、本（108）年5月上旬，一名郵務士在新竹市區遞送郵件時，突遭比特犬狂咬，造成左腿多處大面積傷口。因有民眾在臉書社團PO出這段駭人影片，引發眾多網友留言關切。又年初，基隆市亦有比特犬咬死流浪犬「浪浪」事件，飼主不僅未予制止，且冷笑以對，遭網友糾眾前往飼主住處抗議，基隆市動保所除將該比特犬逮捕管束外，並依法將飼主移送法辦。

二、由於比特犬攻擊性強，再以驚人耐力及咬合力，在國內、外早已頻傳咬傷人、咬死人案例。立法院第9屆第7會期，立法委員○○○即針對比特犬咬人事件提出質詢，要求行政院正視此一問題，並籲請主管機關速謀有效管制辦法，規定該種犬隻若出入公共場所時，應繫上牽繩並配戴嘴套，以免發生意外。

三、依《動物保護法》第20條第2項規定：「具攻擊性之寵物出入公共場所或公眾得出入之場所，應由成年人伴同，並採取適當防護措施。」本會前於本年3月14日以農牧字第1400043358號函請各直轄市、縣（市）動物保護主管機關，對於轄內飼養危險性犬隻飼主，應明訂相關責任歸屬。惟至目前為止，尚有部分動保機關未完成法規之訂定，請儘速研訂公布實施，並報本會備查。

四、檢附○○○立法委員質詢案1份，請參照該質詢案確實執行《動物保護法》相關規定。

正本：各直轄市、縣（市）政府
副本：行政院、立法院○○○委員辦公室

主任委員　○○○（簽字章）

公文表解與案例解析

編　著　者：張甫任、楊安城

發　行　人：廖　雪　鳳
登　記　證：行政院新聞局局版台業字第 3388 號
出　版　者：千華數位文化股份有限公司
　　　　　　地址／新北市中和區中山路三段 136 巷 10 弄 17 號
　　　　　　電話／ (02)2228-9070　　傳真／ (02)2228-9076
　　　　　　郵撥／第 19924628 號　千華數位文化公司帳戶
　　　　　　千華公職資訊網 : http://www.chienhua.com.tw
　　　　　　千華網路書店 : http://www.chienhua.com.tw/bookstore
　　　　　　網路客服信箱 : chienhua@chienhua.com.tw

法律顧問：永然聯合法律事務所
編輯經理：甯開遠
主　　編：甯開遠
執行編輯：鍾興諭
校　　對：千華資深編輯群
排版主任：陳春花
排　　版：孫加容

出版日期： 2019 年 12 月　　第三版／第一刷

本書如有勘誤或其他補充資料，
將刊於千華公職資訊網　http://www.chienhua.com.tw
歡迎上網下載。